GAEA

GAEA

乩身

The Oracle Comes 8

〔召魔之家〕

星子——著

乩身

〔召魔之家〕

目錄

楔子

午夜零時三十分，左爺坐在客廳一張正對家門的太師椅上，靜靜盯著敞開的家門。

門外是庭院，庭院圍牆大門也敞著。

左爺在等人，但那人遲到了——左爺本來預期那人會在午夜十二點整出現在庭院大門外，和過往一樣，如同厲鬼凶神般殺進來，使盡渾身解數誅殺他。

六年來，左爺和那人對決過三次，三次都敗給那人，三次都差點喪命在那人手上。

距離上一次對決，又過了一年九個月。約莫在半年前，做足了準備的左爺，迫不及待透過幫中友人傳話，企圖再一次與那人決一死戰，戰場在自家，左爺可佔了主場優勢。

他們第一次對決是狹路相逢，後兩次對決左爺是主動出擊的一方，戰場在那人所屬幫派地盤裡，今日再戰，攻守交替，也算公平。

在那人出現之前，左爺是道上兄弟眼中巫蠱邪法圈第一把交椅，是許多黑道大哥爭相禮聘的絕頂高手。

他諢號「左爺」，並非是指他修習旁門左道，而是指他那枚看上去混濁不清、瞎了數十年的左眼——江湖傳聞他那瞎眼能看穿陰陽兩界神鬼諸事。

然而六年前那人初出茅廬不久，就讓聲望幾達頂峰的左爺吃了癟，還將他那枚失明多年的左眼給挖了出來。

那人叫陳七殺。

陳七殺是左爺出道至今遭遇過最難纏的對手，據說曾在中國雲貴高原烏蒙山上修習一種神祕蠱術，再結合自身原有茅山道術，修煉出一支極其陰邪凶狠的邪術。

陳七殺甫出道便幹了件大事，他獨力一人，殲滅一支頗有來頭的幫派。

儘管那幫派找了左爺助陣，卻還是擋不住勢如魔神的陳七殺，那時的陳七殺血裡肉裡，是滿滿的復仇的怒火。

最後，他挖去左爺那枚神奇左眼，也成功消滅那支虐殺他妻女的幫派。

之後數年，陳七殺所屬的不起眼小幫派一日日坐大，與舊有大幫派衝突不斷，各式各樣的異人法師收下錢，著手對付陳七殺，卻沒有一個敵得過他那身烏蒙流茅山術。

左爺敗給陳七殺，被挖去左眼之後，又主動出擊兩次，依舊落敗。

他其實不恨陳七殺，畢竟他那左眼早看不見了，他對付陳七殺，一來是拿錢辦事，二來是賭一口氣，他說什麼也想贏過那烏蒙流茅山——這不算是仇恨，更像是電玩或是運動，有個旗鼓相當的對手，總是好的；左爺甚至隱隱覺得，陳七殺似乎也樂於享受這樣的挑戰，畢竟苦心修習多年的至陰邪術，若少了個可以全力發揮的對手，豈不無趣。

然而他備戰多時，陳七殺卻失約了。

是忘了時間、記錯日期？還是有事耽擱？這些情形不能說沒有可能，但總是和陳七殺的作風有些不符，左爺手邊沒有陳七殺的電話，況且決戰時刻，打電話催對手快來，似乎挺尷尬；但要因此宣判對方棄權、自己不戰而勝，又有些空虛乏味。

左爺起身動動久坐發僵的頭頸手腳，見大雨都濺濕客廳了，猶豫著要不要上前將門關上。他還沒抬步，就見到庭院外多了道身影。

那不是陳七殺，甚至不是個人，而是個鬼。

那鬼輕飄飄地往前飄到左爺家門前，跪了下來，雙手往前一伸，捧上一管紙卷。

左爺儘管狐疑，仍然上前伸手接下那管紙卷——他並不擔心這可能是陳七殺裝神弄鬼想使詭詐陰招搞奇襲，他知道陳七殺不屑那種花樣，且他也不擔心——此時此刻，那鬼身後，還跟著幾隻鬼，有高有矮，有男有女，共通點是極凶、極強——都是左爺豢養多時的宅院鐵衛。

左爺在這擁有前後院的三層樓透天自宅，不僅部署重兵，也設置層層防護，猶如一座銅牆鐵壁的重裝軍營。

他從跪地鬼手中接過紙管，揭開，上頭只短短幾行字，卻令他瞠目結舌。

紙上，陳七殺自稱金盆洗手、退出江湖，從今至死，不再使術煉法。

因此今日約戰，算是取消了。

退出江湖的理由也十分簡單，有人搶先一步，在左爺之前，先行擊敗了陳七殺。

左爺捏著紙，不敢置信。

接下來數日，左爺透過當初牽線約戰的兄弟，找上陳七殺所屬幫派，卻找不著陳七殺，沒人知道他的下落，僅隱隱打聽出，陳七殺確實敗給一個人。

是一個年輕人。

左爺每日失魂落魄，甚至比前三次戰敗還要沮喪，戰敗了只要不死，還能爬起來再戰，但老對手莫名其妙退出江湖，像是憋著一口怪氣卻呼不出胸，難受至極。

他近年目標只有一個，那就是擊敗陳七殺，一下子沒了目標，彷彿失去了人生方向。

更令他為難的是，這樣一來，他怎麼向地窖裡那位「大王」交代呢？

這位大王是左爺在專心備戰那十來個月裡，花費不少苦心，買通不少地府鬼使神差牽線認識上的一位地底魔王。

據說陳七殺之所以這麼厲害，也是用了相同的方法——

召魔。

凡人無論如何修煉，終會碰上肉身極限，但是倘若能向地底魔王借力，道行自然遠超過同道中人一大截。

但地底魔王不會無端借力給陽世凡人，要向魔王借力，必須付出代價，通常是活人獻祭。

左爺答應那大王，會獻上一位美味至極的祭品。

陳七殺就是那個祭品。

但現在，陳七殺消失無蹤，左爺只好額外花了點工夫，弄來另一個祭品充數。

那傢伙是個殺人犯，還不只殺一人，是個被通緝的槍擊要犯。

左爺惴惴不安地領著那被惡鬼附身的殺人犯走進廚房深處，揭開櫥櫃旁一扇小門，領著殺人犯往地下室去，也不曉得這祭品究竟合不合大王脾胃。

地下室樓梯左側是儲物空間，聳立著一面面木造層架，囤放各式各樣的怪異塑像、牌位、骨灰罈和許多裝盛不知名物體的小罈小瓶；右側則像是祭壇、道場之類的空間，末端壁面不同其他幾面牆，刨去了水泥壁面，裸露出不規則的地基土石。

奇異的是，這片土石壁上，歪歪斜斜浮凸鑲嵌著「半座」漆黑小廟。

說「半座」，是因爲這漆黑小廟只露出前半截，小廟後半截則埋沒在土石壁中；這小廟正門不足一人高，微微敞著一條縫，透出淡淡的紫色異光。

左爺用腳掃開小廟前方一塊石台上的水果祭品，令槍擊要犯面向小廟、跪伏在石台上。

「嗯……」小廟門縫傳出一陣吸嗅聲響，跟著響起奇異說話聲，這聲音沉重彷如雄獅猛虎，卻又夾雜著金屬磨擦聲。「這人，不是你說的那個……」

「是……」左爺垂下頭，低聲說：「大王……那人害怕大王，沒來赴約，我正在查他下落，一定會找出他，這兩天先弄來這傢伙讓大王解解饞……」

「是個殺人犯吶……」小廟裡吸嗅聲持續著。「這殺人犯身體裡躲了另個傢伙，是差不多的味兒，生前該不會也是殺人犯吧？」

「是。」左爺點點頭，略顯得意地說：「我知道大王見慣尋常惡人，所以特別收了隻殺人鬼，令殺人鬼附在殺人犯身上，一同獻給大王您，希望……」

「呿……」那聲音聽來懶洋洋的，充滿不屑。「兩百年前，有個傢伙拜我，弄了九十九名惡人魂，附在一個活惡人體內，湊了個『百惡』獻祭，那滋味還眞不錯……現在你拿這殺人犯，代你之前說的『江湖第一邪術師』，就想償清向我借力的代價？我借你的力，就只值這兩隻破傢伙？」

「不、不……」左爺搖手辯解。「啖罪大王，這殺人犯只是小點心，主菜還在後頭，我很快就會找出陳七殺獻祭給您……對了！不只那陳七殺，我會連打敗陳七殺的那傢伙都找出來，一齊奉給大王您！」

「哦？」那被左爺稱為「啖罪」的聲音，持續低沉自小廟門縫響出。「你不是說那陳七殺是第一邪術師，連你也不如他，怎麼又冒出個打敗他的傢伙？」

「之前我也不知道那傢伙。」左爺急急說著他這兩天打聽到的消息。「據說很年輕，不是道上人物，可能、可能是……」

「是神明乩身吶。」啖罪嘻嘻一笑。「當藥吃可能挺補，只是味道不過癮就是了……嗯，也不一定，天上有些無聊傢伙，特別喜歡收罪人當弟子。」

「是呀。」左爺連連點頭，恭敬地說：「我一定替大王逮到陳七殺和那年輕小子；我會想辦法『燉』那小子，把他燉成大王您喜歡的口味。」

「多虧你有這個心，不過……」啖罪笑了笑，說：「我跟摩羅攤牌了，這兩天就要開戰，我沒時間等你燉菜啦，我得多囤些兵馬，才有本錢開戰，畢竟這次我的對手，可是那摩羅呀……」

「是、是……我一定盡快找出他們……」左爺一時還聽不出啖罪話裡意思。只見那小廟門微微敞開，鑽出一束束黑紫色絲線，爬上跪在石台上那槍擊要犯全身，將之緊緊纏捲——力道之大，將那要犯手腳、肋骨一根根擰斷之後，拖入漆黑小廟門裡。

左爺跟著發現自己雙足有些刺痛，低頭一看，地板上另有幾束黑紫色絲線，悄悄捲上他雙踝，嚇得連連大嚷：「大王、大王，這、這是……什麼意思？」

「我剛剛不是說了。」啖罪說：「開戰之前，我得囤些兵馬呀。」

「什麼？」左爺駭然。「您要吃我？我……我是您弟子呀！」

「吃你？」啖罪說：「不是，我是要你下來幫我。」

「幫……幫您？我不是一直在孝敬您嗎？我不是替您弄來殺人犯了嗎？」左爺驚恐慘叫，他一雙小腿在紫線緊繞下，一寸寸折斷。「我知道您愛食惡人，我找這傢伙還不夠惡嗎？不夠的話，我會繼續……啊、啊！」當紫線纏碎他骨盆時，他連話都講不清了，只能急急咬破手指，沾血畫了道咒，不停往腰下打。

他打出幾道咒，見一點效果也沒有，便朝那小廟打，只聽廟門裡那啖罪發出呵呵笑聲，只得扭頭大嚷：「家裡僕人吶，快來救我、救我……」

地窖右半邊那些瓶瓶罐罐大罈小罈震動起來，這透天厝四周旋起異風，地下室裡霎時鬼影幢幢，一隻隻鬼圍在左爺身旁，卻沒有一隻鬼動手救他——

左爺是他們主人，但小廟門裡的啖罪，可是左爺的主人，是主人的主人。

是魔王啖罪。

「哦，這些都是你的小弟啊，很好、很好。」啖罪哈哈大笑。「雖然也不算頂級，但可以湊合著用。」

「啊呀！大王，求求您……」左爺雙手也被紫線緊束到了背後，喀啦啦地折斷。「我會替您在陽世找更多惡人，讓我留在陽世幫您，我、我不想這麼快下去……」

「傻孩子，早下去晚下去，有什麼分別呢？」啖罪笑說：「反正遲早都要下去的。」

左爺還想說些什麼，但是嘴巴也給塞滿紫線，整個身子被纏成一個大繭，連同圍在他身邊那群大鬼小鬼，一同被往小廟裡拖。

大部分鬼怪都被小廟發出的恐怖魔氣震懾，全然不敢反抗，有些甚至不必紫線纏繞拖綑，而像是列隊放學的小學生般，自發往小廟走。

也有少數想逃的，轉眼就給紫線捲上、扯爛。

數分鐘後，整個地下室靜悄悄的，再也沒有動靜，小廟門也不知何時關上了，像是什麼事也沒發生。

壹

這幾天寒流來到，天空倒是晴朗，入夜之後儘管冷冽，但抬頭就能看得見星星。

田啓法坐在火車站附近一座天橋上，灌了口米酒，揉揉胸腹，試著舒緩上腹部一陣陣的悶痛。

沒太大效果。

所以他又灌了口酒。

他屁股底下幾片攤平的瓦楞紙箱，是前天到便利商店向店員討來的。

是他這幾天的床。

他身上的羽絨外套又髒又舊，但其實價格不菲，穿在身上十分保暖，陪他度過近兩年寒冬，他身旁那破破爛爛的行李箱，裡頭裝著幾件換洗衣物和簡陋的隨身物品，是他所有家當。

近兩三年，他在橋下、在車站、在地下街或是公園，度過一個又一個漫漫長夜。

這兩天他有些開心。

他盼望多時的事情，終於發生了。

這是他人生至今四十幾年最得意、最引以爲豪的一件事情了——

他拍拍發黃的臉、揉揉發出一陣陣悶痛的上腹。悶痛來自於他的肝臟。

他又灌了口米酒，搖搖酒瓶，第二瓶米酒也快空了，一小袋下酒滷味還剩不少；這些日子，他一直都沒什麼胃口，只喝得下酒。

他搖搖晃晃起身，想去天橋底下便利商店再買一瓶，但是摸摸口袋、左掏右掏，也只剩十幾元，連一瓶米酒都買不起。

他默默坐下，將瓶中最後一口酒吞盡，抹抹嘴角，望著滿路車燈發呆，醉笑呢喃說：「連米酒都喝不起……我的廢物人生，就快要解脫了啊……」

他才笑兩聲，發現身旁不知何時多了道身影，他抬頭望去，發現是一個古怪老人。

老人穿著破爛衣褲、頭戴一頂老舊毛帽，腰際繫著一只大葫蘆，這樣的打扮這兩年他十分熟悉，他常在火車站周遭、地下道裡，與這樣的人擦身而過。

他們都和他一樣，天作屋頂地當床，以四海爲家。

「傻瓜，好端端的，幹嘛說自己是廢物呢？」老人嘻嘻一笑，在田啓法身旁晃了兩圈，指指他身下那幾片瓦楞紙箱。「老弟，你那麼多紙箱，分我一張吧。」

「我在底下便利商店要來的，你有需要的話，可以自己去要，那店員很好說話……」田啓法儘管不太情願，但見老人似乎不死心，只好挪挪身子，從身下抽出張紙箱遞給老人。

老人接過紙箱，唰地撕開，將半片紙箱摺摺疊疊成一張小凳子，一屁股坐下，跟著摺疊起另一半紙箱。

「喝！」田啓法瞪大眼睛，見老人摺疊紙箱的手法神奇得像是在變魔術，俐落得有如電影快轉，還以為自己眼花了。

老人坐在紙箱摺成的小凳上，拿著另外半邊紙箱，又摺出一張雜誌大的小桌，在那小桌上擺了只小玻璃杯和一把花生。跟著掀開鼓脹脹的毛外套，取出一只葫蘆，揭開葫蘆塞，將那小玻璃杯斟了個滿，捏起一口飲盡，痛快呼出口白茫茫的霧氣。

他見田啓法瞪大眼睛看他，便問：「怎麼了？」

「這桌子……跟你屁股下的椅子，是用我給你的紙箱摺出來的？」田啓法喃喃問。

「是呀。」老人捏了顆花生往嘴裡扔，皺著眉說：「我不就在你面前摺的嗎，你沒看見？」

「看是看見了……只是沒看清楚。」田啓法抓抓頭。「而且，紙箱摺成的椅子這麼堅固？坐不爛。」

「我瘦得皮包骨似的。」老人掀高毛外套底下幾件破衣，露出兩排嶙峋肋骨和凹陷肚子，他望著田啓法那袋吃剩了的滷味，問：「滷味你不吃了？」

「……」田啓法沉默幾秒，將滷味遞給老人。

「謝啦。」老人接過，直接捏著田啓法用過的筷子吃了起來，邊吃邊說：「這滷味這麼好吃，你剩下這麼多，真是浪費，還好碰到我。」

「沒胃口。」田啓法盤腿坐地，望著遠處的樓宇燈火。「肝癌末期，人不舒服，吃不下東西……」

「肝癌末期還喝酒？」老人這麼問，又捧起葫蘆斟滿小杯，一口喝乾，呼出濃濃白霧，和一陣酒氣，他那葫蘆裡顯然也裝著酒。

「沒辦法。」田啓法乾笑兩聲。「我就酒鬼，吃不下飯，只想喝酒。」

「哈。」老人呀哈一笑，向田啓法伸出手，要和他握手。「跟我一樣。」

「呵呵……」田啓法望著老人那滿是污跡的黝黑瘦手，不情願地伸出手和他輕輕一握，很快縮回，本能地往地上紙箱抹了抹。

「嫌我手髒呀。」老人咯咯一笑，從推車菜籃裡又取出只小玻璃杯，放上方桌，端著葫蘆斟了滿滿一杯，遞向田啓法。「酒總不嫌髒了吧？」

「呃？」田啓法呆了呆。「什麼意思？」

「請你喝酒呀。」老人挾了口滷味入嘴，笑著說：「你請我吃菜，我請你喝酒。」

「哦——」田啓法聽見有酒喝，眼睛一亮，也顧不得那杯子髒，伸出雙手接過酒杯。

小小的酒杯斟得極滿，田啓法捨不得漏出一滴，小心翼翼地捧至嘴邊，輕啜一口，哇哈一聲驚歎嚷嚷：「這高粱眞好！」

「當然好。」老人嘻嘻一笑，剝了顆花生拋進嘴裡。

田啓法忍不住將小杯高粱倒入口裡，鼓著嘴巴讓醇酒在口腔裡流滾好幾圈，才緩緩嚥下，只覺得這高粱濃烈卻不辣口，香醇氣味從口腔湧進鼻腔，包裹住整個腦袋，讓他有些飄飄然，彷如墜入美夢——他覺得自己的醉意陡然高升起來，但又和過往千萬次酒過三巡的醺醉感大有不同。

不同處在於飄然舒爽之餘，腦袋卻異常清醒，甚至比未喝酒時那種麻木呆滯更加靈敏。

黃湯下肚，田啓法覺得全身都暖了起來，原本的陣陣冷冽夜風彷彿變成和煦微風，吹在臉上身心舒暢，他和老人天南地北聊了起來，聊的多半是他出生至今四十幾年的荒唐人生——

他說自己生父是個壞蛋。

好酒、好賭，還欠下一屁股債，逼得他媽媽帶著剛出生不久的他，離開了那個三天兩頭就有凶神惡煞上門潑漆討債的家，和那個壞蛋爸爸從此劃清界線。

他四歲時，媽媽再婚，繼父事業有成、家產豐厚。

也因此，自他有記憶以來，家中其實一直十分富裕，他整個成長、求學生涯，也一直是順遂、快樂的。

倘若不是媽媽偶爾口述，他其實壓根不知道自己有個壞蛋親爹。

直到他大學畢業沒多久，母親和繼父車禍過世，他繼承了豐厚家業，儘管傷心，但一方面又想要大展身手，就像他崇敬的繼父那樣，當個事業有成的大老闆。

然而他不是做生意的料，做什麼賠什麼；加上他嗜酒又愛熱鬧，時常酒過三巡，被沒多熟的朋友遊說拿錢出來投資，酒醒之後連自己昨晚到底簽過什麼合約都不記得。

後來，他被幾個壞傢伙盯上，他們假意和他交好，哄他變賣祖產投資一件商業大案，他信心滿滿地賭上了身家。

然後什麼都沒有了。

連過去那些換帖兄弟和紅顏知己都沒有了。

他那些兄弟得知他一敗塗地後，一個個變成大忙人，忙得再也沒有時間和他喝酒出遊。

那些原本成天黏在他身邊爭風吃醋的紅顏知己們，不約而同地不黏他了，甚至反過來嫌他黏。

唯獨良蕙，在他得意時不曾主動黏過他，在他失意時也不嫌他黏。

良蕙從小就在自家經營的居酒屋幫忙，不但和父母學得一手好廚藝，也有些管理天分，畢業沒幾年，她父母便放心地將整間店交給她全權打理，而她也經營得有聲有色，營業額比過去都多出一大截。

那時他經朋友介紹，聽說有間巷內小店東西好吃，女老闆年輕漂亮，他三不五時帶著兄弟們登門捧場，一坐就是一整晚，聊時事大局、聊創業經商、聊名錶美酒；他覺得她會像其他女人一樣，拜倒在他的闊綽手腕和雄心壯志下，會主動貼上他，甩都甩不掉。

但她沒有。

直到他幾乎賠光積蓄、賣盡家產，再也沒辦法像以前那樣帶著一群兄弟四處炫富時，他以為她和其他人一樣，會疏遠他、給他臉色看、會藉口打烊拿雞毛撢子趕他出去。

但她沒有。

她還是和以前一樣讓他在店裡窩到三更半夜，且在他醉吐一地時，遞上乾淨溫熱的毛巾讓他擦臉。

然後他們結婚了。

他有時會覺得奇怪，問良蕙到底看上他哪一點，良蕙說他每次暢談理想時的眼睛閃閃發光，誠摯又可愛；她說她喜歡懷抱夢想的男人。

婚後她每日打理居酒屋之外，便是絞盡腦汁替他計算債務，費盡心思替他守下剩餘兩三間祖厝。

這些年來，他成天嚷著要東山再起，要讓那些離他而去的豬朋狗友回頭諂媚他，他要得意洋洋地嚴詞拒絕他們；他希望得到她的支持，但她只盼他找份安穩工作，踏實過生活，或者乾脆在她那居酒屋裡幫忙。

他平時除了喝酒，其實也不是沒試過找工作，但十幾年來，沒一樣工作做得長久，他嫌棄沒有未來的工作、嫌棄名堂不夠好聽的工作、嫌棄無法快速升遷發達的工作，他想要當大老闆，想要高談闊論經商致富。

他時常拿著不知從哪兒聽來的情報，遊說她拿出積蓄讓他投資，說這次一定能夠大賺，說成功之後要帶她入住億萬豪宅、在私人遊艇裡開生日派對。

她有時微笑拒絕他，有時板起臉斥責他，他不時會據理力爭，反問她以前不是說喜歡懷抱夢想的男人嗎，爲什麼不支持他實踐夢想？

她說實踐夢想要花時間心力打好根基，不是看哪件事熱門就擠過去湊熱鬧，那不是實踐，是投機；那些隨著熱潮暴起暴落、跟免洗內褲沒兩樣的創業標的，也不能算是夢想，只能算是樂透明牌。

但她也不是每次都拒絕他，有幾次，她眞的拿出一些積蓄，給他當本錢、讓他「玩玩」，自然，他從未玩出什麼像樣的成果。

她以爲這樣能夠讓他看清些什麼。

但他總覺得這一次次失敗，是本金不足，導致功敗垂成。

他不服氣，他還有最後兩三間祖厝。

他終於鎖定了一個超級投資標的，他有百分之百的信心，爲此他不但偷偷抵押了祖厝，還敲了地下錢莊的門。

半年之後，他涕淚縱橫地在孩子面前向她下跪認錯，求她再拿點什麼出來，否則錢莊債主要找上門了。

她抱著孩子大哭一晚，賣掉了接手經營多年的居酒屋和自家公寓，以及一切能夠變賣的嫁妝首飾，還腫著眼睛返回娘家向父母借來了兩老的棺材本，才終於擺平幾筆債務裡最難纏的一筆。

他們搬入了廉價租屋處，她身兼好幾份工，七拼八湊地替孩子擠出學費。

然後她病倒了，再也沒起來。

他的岳父母替她辦完喪事，帶走了他女兒雅如，只留給他一張保單。

那張終身壽險，是他們剛結婚時，她擅自替他買下的一份保險，剛好期滿，每年還能領回點零花錢。

岳父臨走前無奈地對他說，女兒什麼都好，這輩子唯一一件錯事，就是愛上一個廢物。

他沒有替自己辯解，他完全同意。

他恨死自己了。

「我老婆住院前一晚，我還在喝酒……她說她不舒服，要我進房陪她，我要她等等，等我喝完手上那瓶酒，結果……我醉到早上，在沙發上醒來，回房發現她還睡著，沒出門工作，我搖她半天也搖不醒，叫來救護車送她去醫院，才知道她病了，病得很重……」田啓法淚流滿面地對老人說：「你說……我是不是廢物？」

「是啊。」老人點點頭，舉小酒杯向田啓法一敬，乾杯。「敬廢物一杯。」

「謝謝……」田啓法邊哭邊笑，回敬一杯，抹抹眼淚，隱隱露出得意神情：「不過我這廢物，總算還有點剩餘價值。」

「什麼價值？」老人剝著花生問。

「那張保單，要生效了……」田啓法主動伸手拿過葫蘆替自己倒酒，他隱隱覺得奇怪，兩人對飲大半夜、乾了幾十杯，但這葫蘆端在手裡，像是仍有七分滿。

他放下葫蘆，指指自己肝臟位置。

「女兒出生之後，我老婆把保單受益人改成女兒的名字。」田啓法說：「這是我這做爸爸的，唯一能夠留給她的東西了。」

「所以你打算留給女兒的遺物，就是用喝酒喝到死換得的保費？」

「是啊。」

「嘿嘿，還眞的挺廢物的。」

「是呀。」

「來，再敬廢物一杯。」

「謝謝……不過，你這葫蘆裡的酒怎麼喝不完吶？」

「沒聽過酒鬼嫌酒喝不完的。」

「也是。」

「聊完了你，聊聊你女兒吧，她像你還是像你老婆？」

「當然像我老婆，像我就完了，她呀——」

□

田雅如臉色慘白、口唇發青，但一雙眼睛卻炯炯有神，閃爍著異樣的光；她眉頭緊蹙，左手扠腰、右手指天指地，指著跪在她面前的兩個老人破口大罵。

兩老是田啓法岳父母，是田雅如的外公、外婆；他倆靜靜跪著，細碎地磕著頭，口中不停呢喃。

飯廳櫥櫃堆滿古怪瓶罐、飾物和袋子，餐桌上散落著碎盤破碗和飯菜湯汁。

「難吃、難吃，那麼難吃的東西，好意思當成本仙姑宵夜？」田雅如上前一步，分別揪著兩老頭髮，狠狠往他們臉上甩巴掌。

兩老被打得眼冒金星，卻一點也沒有反抗之意，等田雅如鬆了手，繼續祝禱磕頭。

田雅如來到櫥櫃前取出一只酒壺，大搖大擺走到客廳往沙發蹺腳一坐，揭開瓶蓋對著嘴喝，一口接一口。

田雅如兩隻眼睛青光閃爍、神情瘋癲暴戾，一點也不像是田啓法記憶裡那會幫忙媽媽做菜、打掃家務的乖孩子。

貳

「啓法……啓法……女兒出事了，我爸媽、你女兒都有危險，求求你振作點，救救他們，啓法……」

田啓法驚坐起身，盯著身邊往來行人，腦袋裡仍是女兒田雅如那副凶暴模樣、岳父母呆滯受虐的臉孔，和過往賢淑妻子的呼喚求援。

「老婆、老婆……」他站起身，茫然往遠方張望，岳父母家距離市區可有好一段距離。他這麼發呆好半晌，直到肚子咕嚕嚕叫了幾聲，突然有些吃驚——

隱隱作痛一段時間的腹部似乎不怎麼疼了。

沒有慣常宿醉時的頭昏眼花和反胃感，只覺得肚子餓得不得了。

他好久沒這麼餓了，之前好長一段時間，他都沒什麼食慾，他的胃彷彿只爲酒精而開，那是肝癌晚期症狀之一。

他摸摸口袋，翻出十幾元，端在手上看了老半晌，猶豫著要不要上便利商店買兩顆茶葉蛋裹腹——他考慮半晌之後，提著家當行李走下天橋，卻沒去便利商店，而是往公車站走。他將十幾元當成車資，花了幾十分鐘，搭乘公車到一處派報社，討了張建案廣告看板，來到指定的馬路旁站著。

這是他這一兩年常接的零工，這幾個月他身體惡化、體力差了，舉不動牌子，幾週才來一次，派報社的人倒是還認得他，給了他瓶礦泉水。

他拄著廣告看板，數著駛過身邊的名車，儘管天空晴朗，迎面颳來的風卻冷冽凍骨，可是不知怎地，他只覺得肚子雖然飢餓，但微微發暖，像是藏了只懷爐般——他當眞伸手進衣服裡摸摸肚子，自然沒摸著懷爐，只摸著因腹水而腫脹的肚皮。

說也奇怪，田啓法腫脹一段時間的肚子似乎消風不少。

而且此時他神清氣爽、體力旺盛許多，一點也不像是肝癌末期還喝得酩酊大醉醒來之後該有的狀態。

只是肚子餓了點。

他想起昨晚的老遊民和那只裝著滿滿美酒的葫蘆。

他們對飲一整個晚上，聊天內容幾乎都圍繞在田啓法身上，從童年聊到婚姻，和他那戒不去的嗜酒劣習。

田啓法對那老遊民所知無多，只知道他叫作陳阿車。

不知此時陳阿車上哪兒去了呢？

田啓法忍不住舔起嘴唇，懷念昨晚葫蘆美酒滋味。

就在這時，他發現對街站著一個撐傘的女人。

撐傘女人低頭垂髮，看不清面容，但姿態、身形，甚至是服裝，都與他那過世妻子有些相似。

田啓法揉揉眼睛，然後睜大，還伸長了脖子，更仔細地望向對街。

女人舉手緩緩指向一個方向，還抬起了頭，她的面容有如失焦的照片般模糊不清，田啓法只隱約見到她口唇微動，像是在對他說話。

聲音彷彿從田啓法耳裡發出一般。

「啓法，救救我爸媽、救救我們女兒……」

「良蕙！」田啓法忍不住驚呼出聲。「眞的是妳？」

下一刻，一輛公車駛過他眼前，女人也不見了。

□

黃昏時分，田啓法拖著行李箱走出派報社，口袋裡多了八張百元鈔票，這些是他這日舉牌的工資。

他心慌意亂地走了幾條街，在一處公車站牌等著公車，搭了數十分鐘車，然後下車。

他在街道上左顧右盼老半晌，一時想不起岳父母家確切位置，急得停下腳步，低頭祝禱起來。「良蕙，如果眞的是妳的話……快告訴我怎麼走……」

再睜開眼睛，早先那撐傘女人又出現了。

她站在距離他十數公尺外，伸手指向一條巷弄。

他忍不住想往那女人走去，問個清楚，但她旋即消失——今天一整天，她無數次這麼出現、又這麼消失。

她每次現身，都會向田啓法捎上一兩句話。

「救救女兒。」

「我家裡出事了。」

「有髒東西藏進了她的身。」

「我的牌位被貼了符，我回不了家，只好來找你幫忙。」

「啓法，你得振作點……」

因此，儘管田啓法無顏面對曾經當面責備過他的岳父母，但仍硬著頭皮，搭了公車過來，想弄清楚情況——他往好處想，倘若她那撐傘身影和一聲聲求助話語，其實是自己腦袋出了問題，產生的幻覺幻聽，或許是最好的情況，只要確認女兒平安，癌末的他，腦袋是好是壞，也不是很重要。

他走入她所指巷弄中，見到一處街燈接連閃爍，暗暗猜想那是否是良蕙給他的提示。

田啓法走近街燈，打量鄰近幾處公寓大門，正猶豫著該不該再一次向良蕙祝禱祈求提示，突然見到一位老先生提著購物袋往自己走來。

正是他那老丈人，田雅如的外公，老林。

老林走過田啓法身邊，望了他一眼，像是沒認出他，自顧自地走到了公寓門前，取鑰匙開門。

「爸……」田啓法硬著頭皮跟上前喊老林。

老林停下動作，轉過頭，望著田啓法半晌，冷冷說：「你哪位呀？」

「我……我是啓法……」田啓法望著老林那雙空洞且陌生的眼睛，怯怯地說：「良蕙過世之後，我很久沒拜訪你們，你們……最近過得好嗎？」

「良蕙？」老林呆愣幾秒，突然變了張臉，神情扭曲地說：「你說那隻賤婊子？你找她做什麼？」

「呃……」田啓法讓老林猙獰神情和說出的話嚇得遍體生寒，在他印象中，岳父母都客氣有禮，當時妻子喪禮上對他的那番怨懟，已經是岳父能夠說出最重的話了。

他完全無法想像過去溫呑和藹的老丈人會用「婊子」這種字眼形容自己的女兒。

「呃……」田啓法拍拍腦袋，當眞懷疑自己幻聽了，他望著老林，又揉揉眼睛，總覺得老林雙眼、口鼻，都隱隱飄出黑氣。他不知道怎麼接話，索性單刀直入地說：「我能不能看看雅如？我好久沒見她了。」

「你是她什麼人？」老林聽到「雅如」兩個字，神情才不再猙獰。

「我是她爸爸。」田啓法苦笑說：「爸，我是啓法呀……」

「……」老林靜默數秒，轉身開門走進公寓，回頭冷冷對田啓法說：「跟我上來吧。」

「是……」田啓法連忙上前，跟著老林上樓。

四樓岳父母家門上貼滿奇異符籙，有些像是靈異電影場景。

老林開了門，屋裡湧出了奇異薰香氣味。

「咳、咳咳……」田啓法被那香味熏得有些頭暈，他不好意思將自己流落街頭的家當行李拉進屋裡，只隨意擺放在門外，他進房、輕掩上門，站在門旁怯怯地打量四周——幾面牆上貼滿了符，一張張符籙有大有小、墨跡五顏六色。

「雅如、雅如呀……」老林來到雅如門前，敲了敲門。「外公買酒回來了，有個人說是妳爸爸，妳見不見他？」

好半晌，門打開，雅如穿著睡衣，神情陰冷瞪著老林，沙啞說：「你叫我什麼？」

老林猛一哆嗦，立時揚起手重重搧了自己兩巴掌，低頭說：「我老糊塗了，仙姑……」

「哼。」田雅如視線越過老林，盯在站在門邊的田啓法臉上。

田啓法張大嘴巴，無法相信此時此刻眼前發生的事，他一度以為自己其實還蜷縮在天橋上睡著，作著夢——顯然是個惡夢。

田雅如推開老林，扠著手往田啓法走來。「你是我爸？你叫什麼名字？」

田啓法讓田雅如一雙陰邪眼睛嚇得魂飛魄散，在他的印象中，女兒雅如的眼睛不大，但清澈天眞，此時眼前雅如一雙眼瞳直勾勾上吊、眼白發青、臉色灰白、口唇烏黑，模樣彷如厲鬼一般。

「你聽不見我問你話？」田雅如扠著手，瞪著田啓法說：「你叫什麼名字？」

「我……」田啓法吞了口口水，說：「妳不記得爸爸啦？」

田雅如歪著頭，上下打量田啓法，突然嘻嘻一笑，張開雙臂，給了他一個大大的擁抱。

田啓法被女兒這麼一抱，卻只覺得遍體生寒。

她身上除了薰香味之外，還隱隱透著一股死亡屍味。

「雅如……」田啓法忍不住問：「妳怎麼了？」

「我怎麼？我沒什麼呀。」田雅如拉著田啓法走向餐桌，半強迫地按著他入座，拿了只馬克杯擺在他面前。「我聽說你很愛喝酒？陪我喝一杯吧。」她說到這裡，回頭喊著老林。「老頭，愣著幹嘛？替爸爸倒酒呀。」

老林從購物袋中取出兩瓶威士忌，揭開瓶蓋，替田啓法面前那只馬克杯斟了八分滿，跟著又倒滿另個馬克杯，恭恭敬敬地捧給田雅如。

「乾！」田雅如舉起馬克杯大口豪飲起來。

「等等、等等……」田啓法見田雅如用狂飲啤酒的喝法喝威士忌，立時開口喝止：「妳……妳才幾歲，怎麼喝酒呢？」

「我幾歲？」田雅如抹抹嘴，轉頭望著老林。「十四？還是十五？」

「下禮拜過完生日，就十五了。」老林這麼說。

「嗯。」田雅如點點頭，望回田啓法，似笑非笑地說：「你不是我爸爸嗎，怎麼連我幾歲都不知道？」

「我、我怎麼會不知道！」田啓法著急說：「我是問妳，爲什麼喝酒？」

「因爲好喝啊。」田雅如反問：「你愛喝酒，不也是因爲好喝，還有其他理由嗎？」

「可是……」田啓法見田雅如又舉起馬克杯往嘴邊送，立時站起，探長了身子伸手要搶田雅如的馬克杯，但他頭髮被老林自身後一把揪著，整個腦袋向後一仰，又給拉回椅上。

老林雙眼滿布血絲，枯瘦手腕青筋賁起，一手緊揪田啓法頭髮，一手掐他後頸；田啓法愕然掙扎，卻見到田雅如惡獸般攀上餐桌，手腳並用、粗魯野蠻地爬向他，緊握住他雙手。

田啓法腦袋被老林揪著頭髮往後扯，雙腕被女兒握著往前拉，只感到這對外祖孫女力氣奇大，竟將自己用這般怪異姿勢按在椅上，動彈不得。

「老太婆、老太婆！」田雅如蹲在餐桌上，尖聲厲笑，朝著廚房方向大喊：「饅頭蒸好了沒有？我爸爸餓啦！」

「好了好了。」老婦人自廚房端出一盤冒著蒸煙的饅頭，急急走近餐桌，她是田啓法丈母娘、雅如外婆，阿冬。

幾顆褐黑色饅頭在大瓷盤上疊成一座小山。

褐黑色饅頭氣味腥臭，表面遍布著像是麵粉沒有揉勻而產生的結塊，甚至這兒穿出一截鼠尾、那兒插著一隻鼠爪。

「爸爸是客人，他餓了，快餵他吃饅頭！」田雅如瞪大眼睛，狂野尖笑。

「遵命！仙姑！」外婆阿冬一手捏住田啓法雙頰、捏開他嘴巴，抓起一塊褐黑大饅頭就往田啓法嘴裡塞。

「嗚！」田啓法只覺得塞入口的饅頭讓他滿嘴腥臭，不住地反胃要嘔，但雙手、腦袋給牢牢固定，不論他身子扭得再激烈、兩隻腳踢踢蹬蹬，依舊無法掙脫。

阿冬手勁極大，緩緩將手中那顆黑臭碩大的饅頭，一寸寸往田啓法嘴裡塞。

「只吃饅頭太乾啦，喝點酒呀！」田雅如改用一手扣著田啓法兩手，另一手抓來威士忌往田啓法口鼻上淋。

「咳、咳咳——」田啓法被淋了滿臉威士忌，嗆咳不止，濡濕泥爛的饅頭屑，像是火山熔岩般在他的口邊噴濺。

奇怪的是，他噴出口的不僅是饅頭泥。

還伴著一股金色煙霧。

「哎喲！」田雅如被那金色煙霧熏著眼睛，尖叫地鬆開手，摀著眼睛翻身下桌；阿冬也扔下饅頭退開老遠，像是被金煙燙著般不停甩手，驚怒瞪著田啓法。

田啓法扭身想要掙脫老林揪髮的手，一面摳挖口中惡臭饅頭，又咳又嘔，吐了滿手酒水饅頭渣——

碎爛饅頭渣同樣泛著奇異的金煙。

「喝！」老林和田啓法糾纏扭抱，被田啓法嗆咳出口的酒水饅頭渣濺了滿臉，立時抹臉嗥叫著退開。

田啓法一面挖喉一面嘔，踉踉蹌蹌地要往外逃，後頭田雅如一聲令下，老林和阿冬有如聽見號令的獵犬般飛撲上來，抱著田啓法腰腿不讓他逃，但田啓法不時嘔吐，起初吐出一灘灘爛饅頭泥，跟著吐出一股股金光閃閃的液體。

那金亮汁液，瀰漫著濃醇高粱酒香。

老林和阿冬身上被濺著金亮酒水，彷彿被滾水燙著，再次哀號後退。

「嘔、嘔嘔——」田啓法驚恐奔至大門、踩上拖鞋，急急開門就往外逃，情急之中，也無暇拿他那擱在門邊的家當行李箱，只一味往樓下衝。

他聽見背後一陣古怪拍掌聲，急忙回頭，只見田雅如竟像隻蜘蛛般整個身子貼伏在樓梯間天花板上，口鼻雙眼都冒著黑煙，垂下一手，提著他那只家當行李箱，手腳並用，飛快爬牆追他，還咧嘴尖笑大嚷：「爸爸，你行李忘了拿呀。這麼急著走，不陪我喝酒聊天？」

「呀——」他嚇得魂飛魄散，卯足全力飛奔下樓。

他終於奔下一樓，奔近公寓鐵門，剛按著開門鍵，背後轟隆一震、後背劇痛——是被田雅如扔來那只行李箱擊中後背。

門開出一條縫，他撫著後背暈眩跪倒，隱約見著門外站著個人影。

田雅如呀的一聲，落在田啓法背後，揪著他的頭髮，要將他往樓上拖。

噗的一聲，一股酒香水霧自門縫噴入梯間。

田雅如頭臉身子沾著那水霧，立時冒出蒸煙，她尖吼著向後一躍，躍上通往二樓的樓梯轉彎處，甩頭抹臉，急忙擦拭臉上水霧。

門外那人推開門，伸手攙著田啓法胳臂，目不轉睛地望著田雅如。

是昨夜請田啓法喝酒的老遊民陳阿車。

陳阿車右手托著田啓法脅下，左手提著那葫蘆，見田雅如探著身子向前兩步，立時舉高葫蘆，大飲一口，嘟著鼓脹嘴巴，作勢要朝她噴酒，嚇得田雅如咿呀一聲，後退好遠。

陳阿車抬腳勾起田啓法那行李箱，攙著他走出公寓，將他連同行李箱一同推入一輛三輪腳踏車小棚貨架裡，跟著自己踩上車，一面騎一面回頭朝剛剛那公寓方向望去，只見田雅如在四樓窗邊，冷冷往下望。

像是一頭狩獵失敗的獸。

□

田啓法窩在搖搖晃晃的三輪車後座小棚貨架裡，恍惚望著小棚外的街景，緩緩地往前、緩緩地縮小。

跟著，他的注意力從緩緩縮小、消失的街景，轉到頭頂自小棚垂下的一串古怪墜飾上。

那串墜飾中有幾朵玉蘭花，和幾枚乍看下是縮小版的晴天娃娃。

數枚晴天娃娃只有拇指大小，外觀古舊破爛，不像一般晴天娃娃頭上尾下，而是打橫著身子懸在小棚下，隨著車身左右搖晃。

田啓法望了一陣晴天娃娃，神智清醒了些，便坐直身子盤起腿，開始打量起四周；自弧形棚頂垂下的那串晴天娃娃墜飾，剛好就在他頭頂上方晃來盪去，玉蘭花瓣不時搔過他那頭亂髮。

這小棚貨架裡頭的空間其實還算寬敞，約莫有半張單人床寬，四周堆著幾片攤平的瓦楞紙箱，幾件衣物、毯子、日常雜物、泡麵和瓶裝水，甚至還有小收納盒、行動電源和手機充電線，儼然是處行動住所。

小帆布棚左右兩側各有一塊透明塑膠帆布遮蓋，能夠向外推開，彷如兩扇小窗。

田啓法回頭，朝向車頭的那面帆布棚上，同樣也有一處能夠向外推開的橫形透明塑膠帆布小窗。

透過有些模糊的塑膠帆布小窗，能夠瞧見騎腳踏車的陳阿車。

田啓法望著陳阿車那瘦瘦小小的背影，跟著意識到這三輪車不是機車，而是腳踏車，載著這麼一個載貨車斗棚子，那陳阿車竟踩得挺順暢。

「唔……」田啓法此時神智幾乎完全恢復了，漸漸感到殘留在口腔裡那血饅頭和死老鼠氣味，齒舌之間甚至還沾著些碎渣，他伸手摳了摳，摳出一撮鼠毛和一隻鼠爪子，哇的一聲就想嘔吐。

「哇！你可別吐在我窩裡呀——」陳阿車回頭嚷嚷，急急停下車，繞到小棚貨架前將田啓法揪下車，攙著他走入一條防火小巷，讓他扶著牆嘔吐，不時拍拍他的背、捏捏他後頸，還舉高葫蘆，倒出酒水淋他腦袋，沖洗他頭臉上那些饅頭泥和嘔吐殘渣。

田啓法喘著氣，只覺得頭臉沁涼卻不寒冷，酒香濃醇卻不刺鼻，猛然驚覺這舒暢冷水竟是陳阿車那葫蘆裡的酒，連忙抓住陳阿車手腕，阻止他繼續往自己頭上淋酒，嚷嚷叫著：「老先生，你用這麼好的酒替我洗臉，太浪費了吧！」

「小老弟，你不關心自己，先關心我的酒？」陳阿車問田啓法。「你渴不渴？」

「嗯……」田啓法點點頭，見陳阿車將葫蘆往他嘴巴湊來，不免有些遲疑——即便是好酒之徒，在口乾舌燥時，不喝水而喝高粱解渴者，卻也不多。

儘管如此，陳阿車已經高舉起葫蘆，還微微傾倒，又對著田啓法臉上倒出酒水。

田啓法本能地張嘴去接，接著滿滿一口，咕嚕嚕地吞嚥——他瞪大眼睛，驚訝困惑，只覺得這「酒」雖然香氣逼人，但喝入口、滾入喉卻清淡似水，自然比濃烈高粱更適合解渴，甚至比尋常白開水還要滋潤香甜。

他咕嚕嚕地喝了一肚子酒香清水，覺得像是充滿電一般，身子恢復輕盈，後背被行李箱重砸的痛楚也漸漸消散。

「到底……怎麼回事？」他望著陳阿車。

「別急。」陳阿車瞇起眼睛，嘻嘻一笑。「你今天不是打了工？拿工錢去買點滷味，找個地方，我們慢慢喝、慢慢聊。」

參

天色黑了，河岸這座橋車來車往，陳阿車騎著三輪車載田啓法來到橋下梁柱旁，在三輪車旁放平田啓法那行李箱當成桌子，擺上三袋滷味和兩只玻璃杯。

陳阿車從滷味袋子裡挾了塊豆干入口，托起他那葫蘆，斟滿一只小玻璃杯，朝田啓法呶呶嘴，說：「昨天喝高粱，今天喝洋酒，頂級威士忌，嗯？你不愛喝洋酒？」

「……」田啓法呆愣愣望著陳阿車，不住搓著手，喃喃問：「老先生，我女兒到底發生了什麼事？我眞的很擔心她……」

陳阿車又挾了兩口滷味吃下，飲乾一杯酒，瞇著眼睛望著田啓法，盯了他好半晌，拿起田啓法那杯酒，直直遞到他臉前說：「你先喝。讓我想想該怎麼跟你說……這事有點複雜，我不太會說故事，一下子也不知道該怎麼讓你明白整件事。」

田啓法莫可奈何，接過酒杯，一飲而盡，才剛放下杯子，見陳阿車立時又替他注滿一杯，他也沒伸手去拿杯子，反倒像個等候放榜的孩子般，雙手握拳抵著盤地雙膝，目不轉睛地望著陳阿車，只等他開口。

他緊張屏息十餘秒，陳阿車只是默默吃喝，田啓法終於吸了口氣，只覺得鼻端口腔裡依舊瀰漫著濃濃酒香，這才意識到眼前這威士忌等級，可不遜於昨晚的高粱。

他忍不住捏起小杯，卻仍沒湊近口，望著陳阿車，仍在等陳阿車開口。

陳阿車瞥了田啓法一眼，又喝乾一杯，再斟滿，對田啓法搖搖筷子指著酒菜說：「先吃吧，你餓著肚子怎麼救女兒？」

「救女兒……」田啓法聽陳阿車這麼說，這才拆了筷子，挾滷味吃，邊吃邊問：「我女兒……到底出了什麼事？」

「你覺得她出了什麼事？」陳阿車瞇著眼睛反問。

「她……腦袋出了問題？但是，爲什麼連我岳父母也……」田啓法抓著頭，喃喃地說：「他們看起來像是全中邪了。」

「你說對了。」陳阿車點點頭。「就是中邪。」

「眞是中邪？」田啓法瞪大眼睛。

「如果只是腦袋有問題……」陳阿車這麼問：「怎能貼在牆上爬？」

田啓法被陳阿車這一針見血的反問說服，喃喃地說：「是啊，如果只是腦袋出了問題，力氣不可能變這麼大、不可能像是蜘蛛一樣在牆上爬……如果眞是中邪，那我們要怎麼救她……啊！」他說到這裡，突然啊呀一聲，對陳阿車舉起手中半杯威士忌，說：「我想起來了，剛剛你在門外噴了她一口酒，立刻就嚇跑她了！這到底是什麼酒，這麼厲害？」

「這酒能當酒喝解饞，也能當水喝解渴，還能洗臉洗手洗澡，更能趕鬼。」陳阿車提起那葫蘆搖了搖，得意地說：「確實厲害。」

「這酒能趕鬼？」田啓法急急地說：「那我們還喝什麼酒？趕快去救我女兒呀！」

「房子裡不只有你女兒。」陳阿車攤攤手說：「光靠這壺酒，可救不著她。」

「房子裡還有誰？我岳父岳母？」田啓法問：「所以你這酒只能趕一隻鬼，救一個人？」

「不。」陳阿車搖搖頭，說：「我這酒，能趕很多鬼、救很多人，能將不乾淨的屋子洗乾淨；但是你女兒那間屋子裡的東西，不是普通的鬼，背後還有厲害傢伙撐腰，師父要我別輕舉妄動，得配合其他道友一起行動。」

「你說附在我女兒身上的鬼……背後還有更厲害的傢伙？是什麼厲害傢伙？」

「是地底下的魔王。」

「魔王？」田啓法自然認得「魔王」這兩個字，也大約理解這兩個字在常人間的習慣用法，但此時此刻，仍有些摸不著頭緒，愣愣地問：「魔王……什麼魔王？就是……比普通鬼更凶、更厲害的鬼？」

「這麼說也沒錯！」陳阿車咧嘴大笑，吞下一杯酒，點頭說：「但不是厲害一點兩點，是厲害非常、非常、非常——」他繞口令般一口氣說了十來個「非常」之後，這才加上了結尾。「非常多。」

「那……」田啓法惶恐說：「那我女兒豈不是完蛋了？報警有用嗎？」

「可能有用吧。」陳阿車隨口說，見田啓法急急起身眞要去報警，連忙喊住他，對他說：「就算你報警，消息最後也會轉給那幾個我熟識的警察，然後傳回我手上，讓我處理——這就是我的工作啊。」

「什麼？」田啓法聽陳阿車稱連警察也要請他幫忙，想起他那口驅鬼酒的威力，便又乖乖坐回被當成桌子的行李箱前，問：「所以……您是道士、法師？」

「差不多吧，要叫我道士、法師、怪人、流浪漢什麼都行。」陳阿車點點頭，說：「以前我師父跟我說，我們這種人，是被上天選中的人……」

「被上天……選中的人……」田啓法見陳阿車用嘴啜啜他面前那杯酒，便端起喝下，只覺口腔喉頭酒香滿溢、胃腹胸膛暖呼呼的，舒暢極了。「所以，我們該怎麼……對付我岳父母家裡的魔王？」

「等。」陳阿車又乾了一杯。

「等？」田啓法茫然。

「等一個人。」陳阿車再乾一杯。

「等誰？」田啓法也陪了一杯。

「一個小伙子……」陳阿車吃了兩口滷味，又說：「嗯，好多年沒和他聯絡，他現在也不是小伙子了，早上跟他通過電話，聽說要成家了。」

「他有辦法對付魔王？」

「可以。」

「他怎麼對付魔王？」

「他呀……」陳阿車瞇著眼睛喝著酒，視線飄過田啓法肩頭，盯向堤上。「他來了，你自己問他吧。」

「啊！」田啓法急急回頭，只見堤坡走下一個男人，男人穿著皮外套、牛仔褲，雙手插進口袋，大步走到兩人面前。

「韓杰，好久不見啦！」陳阿車咧開嘴笑，將自己手中酒杯喝乾，舉起葫蘆倒出美酒，用美酒沖洗杯口，斟了杯酒，遞向走到他身旁的韓杰。「乾一杯吧。」

韓杰望望田啓法、望望陳阿車，望著陳阿車手中那葫蘆和酒杯，搖搖頭，說：「白開水你自己喝吧。」

「白開水？」田啓法呆了呆，望著手中空杯，嗅了嗅，一點酒味也沒有，口腔裡的濃濃酒香，像是夢一般模糊遙遠，但肚腹卻仍暖呼呼的。

「只要有心，白開水也能喝得又香又美。」陳阿車哈哈笑，倒滿一酒杯，一口喝乾，大呼過癮，見田啓法望著他，便又替他斟滿一杯酒。

田啓法望著手中酒杯、望著滿溢出杯的酒液淋濕手指，那濃醇酒香又回來了，這次卻不是威士忌，而是竹葉青了。

「啊！」田啓法抿了一口酒，果然是竹葉青，困惑問陳阿車：「你這葫蘆，能倒出不同的酒？」

「是啊。」陳阿車哈哈大笑。「想喝什麼酒，就能倒出什麼酒，想喝水也能倒出水，只差倒不出雞湯啦，嘿嘿。」

「喂！」韓杰不耐地喊了一聲。「都半夜了，我沒空聽你炫耀你那葫蘆，你說的『門』在哪裡？」

「這麼多年，毛頭小子長大了，還是這麼沒耐性。」陳阿車嘟起嘴，自顧自地喝酒吃滷味。

「你不是找我幫忙救人嗎？」韓杰瞪大眼睛，看了田啓法一眼，問：「你已經救出人了？就是他？那『門』呢？你封了沒？」

「什麼？」田啓法儘管聽不懂「門」是指什麼，但聽得懂「救人」，他立時搖頭說：「不是救我，是救我女兒跟我岳父岳母，他們像是被鬼上身一樣，他們、他們……」

「好啦好啦！」陳阿車喝乾酒杯，伸了個懶腰，起身指指行李箱說：「收拾一下，出發救人。」

□

數十分鐘後，陳阿車騎著三輪車、載著田啓法，又返回那公寓樓下。

兩人下了車，陳阿車朝田啓法使了個眼色，示意他按電鈴。

田啓法有些遲疑，問：「那位老弟還沒到，我們不等他來一起上去？」

「他抄捷徑，現在說不定已經上樓了。」陳阿車這麼說。他們出發前向韓杰交代了地址，分頭趕來，此時卻不見韓杰人影。

「已經上樓了？」田啓法不明白陳阿車這話意思，硬著頭皮按下電鈴。

對講機那端響起一陣喘息聲，沒有說話。

「爸？」田啓法強耐著恐懼，對著對講機說：「我是啓法呀，我……剛剛有些失禮，現在上樓給你們賠罪，我、我還帶了朋友來……」

對講機那端沒有應話，但是鐵門咔嚓一聲，開了。

田啓法推開鐵門，望著陰森梯間，有些害怕。陳阿車拍拍他的肩，要他別怕。

兩人上樓，回到那貼滿符籙的鐵門前，老林隔著鐵門欄杆，陰惻惻地瞅著田啓法。「不是跑了……又來做什麼？」

「來找你們喝酒喲。」陳阿車在田啓法身後探頭。

「……」老林轉身向屋裡問了幾句話，像是得到應允，便開門招待田啓法等人進屋。

田啓法恭恭敬敬摘去拖鞋、將行李箱倚在門旁。陳阿車連鞋也沒脫，笑嘻嘻地扠手進屋。

田雅如蹺腿坐在餐桌前，睨著眼睛瞪向田啓法，手上還端著一只酒瓶。「爸爸，你又來幹嘛？」

「我……」田啓法看了陳阿車一眼，戰戰兢兢揚起手上那兩袋剛剛吃剩的滷味。「我帶了朋友和酒菜，來陪你們吃宵夜。」

「好呀。」田雅如冷笑幾聲，指指桌上幾盤菜，說：「坐下來一起吃。」

田啓法望著桌上餐盤，忍不住哆嗦起來——無頭老鼠、剝皮鳥屍、生魚生肉，和一大碟蚯蚓拌蛆。

老林面無表情走回餐桌旁坐下，和妻子阿冬繼續包著餃子。

桌上兩疊餃子皮盡是霉斑，一盆醬紅肉餡緩緩蠕動著，就連包好的餃子，那鼓脹餃子肚都微微蠕動。

田雅如面前有雙筷子和醬油碟，老林和阿冬包好了餃子，連下鍋都免了，隨手擱在田雅如餐盤上，田雅如捏起筷子挾了就吃。

「雅如……」田啓法搗嘴瞪眼，不敢坐下。

「好啊！」陳阿車倒是拉來椅子一屁股坐下，望著田雅如面前那杯酒——酒裡漂著兩枚老鼠頭。「鼠頭酒，眞懂喝。」

「老傢伙想嚐嚐看？」田雅如望了陳阿車一眼，站起身，拿起那杯泡著老鼠頭的酒，重重放在陳阿車面前。「請你喝，別客氣。」

「謝謝。」陳阿車二話不說，拿起酒杯，一飲而盡，眉頭都沒皺一下。他搖搖空杯中兩枚老鼠頭，笑嘻嘻地捧起自己的葫蘆，將酒杯重新倒滿。

那杯酒隱隱透著金光。

陳阿車將酒杯推向田雅如，笑著說：「小妹妹，妳請我喝一杯，換我請妳喝酒了。」

田雅如瞪著那杯泛著金光的酒，扭了扭鼻子，露出嫌惡神情，她轉頭朝外公老林和外婆阿冬使了個眼色。「回房間替大王上個香，說有大菜上門了。」

老林和阿冬雙雙站起，僵硬著身子轉頭回房。

田雅如和陳阿車兩人對坐餐桌，大眼瞪小眼，田啓法提著滷味，佇在陳阿車身後，不知所措。

「爸爸……」田雅如望向田啓法，冷笑說：「你上哪兒撿來這老頭子呀？」

田啓法還沒回答，陳阿車倒是搶著說：「火車站附近撿的。」

「喔。」田雅如挾了塊無頭鼠屍，重重扣在陳阿車面前。「光喝酒，怎不吃點菜呀？」

「我吃自己帶來的。」陳阿車從口袋掏出一把花生米，咬了兩顆入口，其餘就擱在那鼠屍旁，一顆一顆捏起來吃，還另外摸出兩只小杯擺上桌，拉著田啓法坐下一起喝，邊喝邊催促田雅如。「妳不喝我請妳的酒？」

田雅如碰也不碰那只泛著金光的小酒杯，拿起那瓶老鼠酒，直接就著瓶口喝。

「你也喝啊。」陳阿車用肘抵了抵田啓法胳臂。

田啓法雖然沒有心情喝酒，但也連忙端起陳阿車替他斟滿的小酒杯，一口喝盡——這杯酒入口溫潤香甜，是清酒。

陳阿車路上叮囑過他，到時候要他喝就喝，別囉唆，陳阿車說他那葫蘆不是普通的葫蘆，葫蘆裡倒出的水，在一般人眼中，只是普通清水，只有師父屬意的有緣人，才能嗅著酒香、嚐著酒味。

陳阿車路上說，自己的工作是替上天清理一些不乾淨的「穢地」，穢地除了墳場之外，更多是建築，人們對這種不乾淨的建築，也有些慣用稱呼——

例如「凶宅」。

或是「鬼屋」。

陳阿車那只葫蘆，是他的清潔工具，裡頭那源源不絕的「葫蘆汁」，除了自飲之外，也是他工作時的「清潔劑」，能夠除污去穢、辟邪退鬼。

不久之前，田啓法讓老林和田雅如掐頸抓手，被阿冬往嘴裡塞滿饅頭，反胃嘔出的汁液逼退了田雅如，便是他昨晚痛飲一夜「葫蘆汁」的餘威。

「老頭……你到底是誰？」田雅如睨著眼睛，瞪視陳阿車。

「我是清潔工。」陳阿車從鼠屍旁捏起花生，扔入嘴裡，淡淡地說：「替上頭打掃那些不乾淨的地方，把一些侵門踏戶的傢伙趕出去，把陽世的地方還給陽世的人……」他一邊說，一邊按著桌上葫蘆，望著田雅如，說：「小女孩才十幾歲，這樣糟蹋人家身體，不怕下十八層地獄？」

「地獄？我挺熟吶。」田雅如咧開嘴，沙啞乾笑幾聲，探長了脖子瞪著陳阿車，說：「我就是從地獄爬上來的……」她邊說，撐著桌子緩緩站起身，臉離陳阿車越來越近，神情愈漸猙獰，那絕非一個十來歲少女能夠擠出的神情，甚至不是人臉上能夠產生的神情。

田啓法顫抖著，相信附在田雅如身中的傢伙稱自己見識過地獄是實話，那確確實實是地獄惡鬼的臉。

陳阿車往嘴裡倒了杯酒，卻沒嚥下肚，而是鼓脹著雙頰，直勾勾望著田雅如。

田雅如警覺地向後一縮，怕陳阿車用酒噴她，她撐著桌子、瞪著陳阿車。「你上頭……是哪位神仙呀？」

陳阿車聽她這麼問，便咕嚕將酒嚥下，笑說：「我上頭和我一樣，愛喝酒、愛說笑……」

「呀哈——」田雅如咆哮一聲，動作快得如同獵豹，一把將陳阿車撲倒在地，分別扣住陳阿車捏花生的左手和按葫蘆的右手。

陳阿車倒在地板上，雙手被牢牢抓著，頸子還被田雅如用腳大力踩住，面露痛苦卻發不出聲。

「雅如、雅如！」田啓法揪著田雅如胳臂，卻拉不動她。

「滾開，廢物！」田雅如瞪大眼睛，朝田啓法一聲暴吼，口中噴出猩紅血霧，籠罩住田啓法頭臉腦袋，嗆得田啓法嗆咳不止、摀著口鼻連連後退，鼻涕眼淚淌了滿臉。

「老傢伙，你眞是笨吶！我問什麼你答什麼，嘴巴裡的酒吞下肚，用什麼噴我？你上頭是誰，我猜都猜著了！」田雅如掐著陳阿車雙腕。「不就是瘋和尙濟癲嘛！呀哈哈哈——」

田雅如剛說完，咦了一聲，一雙手自她雙臂下伸來，架住她胳臂，將她往上拉抬。

田啓法一面嗆咳，一面揮手驅趕臉上紅霧，他在朦朧視線中，依稀見到田雅如身後出現一道熟悉身影。

那身影一面拉著田雅如，一面向他叫喚：「啓法、啓法，快來幫忙……」

「又是妳這臭女人！」田雅如猙獰一吼，髮尾化爲黑煙，緊緊勒上身後女人的頸子。

「老婆！」田啓法愕然站起，正想上前幫忙，卻聽田雅如啊呀一聲，鬆手一蹦，抓著那女人身影躍離陳阿車，退到餐桌後方一扇門前，望著自己手腕——她手腕上，纏著一條藤蔓。

藤蔓連著陳阿車手中那只葫蘆。

陳阿車搖搖晃晃站起，埋怨地對被田雅如揪住頭髮的女人說：「我不是叫妳別插手嗎，唉喲……」

那女人被田雅如揪著頭髮，跪在她身邊，一面驚慌掙扎，一面喊著被紅霧嗆得頭昏眼花的田啓法。「啓法！啓法，你沒事吧？」

「老婆……咳咳……」田啓法嗆咳著、強忍紅霧刺痛，硬是睜大眼睛，想看清楚那女人。

「良蕙……是妳嗎？」

「是啦。」陳阿車舉起葫蘆喝了口酒，往田啓法臉上吐出一團酒霧，對他說：「是你老婆沒錯，就是她求我找你的。」

田啓法被那酒霧一噴，立時眼睛不痛、喉嚨不癢，抹抹臉上酒水，望向被田雅如揪著頭髮的女人，正是他過世妻子——良蕙。

「雅如，妳知不知道妳抓的是妳媽媽！快放手呀！」田啓法急得想要上前和田雅如搶人，卻被陳阿車一把揪回身邊，又往他臉上吐了口酒，還將整個葫蘆塞進他懷裡。

「她現在不是你女兒，是陰間厲鬼。」陳阿車對田啓法說：「你用喊的、用打的都沒用，得用這葫蘆治她。」

「這葫蘆……怎麼用？」田啓法捧著那二十餘公分高的葫蘆，只見那條纏著田雅如手腕的藤蔓自葫蘆口旁延伸長出，莖蔓上結著幾片葉子和兩顆青澀小葫蘆。

田雅如死命甩手，還用口咬，怎麼也咬不開纏著她手腕的葫蘆藤蔓，急得向房裡嚷嚷：「老太婆、老頭子，叫你們燒香，你們燒到哪去啦？快點呀——」

「看好啦。」陳阿車拍拍田啓法的臉，令他集中精神，跟著伸手托高葫蘆尾，另一手在葫蘆口下掬了一手酒，倒入口中，仰頭朝空中噴出一片金光閃閃的酒霧。

陳阿車吐完酒霧，立時伸手結了個印，在金光閃閃的酒霧裡畫了道大咒。

酒霧中的符印耀起更加亮眼的金光，照得田雅如哇哇大叫。

被田雅如揪在身邊的良蕙，也被那金光映得痛苦哀號。

「老婆、老婆！」田啓法見良蕙痛苦，急得大喊，卻見陳阿車揪著葫蘆藤蔓一抖，那藤蔓像是活的一樣，倏地抖開一個圈圈，套住田雅如腦袋，緊緊勒纏，逼得她不得不放開良蕙，鬆手去拉扯纏頸藤蔓。

良蕙虛弱伏倒，鑽進地板，消失無蹤。

「雅如……」田啓法見田雅如被藤蔓勒著頸子，神情痛苦，急得不知所措，嚷嚷大喊。「老先生，那我女兒怎麼辦？」

「來，我教你怎麼辦。」陳阿車托著田啓法的手，讓他捧著葫蘆搖晃。「以後你見人鬼上身，就這樣把他揪出來。」

陳阿車搖晃葫蘆，令藤蔓收緊，同時伸手到葫蘆口接了手酒，湊近田啓法嘴巴，令他含著。「別吞下肚，我叫你吐你就吐，啊就是現在——」

田雅如被那葫蘆藤蔓拉近田啓法身邊，陳阿車一聲令下。「往她臉上吐！」

田啓法噗的一聲，將口中酒水全噴在田雅如臉上。

「呀！」田雅如尖叫一聲，臉上冒出蒸煙，身子激烈顫抖。

「混帳，還死撐著不出來！」陳阿車繞到田雅如背後，在她背後畫了道印，大力一拍。

「嘿！」

一團黑氣從田雅如眼耳口鼻噴出，田啓法感到手中葫蘆一震，藤蔓甩上天花板，離開了田雅如身子，卻仍捲著那團黑氣。

黑氣彷若人形，在空中手揮腳踢，呀呀叫著：「糟老頭子、死老太婆，你們聽不見我說話?香燒完了沒?快出來幫忙呀!」

那被藤蔓揪著的人影還沒喊完,房中終於有了動靜,卻不是老林也不是阿冬,而是一個男人。

男人胳臂上捲著一道火,韓杰。

肆

這房間約莫三坪大，天花板垂吊著各式各樣的符籙墜飾。對門牆上畫著好大一面符，符的中央擺著一面連身鏡，角落有張小桌，桌上擺著小香爐和幾樣祭祀用品。

田啓法望著那面連身鏡，不敢置信地問：「你說這面鏡子，是一扇能夠通往陰間的……『鬼門』？」

「是啊。」陳阿車點點頭，伸手到鏡子前指劃一番，只見那鏡子裡的景象朦朧飄動起來，重疊出另個相似空間，但是老舊、破落許多。

「這房子，跟我之前處理的房子完全不一樣吶……」陳阿車對田啓法揙揙手，示意他讓開點，舉起葫蘆喝了口酒，往鏡子上一噴。

鏡中朦朧景象立時消失，陳阿車伸手在鏡面酒霧上寫了道咒，咒印瑩瑩發亮幾秒，旋即消失。

「門關上了。」陳阿車說完，見田啓法猶自發愣，便問：「記住剛剛的符怎麼畫了嗎？」

「啊？」田啓法抓抓頭。「沒有……我畫符幹嘛？」

「你不畫符，怎麼保護你女兒？」陳阿車嘿嘿笑說。「我這次能關上這道門，底下的傢伙下次還是能打開新的門，要是我不在，你得自己把門關上。」

「什麼……」田啓法愕然問：「那到底是什麼傢伙？」

「那傢伙，叫作『啖罪』。」陳阿車說：「是陰間一個魔王。」

「陰間的魔王？」田啓法瞪大眼睛。「他為什麼找我麻煩？我什麼時候招惹魔王了？」

「不是你招惹魔王，也不是魔王盯上你……」陳阿車答：「魔王盯上很多人，你女兒、岳父母，甚至這整棟公寓裡的人，都是他的獵物。」

「獵……物？」田啓法愕然，轉頭望向房外，韓杰正扠著手，站在客廳，拿著手機比手劃腳，像是抱怨、又像是下令指揮，他身旁還跟著隻古怪老傢伙，生著一嘴大白鬍，面容卻像隻獼猴。

剛剛韓杰胳臂捲火踏出房時，可讓田啓法看傻了眼，想破頭也不明白韓杰是怎麼冒出來的。

陳阿車說韓杰其實是下陰間，進入陰間裡同一棟樓的同一間房，打跑了駐守在那間房裡的魔王嘍囉們，再從剛剛那面「鬼門」鏡子返回陽世，走出房間。

陳阿車說田雅如、老林、阿冬身上附著的惡鬼，都是那魔王爪牙，這些爪牙在陽世民宅裡開鬼門、蠱惑住戶、每日用符藥餵養，養到成熟時，就送去陰間給魔王打牙祭。

韓杰進入這陰間對應的公寓後，逐層驅趕魔王爪牙，打進這間房時，裡頭待命的爪牙剛收到老林和阿冬的香火通報，說有道大菜上門，指的便是陳阿車，那爪牙還沒來得及通報魔王派幫手過來收「大菜」，便讓韓杰打得屁滾尿流。

老林和阿冬身上的嘍囉鬼燃了香卻得不到回應，探頭進鬼門想瞧瞧發生什麼事，被韓杰逮個正著，用香灰繩子綁在陰間，通知陰差接手處理。

被陳阿車從田雅如身上拉出的傢伙，雖然像是這批嘍囉裡的小頭目，但韓杰問他半晌也問不出新東西，索性將他用香灰繩子綑著塞入鬼門，一併交給陰差處理。

至於跟在韓杰身邊那老獼猴可不是普通的獼猴，他本來是某座山上土地神的小跟班，後來接替了土地神的位置，如今被指派在韓杰身邊，聽其指揮行事。

韓杰從陰間打上樓時，注意到這公寓不只一間房中有祭壇和鬼門，知道那魔王胃口不小，特地喊來老獼猴，要他帶著山魅跟班們暫時駐守在這兒，同時在這地方插旗點燈，讓上天特別關照，以防魔王趁自己離去時，又差爪牙突襲擄人。

老獼猴肩上伏著隻模樣像是樹懶的人形小傢伙，擅長迷魂夢術，他在昏厥的田雅如、老林和阿冬額頭上親了幾下，安穩祖孫三人心神，讓他們暫時長眠，免得他們突然醒來見到滿桌鼠屍殘蟲，可要嚇得瘋了。

「哈哈，我實在不擅長拐著彎說話……」陳阿車捧著葫蘆，喝了幾口酒，笑著對田啓法說：「我直說好了，其實我快退休了，前陣子師父專程下來找我喝酒，跟我說時候到了，要我正式替自己——」陳阿車望著田啓法。「找到一個接班人。」

「接班人……」田啓法見陳阿車這麼說時，托著葫蘆瞅著他笑，隱隱會意。「你要我……當你的接班人？」

「是呀。」陳阿車點點頭。

「你開玩笑是吧……」

「我平常是喜歡開玩笑，但這件事我沒開玩笑。」陳阿車笑著說：「你能喝出這葫蘆裡的酒的酒味，表示你是有緣人。」

「我沒幾天能活啦。」田啓法攤手苦笑。「天底下有那麼多人能找，你找個癌末病人，你師父也不會要我吧。」

「癌末病人又怎樣啦？」陳阿車指指自己的腹部。「師父當年找上我時，我也是癌末病人，我的癌跟你的癌，是一模一樣的癌。」

「什麼？」田啓法瞪大眼睛。「你……你也肝癌？」

「嘿嘿！」陳阿車哈哈大笑，舉著葫蘆就往嘴邊灌。「你說呢？」

「所以……」田啓法訝異問：「所以……你就是當了濟公乩身，才活到現在？」

「是啊。」陳阿車點點頭。

「所以……我當你的接班人，我的肝癌就會好？」田啓法撫著腹部。

「不會全好。」陳阿車微笑說。「但可以讓你多活幾十年，和我一樣。我替師父打掃人間穢地，當四十年清潔工，酬勞就是四十年陽壽。」他說到這裡，嘿嘿笑著，揚了揚手上葫蘆。「和四十年分的美酒。」

「這葫蘆……」田啓法本來對四十年陽壽還沒什麼反應，但見到陳阿車手上葫蘆，總算體悟到這「工資」價值，連忙問：「那葫蘆是濟公師父的法寶？裡頭有喝不完的酒？」

「說是酒，其實就是葫蘆汁。」陳阿車又掏出了小玻璃杯，分給田啓法一個，替他斟滿酒，自己也斟一杯，和他碰杯一撞，一口喝乾。「外人喝起來就只是帶著葫蘆氣味的水，我們喝進嘴裡，卻是酒味，會醺會爽但不會發酒瘋，醒來也不會頭痛，驅鬼的時候還能當聖水用。這葫蘆我帶在身上四十年，以後就是你的了。」

「有這葫蘆……」田啓法喝乾手中小杯，又是一杯頂級濃醇高粱，隱隱有些心動，喃喃地說：「光是酒錢……就省下不少……」

「酒錢？」陳阿車聽田啓法這麼說，眉頭一皺，舉起葫蘆，往田啓法額頭一敲。

「唉喲！」田啓法疼得彎下腰，被陳阿車揪著耳朵往外拉，拉進田雅如臥房，將他往床邊一推。

田啓法跪倒在女兒床旁，望著沉睡不醒的田雅如，正想說些什麼，哐的一聲，腦袋又挨了一記葫蘆砸。

「聽到能喝四十年的酒，眼睛都亮了。」陳阿車搖了搖葫蘆，冷冷地說：「怎麼對你來說，喝酒這件事比你自己性命、女兒性命、岳父母性命還值錢啊？」

「對不起……」田啓法跪在地上，抱頭縮身，哽咽地說：「我……就是一個廢物……就算我想幫你，可能也幫不上什麼忙……」

陳阿車望著顫抖的田啓法，默默無語好半晌，說：「是啊，你這小子怎麼看，就是一個廢物——跟當年的我，有點像吶……」

「啊？」田啓法忍不住問：「你以前也是……廢物？」

「喝到全身都壞掉爛掉了，還不夠廢物？」陳阿車比了好幾個乾杯手勢，笑呵呵地伸手揪住田啓法頭髮，硬將他從地上拉起，望著他眼睛說：「但是啊，廢物還是能分成兩種——能回收利用的廢物，跟只會危害世人的廢物。」

「師父當年挑了我，就是讓我這酗酒廢物多少替世間做點貢獻。」陳阿車這麼說：「我請你喝酒，也是看上你心地算善良，除了等死，應該還能做點別的事，就算不爲世人，至少爲了你女兒、爲了你老婆出點力氣。」

「老婆……」田啓法聽陳阿車提起他過世妻子，搖搖晃晃走出房，來到客廳小供桌，望著桌上那裂成兩半的牌位。

剛剛韓杰逮了田雅如身中惡鬼之後，陳阿車一邊唸咒一邊敲地板，喊回那被驅魔金光映得奄奄一息的良蕙魂魄，將她安頓回牌位裡，要她這陣子乖乖待在牌位裡休息，協助老獼猴和小傢伙安撫女兒父母心神。

田啓法走到良蕙破裂牌位前，望著那被遭惡鬼附身的田雅如用筆塗得亂七八糟的遺照，顫抖握拳，喃喃地問：「我……我對不起妳，良蕙……妳覺得……我是一個還有價值的……廢物嗎？」

牌位靜靜的沒有半點回聲。

站在客廳的韓杰本來正焦躁拿著手機，和陰差討論究竟該如何調查魔王開鬼門狩獵活人的案子，突然接到插撥，驚怒跳腳、狂奔出門，轟隆隆地衝下樓。

□

深夜時分，韓杰家書房那張大書桌上的檯燈閃爍不休。

天花板、壁面、地板遍布髒污、霉垢，地板和牆壁甚至生出了焦黑色的雜草和藤蔓。

窗外景色朦朧模糊，人間的夜重疊著陰間的天，小文那鐵窗皇宮裡一個個小盆栽、小鳥窩，落滿了灰燼，有些古怪小蟲鑽進鑽出，氣得小文不要窩了，焦躁地在王書語四周亂飛，唧唧叫著。

王書語將食指豎在嘴邊，對小文比了個「別出聲」的手勢。

她約莫在十分鐘前察覺房間有些不對勁，起初是天花板上的燈光有些閃爍，閃爍漸漸劇烈，然後變色了，然後不亮了，任她怎麼按開關也沒有反應。

她以為燈壞了，要出房找備用燈管，但一開門，便發現客廳景色詭異——氣味、氛圍、景象，和她曾經去過的陰間如出一轍，她雖不明白發生了什麼事，卻也立時打電話通知韓杰。

韓杰要她別怕，說自己立刻回家。

她知道韓杰今晚工作地點，暗暗估算韓杰返家時間，正常機車路程要一小時半，凶猛飆車或許只要一小時，踩著風火輪加速再加速，至少也要半小時。

她得保護自己，平安度過這半小時。

如今已經過了十分鐘，她緊握寫著金符的球棒，頸上繞著金符絲巾，小心翼翼地站在門邊，望著天花板的燈。

那燈已經從一盞燈變成了一只淡紫色的燈籠。

王書語雖然不明白自家究竟發生了什麼事，但她從先前韓杰轉述的經歷中，知道陰間鬼門技術日新月異，陰陽互通的方式從本來的鏡子、水面、玻璃、一扇門或是一扇窗，進化到空間與空間的連通和轉換——

這情形發生在自家書房，儘管嚇著王書語，卻沒有嚇壞或是嚇傻她，她早就知道自己和韓杰在一起，必然會碰到這樣的事，她不願意自己變成韓杰的拖油瓶，或是被敵人挾持，要脅韓杰做些他不願意做的事，她在心中預演過各式各樣的遭遇，有時會和韓杰討論，有時只默默獨思，有朝一日，在某些關鍵時刻，她得做出一些抉擇。

「小文，乖。」她將小文喊上肩頭，反手摸了摸他的頭。「別怕，阿杰很快就會回來了。」

喀——喀喀——

喀——喀喀——

門外傳來了聲音，聲音似近似遠，也不知來自陽世還是陰間。

廚房似乎有磨刀聲，也有嘻笑聲；浴廁有流水聲，也有啼哭聲；陽台有竊語聲和獸嚎聲——這各式各樣聲音的共通點，是逐漸往書房逼近。

王書語咬咬唇，伸手摸了摸書房門板，沒有摸著那塊熟悉的布——門板上本來有塊布，布上也寫著符，但此時門板乾枯粗糙，像是從火中撿出的焦木。

韓杰當然不會不知道他仇敵甚多，仇敵自然會找上他，因此在全家裡外都造了不少防禦工事，但這先進的鬼門技術能調轉陰陽兩界空間，此時除了王書語手中的球棒、頸上的絲巾，以及停在肩上的小文之外，大部分安排在陽世家中各處的防禦符籙，都被重疊在一塊的陰間空間吞噬或是蓋住了。

「金粉、金粉……」王書語記得臥房床旁小櫃裡藏著一小瓶金磚粉，枕頭套裡也塞著幾張符，或許還在，也或許沒了，她覺得自己不該冒險。

啪嚓一聲，書桌上的檯燈終於也滅了。

天花板上那盞紫燈籠隱隱亮起。

一雙腿自紫燈籠旁緩緩落下。

腿上有些彎曲浮凸、青森烏黑的筋脈，和一道道可怕傷口。

「噫——」王書語緊閉眼睛悶吭一聲，用最快的速度把這雙腿以上的部分幻想了一遍，做足心理準備，然後睜開眼。

一個慘死女人垂掛在紫燈籠底下，直挺挺地吊在王書語的面前，與她相距兩三公尺。

「……」王書語身子顫抖，腦袋混亂中，還微微慶幸眼前慘死女人和幾秒鐘前的想像似乎沒有相差太多，因此儘管可怕，卻沒有超出預期。

吊死女鬼歪頭咧嘴、咆哮尖叫，探長了雙臂撲向王書語要掐她脖子，王書語橫舉金符球棒，架在吊死鬼胸前。

吊死女鬼雙手一掐上王書語脖子那符籙絲巾，立時著火鬆手，胸前碰著球棒符籙，也亮起金光，啊呀一聲，退開老遠。

王書語揮棒打在吊死女鬼腦袋上，磅地炸出一團光，將那吊死女鬼打得向後飛貼在牆上，凶狠地瞪著王書語。

一雙雙腳自天花板落下。

看起來每雙腿有粗有細、胖瘦不一。

王書語喘著氣，覺得情形比她想像中更糟糕——她本來猜測倘若陰陽調轉，她肉身處於陰間，或許能像先前下陰間時那般一身銅皮鐵骨、力大無窮，但她剛剛短暫與那女鬼接觸時，感受不到前一次在陰間裡那種力大無窮的感覺，此時她的房間儘管看起來重疊了陰間影像，卻又不能算是真正的陰間，陽世活人肉身在這空間裡，似乎佔不著太多便宜。

更多吊死鬼垂出了身子，有男有女、有老有少，有些持刀械、有些拿利鉤；貼在牆上那吊死女鬼也落下地來，像頭凶獸屏息伏地，等待著出擊的時機。

王書語反手轉開門把，快速閃身出房，將門關上。

客廳也站著各種鬼，本來背對王書語，朝向前陽台，前陽台紗門敞著，有團紅光燃動。群鬼察覺王書語出了書房，立時轉身，鎖定目標，咆哮著撲向她。

王書語咬緊牙關，硬著頭皮掄棒要打鬼，但她球棒還沒打著鬼，前三隻撲近她的鬼，頭上身上都被扎了紅色小槍，哀號著落地，燒成火球。

一個五、六歲大的小男孩站在前陽台，雙手猶自抓著兩柄紅色短槍，瞪著屋中群鬼——

這是被韓杰供奉在陽台一處小廟擺飾裡的陰間大枷鎖紅孩兒。

紅孩兒其實已不再是大枷鎖，而是太子爺賜予韓杰的「重武器」，非必要時不得隨意動用，動用前需要焚符報備、徵得太子爺同意，緊急時刻動用了，也須事後報告——在此當下，自然屬於緊急時刻了。

負責維修、照料紅孩兒的鎸爺，此時就站在紅孩兒身後，舉著一支榔頭，氣呼呼地對屋裡的鬼吆喝：「不長眼的鬼東西，連中壇元帥太子爺乩身的家都敢闖！『死』得不耐煩啦——」他吆喝完，望著屋裡景象，又望望鐵窗外朦朧夜色，忍不住驚呼：「怎麼回事？怎來到陰間了？」

「鎸爺！」王書語遠遠喊著：「是不是家裡被下了鬼門法術？」

「這是鬼門？」鎸爺愕然嚷嚷：「啥鬼門法術這麼厲害！能將陽世整棟房子搬下地去？」

又有幾隻鬼想逼近王書語，都讓紅孩兒飛擲赤火短槍射倒。

王書語背後那書房門喀啦啦地掙動，門板穿出一隻隻手，揪住王書語雙臂——鬼在陰間本無法穿牆，但此時這兒陰陽重疊，既不屬於陽世，也不全是陰間，一隻隻鬼手硬插硬擠，仍然能透門穿出逮王書語。

王書語激烈掙扎，只見眼前一陣火光撲面，紅孩兒竄到她面前，舉著火槍，打地鼠般地敲打那些透門穿出的鬼手鬼腳，轉眼便將七、八隻鬼手全敲回門裡。

鎸爺掄著榔頭砸倒兩隻惡鬼，趕到王書語面前，和紅孩兒一左一右守著她。

「鎸爺，我通知阿杰了，他很快就會到。」王書語問：「你看我們是守在家裡等他好，還是出去外面？」王書語知道紅孩兒身手厲害，除非接下來有哪位地底魔王登門，否則眼前這群惡鬼應當沒有太大威脅。

「唔……還是出去好。」鎸爺這麼答，跟著解釋。「那鬼門法術範圍終究有極限，在陽世等著安穩些，免得又有古怪變化。」

「有道理。」王書語同意鋳爺的說法，她在紅孩兒和鋳爺護衛下，走出客廳，來到前陽台，陽台上沒有她和韓杰的鞋子，只有灰燼焦草，鏽蝕鐵窗外飄來幾隻惡鬼，被紅孩兒吐火驅遠，王書語才開了鐵門，門後突然躍出一隻大鬼。

那大鬼正要嘶吼，腦袋卻啪地炸開。

一柄火尖槍直直插在門旁壁面上。

「阿杰！」王書語剛喊出聲，韓杰的身子便橫著踏在那被火尖槍刺爆腦袋的大鬼身軀上，將他踏在牆上。

韓杰蹲踩在那大鬼身上，橫著身子手按鐵門欄杆，氣喘吁吁地望著門後的王書語，一見她身後跟著紅孩兒和鋳爺，這才放下心來。「我回來了……」

「怎麼這麼快……」王書語這麼問，隨即見到韓杰雙腿火光閃爍，兩條腿上竟附著三雙風火輪，頭臉還有些瘀青，顯然沒騎機車，而是用跑的回家。

「你……用風火輪在屋頂上跑？」

「是啊……」韓杰苦笑了笑，嘴唇有些發顫。

王書語想起之前韓杰與夜鴉大戰時，踩著空中火龍的背追逐夜鴉，便問：「怎麼不放火龍？不是能抓著火龍尾巴飛嗎？」

「火龍也放啦……」韓杰長長吁了口氣，從牆壁落下，手一揮，撤去了三雙風火輪，跪倒在地，手抓著鐵門欄杆，雙腿抖個不停，一時竟站不起身，顯然是急著返家，用上了大量尪仔標，此時正承受著強大的法寶副作用。

四周陰穢污濁的氣息漸漸散去，斑駁的牆壁恢復乾淨，陽台上的鞋子通通回來了。

王書語回頭望向客廳，家中重疊的陰間空間已經消失，恢復成他們原本的家。

伍

深夜，韓杰和王書語並肩坐在書房大桌前，與桌上平板電腦中那陰間城隍俊毅通話。

「剛剛被你逮著的那些傢伙嘴巴很緊，什麼都不肯說，但我們有線人指認，他們都是啖罪手下沒錯。」俊毅這麼說——過去俊毅指揮一些須和韓杰合作的案件時，多半指派顏芯愛和韓杰聯絡，但此次事關重大，他也親自和韓杰對話。

「業魔啖罪……」韓杰扠著手，神情嚴肅。「之前的風聲是眞的。」

一年多前，第六天魔王摩羅在陰間閻羅殿前，被太子爺降駕附身的韓杰指揮青龍斬去半身，兵敗潰逃、銷聲匿跡，數個月後，第六天魔王拜把兄弟煩惱魔喜樂被叛將夜鴉誘上陽世，讓太子爺一槍擊殺。

第六天魔王和煩惱魔喜樂在陰間的勢力一夕瓦解，兩魔王舊臣不是投靠他方，就是擁兵自重，陰間諸方勢力頓時陷入群雄割據的狀態。

除了新興勢力崛起之外，過去被第六天魔王搶了地盤的過氣老魔王們也紛紛復出——業魔啖罪，就是其中一個過氣老魔王。

啖罪是第六天魔王和喜樂聯手稱霸陰間之前，最後一位與第六天魔王平起平坐的陰間大佬，約莫二十年前，啖罪和第六天魔王在歷經漫長冷戰和無數次小規模衝突之後，兩方終於全面開戰，啖罪戰敗，大部分地盤被第六天魔王併吞，他也退出江湖，沉寂了許多年。

「啖罪……」王書語低聲問韓杰：「就是你之前說的那個，在陽世誘拐惡人，讓他們一步一步做出更壞的事情，從壞人墮落成惡魔，然後……吃了他們？」

「是呀，那傢伙跟喜樂一樣變態。」韓杰說：「喜樂喜歡吃人的快樂跟痛苦，啖罪愛吃人心邪惡——如果他只吃現成的壞人，那我會給他拍拍手，但他喜歡把好人養壞、把壞人養得更壞，讓他們殺一堆人，把陽世搞得天翻地覆，自己一面看好戲一面吃親手養肥的點心……過去我那些乩身前輩，除了長期對付太子爺死對頭第六天魔王之外，平時最頭痛的，就是啖罪這傢伙，他現在派手下在陽世公寓開鬼門，大概是打算重操舊業，搞活人獻祭。」

當年韓杰出道不久，啖罪便敗給了第六天魔王，引退匿跡，因此實際上韓杰並未跟啖罪勢力起過什麼衝突，倒是之後從一些同道前輩口中，聽說了啖罪過往事蹟。

「現在底下蠢蠢欲動的傢伙，不只業魔。」俊毅在視訊那端說：「還有死魔、怖魔、五蘊魔……這些傢伙都是過去第六天魔王的手下敗將，現在一個個都想重出江湖，每個都在招兵買馬，煉屍、鬼門、活人獻祭，只要管用，他們都會去幹……接下來，陰間會變得更亂，陰間亂了，陽世也難免被牽連。韓杰，這些老傢伙以前或許跟你沒有過節，未必會主動找你麻煩，但你之後一定會跟他們正面衝突，他們手段或許沒有第六天魔王高明，但是壞，絕對夠壞。」

「我知道。」韓杰哼哼笑說：「我當乩身之前，跟第六天魔王也沒有仇，跟他的手下打架打久了，仇就一天一天大了，這些業魔、死魔的鬼東西，之後被我打久了，把我當成眼中釘，也很正常……」他一面說，一面數著手上八張籤令。「一堆煉屍的案子還沒忙完，現在又是鬼門……我本來以爲弄倒了第六天魔王，日子會平靜許多，沒想到生意更好了……」

「所以——」王書語想了想，問：「阿杰，你在那棟公寓裡碰到的鬼，和來鬧我們家的鬼，是同一個魔王手下的鬼？這算是同一件事情？同一個敵人？」

「……」韓杰想了想，搖搖頭。「不清楚，但我總覺得不是……」

「我也覺得不合理，你這兩天才收到太子爺籤令，臨時去支援濟公徒弟，在這之前，你跟業魔啖罪並沒有眞正衝突過。」王書語點點頭。「老魔王想復出，底下很多對手，他沒有理由主動招惹太子爺乩身。」

俊毅插嘴對韓杰說：「這最新的鬼門技術，現在底下越來越多人開始用，你那些老仇家想找你麻煩不稀奇，但是一出手就往你家打，想來想去，好像只有一個人……」

「老師。」韓杰冷笑兩聲。「也只有他這麼白目。」

「所以我們可以先假設——」王書語接話說：「阿杰你這次的對手，除了業魔啖罪之外，還要加上那個詭計多端的老師。」

「說不定他們早聯手了。」俊毅提醒：「像上次一樣，高安、老師、春花幫……」

「呵呵。」韓杰皺眉苦笑，抓抓頭，喃喃自語。「老大，你這重武器給得眞是時候……」他這麼說時，望著站在窗邊逗弄小文的紅孩兒和鋳爺。

紅孩兒將小文捧在掌心，左看右看——鬼門雖退了，但韓杰也不知下一次入侵會在何時，便也不急著將紅孩兒趕回他那供在陽台小廟裡的黃金尪仔標，任他在房中嬉戲兼守備。

鋳爺則拿著筆記本寫寫畫畫，他那筆記本裡，有一堆能夠強化紅孩兒的新奇點子，但那些點子自然得經過太子爺同意之後，才能付諸實行。

紅孩兒呀了一聲，小文高高飛起，從鐵窗皇宮竄到室內小巢的籤筒旁，抓了根紙管飛到大桌上空盤旋。

紙管冒出了煙。

紅孩兒以為小文逗他玩，本來笑著要去追，被鋳爺一把抱住，鋳爺在韓杰家中總算待了一陣子，知道小文這模樣，顯然是領了太子爺旨意，要扔籤令給韓杰了。

小文爪子一鬆，冒著煙的籤令直直往大桌上落，韓杰伸手接著，張開──

這幾天收拾家當，準備搬家，我會替你找間牢靠點的房子當你新家。

「不是吧……」韓杰瞪大眼睛，將籤令遞給王書語，王書語接了，微微驚呼──他們購入這公寓還不到兩年，貸款還長著，太子爺卻派來籤令要他們搬家。

韓杰和王書語還沒對話，小文又抓了只紙管扔來，韓杰打開來看，更吃驚了──

剛剛沒說完，我收到消息，那老師學了新花招想拿你實驗，我向關老爺打過招呼，找了間關帝廟清出間房間讓你們先住，明天晚上開始，到新居落成之前，你們晚上都在那過夜吧。

文末還帶了段地址，正是那間香火鼎盛的關帝廟。

「我操……」韓杰將紙條遞給王書語，閉目揉著太陽穴，咬牙切齒，像是怒急──過去即便是第六天魔王找他麻煩，好歹也是精心策劃布局一番，再向他全面開戰，像老師這樣心血來潮學了些新玩意兒，立刻迫不及待拿他「做實驗」的傢伙，倒是前所未見。

「找了間關帝廟清出間房間讓你們先住……」王書語望著籤令低聲誦唸，唸著唸著也不禁苦笑，她嘆了口氣，捏捏韓杰的肩。「和你在一起會發生什麼事，我早有心理準備了，跟將來可能會發生的事情比起來，搬家眞的不算什麼。」

「……」韓杰望向王書語，問：「妳覺得將來會發生什麼事？」

「……」王書語淡淡笑著說：「我知道你的個性，我們做事的方式有時不太一樣，你不見得會聽我的話，但我希望不管將來發生什麼事、不管你打算做什麼，你都得保持冷靜，冷靜下來，才能把事情做得更好。」

「好，我會記住。」韓杰這麼說，摸著王書語的頭，若有所思。

「幹你老師喔！」平板電腦裡傳來大聲吆喝，張曉武擠到俊毅身旁，對著螢幕嚷嚷叫：「現在在開會，不是看你們肉麻，要肉麻去關帝廟肉麻啊幹！」

張曉武邊嚷嚷時，左手拿著管芥末醬，右手拿著顆麻糬，在麻糬上擠了小坨芥末，張口就吃，牛頭面具上那牛嘴誇張嚼動，繼續對著螢幕外的韓杰嗆聲。「謝謝喔！你想整我喔？送我芥末麻糬？那是我故意洩露給芯愛的假情報，你中計啦，其實我愛吃得要命，要整我可沒那麼容易！咳咳……眞夠嗆的，好爽喔幹！」

「不客氣啊。」韓杰聳聳肩。「喜歡就多吃點。」

張曉武像是還有話要說，但被俊毅一把推開，要他滾去開工，別妨礙會議進行。

俊毅清了清喉嚨說：「現在這最新鬼門技術的共通點，是讓陰陽兩界重疊，範圍從一間房到一棟樓都有，過去鬼上陽世、人下陰間會出現的狀況，和在那陰陽重疊的範圍裡好像都不太一樣，我們還沒弄清楚，神明使者的法術和我們陰差裝備在重疊範圍裡的效力也不清楚，現在地府已經正式把這種新鬼門法術列為禁止項目——但是我們都很清楚，有心惹事的傢伙，絕對不會乖乖遵守的。之後我們得繼續保持聯絡，接下來可能會有一連串神使陰差合作攻堅的案子出現。」

「好。」韓杰點點頭，說：「記得叫張曉武皮繃緊一點，到時候別扯我後腿。」

「我幹你老師咧！誰扯誰後腿——」張曉武的吼叫再次從螢幕外飆來，俊毅也不讓他再多話，只對韓杰點點頭，關了視訊。

陸

眼前男人身上有點髒，笑起來有點猥瑣。

但是男人給他的糖果，吃起來酸酸甜甜，飄著舒服的橘子香。

男人不太說話，每每和他眼神對望，就只是咧嘴笑。

男人一直蹲在他身邊，陪著他等爸爸來接人。

他吃完一顆糖，男人又給他一顆。

他說他沒有錢，男人說這糖果不用錢，請他的；他每揭開一顆糖，吃下，就會用糖果包裝紙做一條小魚，回送男人。

他含著糖、做著小魚，對男人說，今天爸爸帶他出門談生意，他嫌人家辦公室無聊，開始哭鬧。

爸爸讓隨行祕書姊姊牽他出去蹓躂，他要祕書姊姊帶他上公園，祕書姊姊就帶他來公園了，他想玩捉迷藏，祕書姊姊就閉著眼睛數數準備來抓他。

他想要惡作劇，故意躲到很遠的地方。

祕書姊姊找不著他。

他遠遠望著祕書姊姊驚慌失措的樣子，得意極了，他想玩點大的，溜出了公園，跟著路人過馬路，跑進幾條街外的市場。

他逛了好久，在市場裡一處糖葫蘆攤子前流口水，於是又繞回公園，想要叫祕書姊姊買糖葫蘆給他。

但他找不著原本的公園。

倘若是現在，他身上有智慧型手機，點開地圖，立刻可以辨清方向，知道這市場周遭其實有三個大小不一的社區公園，可以輕易地循著原路走回原本那座公園。

但數十年前六歲大的他，走得腿痠了、天色都暗了、嗓子都哭啞了，還是找不著原本的公園。

直到這個髒兮兮的男人站在他眼前，問明了情況，牽著他回到公園，還買了包水果糖給他，陪著他等爸爸。

等了好久好久，警察也來了，爸爸和媽媽才著急趕到，爸爸向警察道歉，媽媽要打他屁股罵他爲什麼整祕書姊姊、爲什麼亂跑，他一面閃躲一面哭著說對不起，最後和媽媽抱在一起哭。

直到爸爸媽媽牽他上車，準備帶他回家時，他才又想起了那個陪他等爸爸的髒男人。

髒男人不知什麼時候，悄悄離開了。

田啓法睜開眼睛，隱約覺得嘴裡似乎殘餘著些許當年橘子口味的糖果滋味。

他有些驚訝。

這個夢，他從小到大反覆作過許多次，但是醒來之後嘴裡竟微微有點糖味的，就只有這一次。

他站起身，伸了個懶腰，陳阿車還倚著三輪車打著盹，面前那被當成小餐桌的行李箱上，還擺著滷味和酒杯。

昨晚離開岳父母家後，他們帶著滷菜回到橋下，陳阿車從三輪腳踏車小棚裡翻出一片瓦楞紙箱，撕開摺成兩只小凳，要田啓法橫擺行李箱當桌、斟酒開喝。

陳阿車說，天亮之後，要帶他開開眼界。

他問開什麼眼界。

陳阿車說要帶他逛鬼屋。

他問看鬼屋，爲何天亮了才去逛，鬼不是晚上才出來？陳阿車說廢話，就是因爲鬼怕太陽曬，晚上比較猖狂，所以白天逛鬼屋，對菜鳥來說比較安全。

他覺得有道理，和陳阿車乾了杯。

他問陳阿車當了幾十年濟公乩身，就只是爲了續命？陳阿車反問天底下還有什麼比人命更珍貴的東西呢？他還沒回答，陳阿車自個搶著答了，說當然有，例如愛人親人朋友的幸福、例如某些大是大非大義。

陳阿車說他當濟公乩身，除了替自己續命之外，主要是爲了彌補年輕時犯下的過錯、保護想要保護的人。

田啓法問陳阿車犯了什麼錯？想保護什麼人？

陳阿車說都過去了，不值得再提，眼前最重要的事情，是阻止魔王繼續找田啓法女兒麻煩——那魔王性子頑劣、脾氣惡、度量小，盯上的獵物從不願輕易放過，這件事情恐怕沒辦法這麼簡單了結——雖然世間還有其他神明使者，當中不乏那能征善戰的太子爺乩身，但這世間，自然有更多需要他處理的案件、需要他挺槍迎擊的惡鬼，他再能打，難免分身乏術，救了東家漏了西家，倘若田啓法眞心要保護田雅如，就該挺身而出，盡點爲人父親的責任。

田啓法說自己能力不夠。

陳阿車說能力不夠可以磨練、不會畫符可以學，試試看也不吃虧。

田啓法倒不反對這提議，說試看看就試看看，反正不吃虧，而且還有酒喝。

陳阿車說沒錯，舉杯和他再乾一杯。

兩人一杯接著一杯，喝了個天南地北。

「師兄、師兄，天亮了……」田啓法伸手搖了搖陳阿車肩頭，他還記得自己昨晚答應當陳阿車接班人，往後就叫他師兄了。

「啊……」陳阿車睡眼惺忪打了幾個哈欠，搖搖晃晃站起，舉起葫蘆就往口裡倒了一嘴水，漱了漱口又隨地吐掉——陳阿車這葫蘆是濟公師父賞賜的法寶，裡頭的葫蘆汁液飲之不盡，還能隨心所欲變化，想當水用時它就是清水、酒癮犯了喝入口就是香醇美酒，會醺會茫，但無害身體、不會宿醉。

「去幫師兄買個燒餅。」陳阿車從口袋掏出兩張百元鈔票，遞向田啓法，指著山路下方那條街。「自己想吃什麼買什麼。」

「啊？」田啓法將百元鈔推還給陳阿車，拍拍自個兒口袋。「我身上還有錢，你請我喝這麼多酒……」

「少囉唆！」陳阿車皺皺眉頭，硬將兩張百元鈔塞給田啓法，抬腳作勢要踢他。「叫你去就去。」

「是……」田啓法莫可奈何，往山下奔去，只覺得喝了一夜酒，不僅不累不倦，且身子輕盈許多，彷彿一下子年輕了十來歲，病痛也消失無蹤了——但他卻開心不起來，他回想著昨晚陳阿車的叮囑，擔任濟公乩身的報酬是能延壽四十年、不病不痛，但不能用自身法術為惡、聚財、謀權、詐欺女色，需二十四小時待命，隨時都可能接旨出勤。

陳阿車幾十年孤寡一人，沒有存款房產，夜夜窩在老三輪車上和葫蘆相伴。

就這麼騎過每一處市鎮裡每一條大街和小巷。

就這麼騎過了四十年。

田啓法提著豆漿燒餅油條，返回山上三輪車旁，兩人吃吃喝喝。

「師兄，你當濟公乩身幾十年，你覺得……」田啓法忍不住問：「值得嗎？」

「值得呀！怎麼不值得。」陳阿車抓著燒餅，吃得滿嘴芝麻，笑呵呵地回答：「我本來都要死了，多活四十年，怎麼不值得？我這葫蘆美酒不但好喝，還能讓我作些美夢，我幹了四十年活、喝了四十年酒、作了四十年美夢，很開心吶。」

「你都作什麼美夢？」

「和我那無緣的愛人四處看山看海、看雲和星星……」陳阿車笑著說：「人世間有些事，只有在夢裡才能做，有些人，只有進夢裡才抱得著……」

「原來你有愛人？你只在夢裡見她？怎麼不直接去見她？」田啓法好奇問：「之前你說，想保護的人……就是她？」

「呵呵……」陳阿車笑了笑，說：「早些年我自卑，不敢見她，甚至不敢想她，現在要見她，也只能在夢裡見啦。」

「她……不在了？」

「我保得了她一時，也保不了她一世；我能替她擋幾次惡鬼，但擋不了生老病死。」陳阿車點點頭，說：「況且濟公師父也不是白給我幾十年陽壽，從接下葫蘆那一刻開始，我就跟一般人劃清界線啦，平時收工之後，能喝喝酒、作作夢，我已經很滿足囉……」陳阿車將剩餘的燒餅塞進嘴裡，吮著手指上的芝麻，喝光豆漿，又舉葫蘆往嘴裡倒酒，漱了漱口，還得意洋洋地對田啓法炫耀，說這世上每天用頂級美酒代水漱口的人可不多，他是其中一個。

田啓法吃完了燒餅，也向陳阿車討來葫蘆，依樣畫葫蘆，灌了幾口酒，大力漱了漱再吐掉，果然覺得神清氣爽、口齒留香——這自然也是因爲陳阿車這酒葫蘆裡的酒並非眞酒，而是法寶仙水的緣故。

「這次換你載我。」陳阿車將田啓法的行李箱塞進三輪車後座小棚，自己也窩了進去，對著小棚外的田啓法指指山上。

「什麼……」田啓法莫可奈何，只得跨上三輪車，往山上騎，他騎了半晌，只覺得這三輪車看來老舊、後頭還載著陳阿車和一堆家當，但即便是上坡，騎來也不怎麼費力，他回頭向後座小棚問：「師兄！你這三輪車怎麼這麼好騎？像是電動的一樣，該不會也是濟公師父給你的法寶吧？」

陳阿車本來窩在後座悠哉蹺著腿看天，聽田啓法這麼問，便轉身透過那帆布透明窗孔，對著騎著車的田啓法說：「這三輪車是以前我從老家挖出來的寶貝，我爸爸、我爺爺都騎過，濟公師父替它加工過，沒辦法騎太快，但騎起來輕鬆，上下坡也不費勁。」

「除了騎著輕鬆之外，還有其他好處嗎？」

「仔細想想，好處還眞不少。」陳阿車盤著腿坐在後座，用手撐著帆布遮蓋，下巴倚在那橫形窗孔上，懶洋洋地說：「這小棚裡冬暖夏涼，窩在裡頭，夏天大太陽底下也不會熱得滿身汗，冬天寒流也凍不死人，大雨天濕淋淋地爬上車，衣服身體什麼的很快就乾了，蚊子蒼蠅蟑螂老鼠都進不來。」他哈哈笑地說：「我沒房、沒錢、沒汽車、沒新衣服可以換，偶爾在橋下用葫蘆酒洗頭洗臉、刷牙漱口……要是沒這三輪車，我可臭死人了。」

「功能還眞多。」田啓法聽得嘖嘖稱奇，心想這陳阿車衣著破舊，但和他相處兩天、對飲千杯，除了各式酒香之外，當眞沒聞到什麼難聞氣味。

幾十分鐘後，田啓法騎到半山腰處，下了車，與陳阿車望著百來公尺外一處古怪民宅。那棟二層透天建在坡上，建物上有不少類似廟宇的構造和裝飾，屋簷邊角甚至還有龍鳳雕飾，小庭院裡有個大香爐，正門前還擺著兩尊古怪石像。

「師兄，你說的鬼屋……是一間廟？」田啓法困惑問。

「我也不曉得這算不算廟。」陳阿車滑著手機，點入一個資料夾，開啓一份錄音檔案，遞給田啓法。「你自己聽聽。」

田啓法接過手機，貼在耳朵旁傾聽，錄音裡，陳阿車先報上一段地址，跟著是他替這件案子取的代號——「走火入魔全家死光」。

「這次『走火入魔全家死光』呢……哎喲太多字了，而且沒死光，活了一個，嗯，改成『走火入魔』好了……」

錄音裡，陳阿車將案件名字精簡之後，開始簡述這案子的情節始末和注意事項。

這則錄音記事十分簡潔，但田啓法聽完便覺得十分耳熟，這可是數個月前一起知名社會案件。田啓法聽完錄音，又點開資料夾裡其他圖片和文字檔案，大都是這起案件的相關報導——

這位在半山腰上的古怪民宅，新建成不久。男主人經商有成，五十出頭就早早退休，有大好時間金錢悠哉享福，偏偏迷上修行煉法，四處蒐集稀奇古怪的偏方在家修煉氣功、熬煮丹藥、自創宗教門派、以教主自居。

起初他老婆孩子只當他退休閒不下來，才搞這無聊玩意兒打發時間，都想倘若不妨礙生活健康，那就由他去玩。但他漸漸變本加厲，軟硬兼施逼迫老婆孩子入他門下，名義上入教不是問題，但他自創教規裡的起居飲食規矩卻挺折磨人，兒子女兒打死不入教，老婆勉強嘗試幾天之後和他攤牌，要他在妻兒和古怪信仰之間做出抉擇。

他選擇了信仰。

不過他也沒離婚，而是自個兒在這山腰建了這間怪屋，獨自搬入這小天地裡潛心修行近一年。

半年前，他誠心邀請妻子兒女來他這怪屋作客，稱自己長期獨居，孤單寂寞，只盼和家人吃頓飯，看看他們模樣、聽聽他們聲音，除此再無其他要求。

老婆兒女提著禮物和餐廳熟食上門，一家四人享用了一頓豐盛晚餐和一鍋香濃甜湯——這甜湯下肚不久，一家人立時感到不對勁，打電話求救，但爲時已晚，救護車抵達門前時，四人都昏迷不醒，緊急送醫，男女主人和大女兒不治身亡，小兒子甜湯吃得少，逃過一劫。

警方後續搜查，搜出這男主人寫下的各種仙丹藥方和修行筆記，得知男主人在甜湯裡加了數種得來不易的藥材，正因爲得來不易，因此他也沒試煮試喝，只一心想喚來家人，助妻子兒女升天成仙，一家人齊心統御三界，成爲萬神共主。

結果一家四口，三人中毒身亡，一人死裡逃生。

「這傢伙死了沒有升天，變成鬼賴在這屋子裡繼續修行。」陳阿車說：「陰差上來拘他三次，三次都找不著他，只帶走他老婆女兒。」

「他逃出房子，躲進山裡，所以陰差才找不著？」田啓法有些訝異。

「不。」陳阿車搖搖頭。「他就在屋子裡——不是他厲害，是他這塊地厲害，這地方陰氣極重，鬼躲在裡頭，陰差那牛鼻子聞不著他，用來找鬼的掌上電腦也失靈，我猜這房子可能有些地方能下通陰間，他在陰陽兩界跑來跑去，那些陰差也沒閒工夫跟他捉迷藏，直接申請神明乩身協助辦案，最後轉交到我手上。」

陳阿車說到這裡，又滑了滑手機，開啓一個叫作「怪怪探險團」的社群網站社團頁面——

那社團裡的成員是一群神祕探險愛好者，熱愛相約結伴尋訪廢墟鬼屋。

「我也是會員喔。」陳阿車乾笑兩聲。「師父派給我的工作，跟他們探險的地方，有很多都是一樣的，所以我加入這個社團，看看這些年輕人又想上哪邊探險，我就搶先趕去替他們把地方『打掃』乾淨，免得他們玩過頭，惹禍上身囉。」

田啓法看著陳阿車手機上一起討論主題，裡頭那探險地點，正是眼前這棟怪屋。

「所以……」田啓法吞了口口水，有些緊張，還沒做好第一天實習就要處理這社會頭條案件的心理準備。「我們今天，就是要搶在探險團的人過來前，把那個毒死老婆女兒跟自己的男主人鬼抓到？」

「如果進屋裡剛好碰到那笨鬼，就順便抓他；如果笨鬼不在家，在山上蹓躂，或是躲進陰間，就沒我們的事了。」陳阿車笑著說：「我的任務，就是把那屋子裡的陰氣穢氣清理乾淨，如果房子裡有鬼門，我就把門給封了，通知陰差再跑一趟上來逮他就行啦。」

「原來如此。」田啓法點點頭，跟著陳阿車走進那怪屋庭院。

怪屋正門上的刑案封條都已經剝落，陳阿車伸手在口袋摸了摸，摸出幾根鐵絲，想要開鎖進屋，但他順手轉轉門把，發覺門原來沒鎖，便將鐵絲放回口袋，對田啓法說今天還挺走運，省了點工夫。

兩人一前一後踏入怪屋。

柒

半小時後，陳阿車和田啓法鼻青臉腫地站在怪屋頂樓露台圍牆旁，眺望山下。

陳阿車指著一個方向，說：「看，那個方向還有間更凶的房子，就是我們的下一站。」

「更凶？」田啓法心情尚未平復，回頭望了露台後方的加蓋祭壇幾眼。那鐵皮加蓋祭壇小門裡陰暗暗的，隱約有些人影在裡頭竄來竄去。

「比這間屋子還凶？」田啓法問。

「凶十倍不止喲！」陳阿車說：「舊屋主是個厲害法師，在屋子裡祭拜魔王——就是那個魔王啖罪。」

「又是魔王啖罪！」田啓法再一次聽到啖罪這名號，不免震驚，但他剛剛死裡逃生，一下子沒辦法想那麼遠，只不停回頭看著露台後方的加蓋祭壇。「師兄，我們現在……是不是應該先想想怎麼逃出去？」

「逃出去？」陳阿車白了他一眼，舉起葫蘆往嘴裡倒酒。「我們是來打掃這塊穢地的，還沒打掃乾淨，就想溜之大吉？」

「可是……」田啓法不知該說什麼，他本來相信陳阿車所說，那修道害死全家的男屋主亡靈，本身沒有什麼道行，只仗著這陰地神奇靈性，在屋中神出鬼沒，讓陰差屢次撲空，他們只需要四處灑灑葫蘆水、比手劃腳施幾道符，將屋子陰氣驅除，通知陰差上來逮鬼即可。但進屋之後，卻發現情況和預料中相差了十萬八千里——

他們踏進了一個漆黑、髒舊、古老、死寂、陰穢的房子裡。

陳阿車領著他，在那房子一樓繞走半晌，灑了半天酒、施了好一會兒咒，才哎呀一聲，說事情有點古怪，這地方並非陽世，而是陰間。

他們一踏進房子，就墜入了陰間。

原來這間房子並非只是「天生陰氣重」那麼簡單，而是被施下了現今陰間那最先進的鬼門技術，陰陽重疊，讓人一踏進屋，便神不知鬼不覺地墜入陰間與陽世的夾縫裡。

陳阿車在這陰陽交疊的怪屋中，想辦法帶著田啓法脫困，好幾間房裡都躲著鬼，一見陳阿車和田啓法闖入，便嘶吼著撲上來逮他們。

田啓法回頭盯著後方那小小的加蓋祭壇，剛剛他們可是費了九牛二虎之力，才突破群鬼包圍，攀爬狹小長梯、登上頂樓祭壇、衝過祭壇小門，從那陰陽重疊的空間逃回陽世，見到冬日裡的太陽。

加蓋小祭壇裡光線昏暗、飄著焦灰，顯然仍舊處於陰陽重疊的狀態裡。

聚在裡頭的幾隻鬼像是餓壞的獵犬，有些忍不住伸手出門，被太陽曬出了焦煙，立時又縮回去。

「那些鬼好凶，師兄你的葫蘆酒好像不管用……」田啓法這麼說。

「哼，誰說我這酒不管用！不管用的話，你還能站在這裡曬太陽？」陳阿車瞪了田啓法一眼，指指腳下、指指祭壇說：「屋裡那些鬼不是普通的孤魂野鬼，每隻都飄著邪術氣味兒，這間房子不只是陰氣重那麼簡單，是被下了邪術，就像是……就像是……蜘蛛網。」

「蜘蛛網？」田啓法有些不明白這個形容。

「還好是我們先進屋子，還能打上樓。」陳阿車說：「如果是那探險團的年輕人們闖了進來，大概出不去了。」

「啊！」田啓法聽陳阿車這麼說，總算明白「蜘蛛網」的意思。

這地方彷如一張用以狩獵陽世活人的蜘蛛網。

「那……那現在怎麼辦吶？」田啓法問，突然感到腳下陰寒起來，低頭一看，地板正緩緩變化，生出一塊塊霉斑、長出一株株焦草。

四周的景色也開始改變，焦黑的灰燼在空中飄起，天色漸漸昏暗起來。

「好傢伙！」陳阿車怪叫一聲，走到露台正中央，環顧四周，舉頭望天。「這新鬼門法術，還能夠擴張到房子外頭呀！」

「什麼？」田啓法驚恐地緊跟著陳阿車，東張西望，只見天色愈來愈暗，天上出現了紅色的雲，雲裡閃著電光，急急地問：「我們又要被拉進陰間了？現在怎麼辦吶？」

「別怕！」陳阿車高舉葫蘆，大飲一口，仰頭對天噴酒。

陳阿車這口酒霧噴得極高，在空中綻放點點金光，陳阿車沙啞高聲吶喊：「濟公師父！阿車我今天跑的這房子有點問題，這些鬼身上都給下了邪術，一隻比一隻凶，葫蘆酒不夠力，請師父借戰袍給我降妖除魔——」

陳阿車說完，天色完全轉暗，紅雲在天空飄聚，空氣中飄起大量焚灰。

小祭壇裡的鬼發覺外頭太陽不曬了，小心翼翼地將手伸出，沒給燒著，便一隻隻踏出祭壇，走上露台。

陳阿車倒轉葫蘆，用酒水在他與田啓法周圍灑出一個圈圈，跟著施咒一指，圈圈綻放出金光。

幾隻鬼來到金光圈圈外，試著伸手抓人，十幾隻鬼手觸著圈圈，燙出淡淡的煙。但這些鬼對這金光的畏懼不若剛剛的陽光，又或者餓壞了，他們捱著燒灼痛楚，將手硬往圈圈裡伸。

「師兄！這圈圈就是濟公師父借你的法？」田啓法驚恐抱著陳阿車，身子扭來扭去，躲避鬼手抓擊。

「當然不是。」陳阿車往嘴裡灌酒，再往鬼手噴，嚷嚷說：「我剛剛向濟公師父申請戰袍了，但得等一會兒。」

「要等多久啊？」

「誰知道。」陳阿車說：「看濟公師父酒醒了沒。」

「什麼？」田啓法愕然，突然聽見頭上幾聲悶雷，抬頭一看，只見漆黑空中破開了一個光點，跟著眼前猛地一亮。

啪——一記響亮雷聲破空劈下。

田啓法怪叫摀著眼睛，隱隱約約見到身旁金光閃耀，仔細一看，是陳阿車在發光。

「嘿嘿！多謝師父！」陳阿車歡呼一聲，痛飲一大口酒，將葫蘆對空一舉，大聲說：「阿車敬您一杯！」

田啓法還不知道發生什麼事，只見陳阿車躍出圈圈，對著那些鬼拳打腳踢起來。

田啓法揉揉眼睛，就看陳阿車原本那身破爛衣著之外，又多披上一件灰色長袍，那灰色長袍上一塊塊補丁用的都是素色布料，但整件長袍卻隱隱透出淡淡金光。

除此之外，陳阿車一雙藍白拖鞋上頭，還重疊著一雙閃亮亮的木屐，他左手舉著葫蘆，右手搖著一把草扇，頭上還戴上一頂破布帽子。

「啊！師兄，這就是濟公師父賜你的戰袍？」田啓法興奮地衝出圈圈，跟在陳阿車身後。

「是啊！」陳阿車朝面前兩隻鬼搧了一扇，搧出一陣金風，燒得兩隻鬼全身起火，尖嚎地向後退；跟著陳阿車轉身，將葫蘆塞給田啓法。「師弟，幫我掩護，我們打下樓去。」

「什麼？」田啓法捧著葫蘆，腦袋一片空白，兩三天前他還在天橋上醉生夢死，此時此刻卻要拿著法寶降妖除魔，這落差大到讓他覺得自己像是在作夢，所幸用這法寶也不難，只是將酒喝進嘴裡，看哪兒有鬼就往哪兒噴。

他嗆了幾口酒之後，也愈漸熟稔，雖然沒一次噴著鬼，但至少也逼得惡鬼不敢近身。

陳阿車這身戰袍可也不只草扇有用，他那身閃亮亮的補丁長袍、木屐、破帽都有各自功用，好幾次他動作大了，一個轉身背對著惡鬼，惡鬼趁機撲上，那長袍竟高高掀起，下襬唰地鞭掃，將來襲者掀飛老遠。

「哈哈！」陳阿車得意洋洋地對田啓法說：「師父借我這戰袍厲害吧！會自動打拳擊

呀。」

田啓法只見陳阿車那破補丁長袍並非穿在身上，而是「披」在肩上，兩片寬闊大袖高高飄起，纏捲成臂狀，前端還鼓起大包，猶如兩條戴著拳套的胳臂，對著陳阿車眼前惡鬼亂擊刺拳。

有隻惡鬼十分刁鑽，見陳阿車走近加蓋祭壇，死不讓路，好幾次差點讓補丁長袍一雙袖拳打中，卻都飛快躲開。

「飛飛飛，我教你飛——」陳阿車指揮長袍大袖出拳，自個兒輕搖破草扇，看準時機，將草扇一揚，這次搧出的卻不是金風，而是一枚金色大拳頭，轟隆將那攔路惡鬼一拳擊飛。

「哇，好厲害吶！」田啓法高聲驚呼。

「這算什麼，讓你看看更厲害的！」陳阿車見到祭壇小門裡惡鬼湧現，一張張鬼臉擠在門邊，一條條鬼臂向外探抓，便高舉草扇指天，喃喃說：「師父，這些惡鬼好囂張吶，阿車向您借點雷，嚇嚇這些不知好歹的傢伙！」

陳阿車呢喃說完，草扇閃耀起亮青色電光，跟著大喝一聲，朝小門指去。「天罰——」轟隆一道青雷直直劈在鐵皮加蓋祭壇上，小門小窗耀出青亮光芒，滿屋惡鬼灰飛湮滅。

「喝！」田啓法驚愕得說不出話，見陳阿車奔入祭壇，連忙拔腿跟上。

加蓋小祭壇裡惡鬼雖被炸沒了，但飄著迷濛煙霧，桌椅擺設忽遠忽近、朦朦朧朧，哪邊有路哪邊是牆都分不清，顯然異術效力猶在。

陳阿車抓起田啓法提葫蘆的手腕，就著葫蘆口先喝一大口酒，跟著第二口含在嘴裡，抬頭噴出一片金光酒霧，跟著右手草扇輕搖，左手捻指化咒，指揮酒霧中那猶如螢火蟲般的點點金光四處亂竄，金光所及之處，迷濛煙霧快速消散，四周轉眼恢復成原本狹小的加蓋祭壇。

陳阿車奔到梯間，先令田啓法對著樓下噴酒，自個兒搖草扇，將田啓法噴下樓的酒水搧成一片金火，燒得埋伏在二樓梯間的惡鬼們嚎叫退遠。

兩人從二樓打下一樓，見到一個模樣古怪的中年男人，右手舉著木劍，左手拿著幾張怪符，歪著腦袋站在客廳中央，身前還蹲伏著一排鬼。

男人兩隻眼珠是紫色的，顯然也是鬼，他舉起木劍，指著陳阿車和田啓法怒斥：「何方妖孽，敢闖我靈顯天尊聖殿？」

「靈顯天尊？」陳阿車先是一呆，跟著哈哈大笑，轉頭對田啓法說。「他就是那個害死老婆女兒的蠢蛋，他封自己爲天尊吶！」

「唔——」田啓法捧著葫蘆，嘴裡含了一大口酒，無法應答，只能瞪大眼睛，盯著那自稱靈顯天尊的男主人鬼。

「大膽！」中年男鬼勃然大怒，挺劍指著陳阿車說：「吾乃啖罪大帝冊封天神，汝豈敢對我不敬？」

「啖罪？又是啖罪？」陳阿車愕然嚷嚷：「幹他奶奶這魔王最近想幹大事？怎麼每間鬼屋他都是房東？」他說到這裡，突然閉嘴，轉頭對田啓法說：「以後穿著師父戰袍，可別學我滿嘴粗話呀……」

「哇！」田啓法壓根沒注意到陳阿車是不是講了粗話，他見踩在廳桌上那「靈顯天尊」暴怒飛竄殺來，嚇得大叫，口中酒水胡亂噴在陳阿車臉上。「師兄小心！」

「呿！」陳阿車伸手抹臉，順手用抹在手上的酒水臨空畫了道咒，對著靈顯天尊一打，打出一陣金光，耀得那天尊在空中煞車、摀著眼睛怪叫。陳阿車躍入鬼群中，指揮戰袍大袖拳頭一陣亂打，碰碰磅磅敲飛一堆鬼。

那靈顯天尊挨了幾下袖拳，手上的桃木劍都給陳阿車搶去鞭他屁股，這才驚覺自己完全不是陳阿車對手，驚慌想逃，已經來不及，被陳阿車揪著脖子，扣在身邊。

田啓法含著酒水急急奔來，照著靈顯天尊臉上猛噴一口酒。

一陣吱吱聲響，靈顯天尊臉上冒起蒸騰白煙，忍不住哀號慘叫，兩隻紫亮眼睛變得暗淡無光，剛剛那不可一世的氣概消失無蹤。

陳阿車用嘴巴咬著草扇子，騰出手揪著長袍上一塊補丁，啪嚓一撕，將整塊補丁布料撕下，往靈顯天尊腦門一抹，像是包飯糰般，將靈顯天尊包進了那塊小小的補丁布裡，還抓著布角打了個死結，提在手上，來到大門前，揚起破草扇搧出金風，搧去聚在門裡門外的死寂陰氣和怪異法術，帶著田啓法踏出怪屋。

回到陽世。

陳阿車關上怪屋大門，又從長袍上撕下一塊小一點的補丁，揉成布條，將那裹著靈顯天尊的小布團子綁在大門把手上。

田啓法見到陳阿車長袍那被撕去補丁布後露出的破口，外頭一圈縫痕生出棉線，快速織出新的補丁布料，又將破口遮了起來，這才知道，這長袍上一塊塊補丁，撕下竟還會再長。

陳阿車向田啓法討回葫蘆，蘸點酒水畫了道符，往門上一拍，跟著來到小庭院中央，一手握著草扇扠腰、一手舉著葫蘆喝酒，仰頭望著這棟怪屋。

「師兄，這樣算完工了？」田啓法問。

「要是這麼輕鬆就好囉，我們只是逮住了這蠢鬼屋主。」陳阿車說：「整棟房子還沒打掃乾淨呢！」

捌

黃昏時刻，陳阿車和田啓法走出自助餐店，在三輪車旁邊喝葫蘆酒閒聊，他們花了一整天，終於將那兩層外帶加蓋祭壇的怪屋子，從裡至外徹徹底底「打掃」乾淨。

期間土地神老獼猴還撥了通電話給陳阿車，告知田啓法岳父母家一切安好。

一夜下來，老獼猴指揮著山魅們將岳父母家裡那些亂七八糟的符籙法器、古怪菜餚全打包扔了。大清早三人陸續醒轉，都覺得頭昏肚子痛、腦袋呆愣愣地忘記了許多事，老林替田雅如請了假，祖孫三人出門看完醫生之後返家休養，一天下來沒出什麼事。

田啓法心中大石放下，話也多了起來，一會兒向陳阿車吹噓過去自己其實有幾次創業差點成功，不是敗在時機，就是敗給運氣。

陳阿車邊聽邊笑，突然插口問這樣子沒頭沒腦地投資，和賭博到底差別在哪裡？

田啓法默然半晌，只能苦笑，說仔細想想，好像眞的沒有分別，他說他媽媽生前無數次對他耳提面命，要他別酗酒、別賭博，最終他喝酒喝成肝癌末期，投資投到家破人亡，仔細比起來，他和他那壞蛋親爹，似乎沒有太大分別——

「可能我身體裡，流著廢物的血……」田啓法嘆了長長一口氣，望著手中酒杯。「你看，我再怎麼恨自己、罵自己，杯裡頭這東西，戒不掉就是戒不掉……」

「別擔心。」陳阿車替他將那半滿酒杯斟至全滿，還溢了他滿手，嘿嘿笑地說：「你接下我這葫蘆之後，等於戒酒了——你手上這杯是葫蘆汁，不是酒，只是喝起來像酒，這葫蘆汁喝進口、吞下肚，會暖會醺會開心，但神智清楚不會茫，而且不像眞酒傷身傷腦，開車被警察攔了也測不出來，因爲這葫蘆汁裡沒有酒精。」陳阿車一口氣連灌三杯，將酒杯收起，拍拍田啓法肩頭。「喝完這杯，準備上路開工。」

「又開工？」田啓法趕緊喝完，將酒杯還給陳阿車，問：「我們要去……師兄你說的那間更凶的鬼屋？」他說到這裡，抬頭瞧瞧天空，不安地說：「天都要黑啦……」

「不是那間凶屋子。」陳阿車窩進三輪車後座。「我帶你去一個地方喝杯茶、燒炷香，借點兵力用用。」

「借點兵力？」田啓法騎上三輪車，照著陳阿車指示的方向騎。「借什麼兵力？」

陳阿車窩在後座小棚裡，透過小棚上那橫孔對田啓法說：「該怎麼說呢——你覺得剛剛我那戰袍厲害不厲害？」

「厲害呀。」

「厲害對吧。」陳阿車說：「但是我這戰袍其實不是想借就能借到——天上對神明出借給乩身的法術、兵器管得很嚴，師父每次借戰袍給我，事後都得向其他神明交代來龍去脈；每位神明借法的方式不同，乩身負責的工作範圍也不同，比如太子爺是天界戰神，他的乩身專打魔王，可以用的法寶、法術也更厲害；我負責打掃穢地，平時能帶在身上的傢伙就這顆葫蘆。現在陰間莫名其妙蹦出這麼一種新鬼門法術，有些又跟魔王有關，這樣讓我的工作變得很複雜。照理說牽連到魔王的案子不歸我管，那是太子爺乩身的工作，但一堆鬼屋穢地，究竟哪間跟魔王有關、哪間被開了新鬼門，進屋之前誰也不知道，全推給太子爺乩身，他也忙不過來，我們還是得先幫忙探探。師父他已經向上頭申請放寬這戰袍的使用範圍，讓我隨時穿在身上，想用就用，但是上頭還沒批准——我跟你說呀，其實這也不能怪天規嚴格，過去拿了神力作怪的傢伙可沒少過，甚至跟陰間魔王勾結、聯手逆天的都有……」

「這……」田啓法聽得嘖嘖稱奇，跟著又問：「因爲濟公師父的戰袍有限制，所以師兄你才要去借兵力？這兵力又是什麼？爲什麼就可以借來用呢？」

「問那麼多，等等你就知道啦。」陳阿車懶洋洋地說：「路上看到便利商店記得停下來，買點貓罐頭跟雞蛋。」

「買貓罐頭跟雞蛋做什麼？」

「你以爲兵力你想借就借？」陳阿車哼哼地說：「不給點好處，要人家替你賣命？」

「好處……」田啓法越聽越是奇怪。「雞蛋和貓罐頭算是好處嗎？」

「唉喲我都說等等你就知道了，這麼急做什麼！」

「喔……」

□

兩小時後，田啓法停了車，和陳阿車分別提著一袋貓罐頭和一袋雞蛋，站在桃園三順路上一棟公寓前。

陳阿車也沒按電鈴，大剌剌地推開公寓一樓民宅那半掩鐵門，帶田啓法走入人家家裡。

那戶人家客廳擺著數張大木桌併成的一條長形供桌，牆上也釘著木架，桌上架上，擺著密密麻麻、各種材質的神像雕塑，除了角落那只飄著淡淡檀香的小檀香爐外，沒有其他香燭供品經書，乍看之下，倒像是販賣神像雕塑的商攤貨架。

「來啦。」一個中年婦人從廚房走出，雙手捧著只竹盤，上頭擺著茶壺茶杯。

中年婦人身後，跟著一隻壯碩橘貓。

橘貓尾巴高高揚起，一雙眼睛銳利得像是能切開鐵，小小爪子踏出的每一步，看來都從容而穩重。

「劉媽好。」陳阿車向劉媽鞠了個躬，轉頭見田啓法沒有反應，輕拍他後腦，說：「不會叫人？」

「啊……」田啓法連忙也鞠了個躬。「劉媽好！」

「唉喲，免禮免禮！」劉媽呵呵笑地將茶盤放上廳桌，招呼兩人入座，先是打量上下田啓法幾眼，跟著對陳阿車說：「找著接班人了？」

「是啊。」陳阿車點點頭。

「他幹哪行的？」劉媽問。

「跟我一樣。」陳阿車說：「雲遊四海、浪跡天涯。」

「挺好。」劉媽淡淡一笑，倒了杯茶，推到田啓法面前。「以後辦事，無牽無掛。」

「無牽無掛倒不至於。」陳阿車搖搖頭，指著田啓法說：「他有老婆孩子，老婆死了，孩子跟著外公外婆，這陣子家裡被人開了鬼門，昨天才上他家關了門，當時韓杰也在場。」

「喔。」劉媽微微露出訝異，說：「連韓杰都到了，那應該不是小事。」

「跟魔王啖罪有關。」陳阿車這麼說，捏起劉媽推來的茶，端起吹了吹，說：「我今天帶著他，掃了一間屋子，賴在屋子裡的鬼東西好像也跟啖罪有關。眞是怪了，這魔王不曉得打什麼主意。」

「啖罪？」劉媽歪著頭想了想。「印象中有聽過這名字，是個老魔王，我記得他退隱很久了……傳聞是眞的，摩羅跟喜樂失勢，過去的老魔王都搶著回鍋啦？」她喃喃自語，望向田啓法，苦笑說：「剛出道就要打魔王，也太爲難你這接班人，難怪你們來向我借將軍。」

「是啊！」陳阿車點頭說：「我師父替我申請放寬那戰袍使用權限還沒下文，但交到我手上的工作卻不能不幹，只好來拜託劉媽妳啦。」

「將軍同意的話，我是沒問題。」劉媽拍了拍大腿，招那橘貓躍上她腿趴著，輕輕摸著橘貓後背。「但如果對手是陰間魔王，光是將軍一隻，也幫不了大忙……」

「這倒不怕。」陳阿車說：「我師父已經向太子爺打過招呼，我如果碰到一些難纏的案子，會請韓杰跟我們一起行動——我終究只是個清潔工，打魔王這種事，本來就得讓天庭戰神乩身負責啦，我向劉媽借將軍防身，就是怕這陣子如果我借不著戰袍，光這葫蘆不夠用。」

他將雞蛋和貓罐頭一一取出，疊在桌上，對劉媽腿上的大橘貓說：「將軍大爺，這陣子得勞煩您了，小小意思，不成敬意。」

「唔！」田啓法才剛剛將吹涼的茶喝入口，見陳阿車對那叫作將軍的橘貓說話，這才知道陳阿車要借的「兵力」，就是眼前這隻大橘貓。

田啓法嚥下茶水，本來想發問，但只覺得口中、腹裡飄起濃濃的茶香，腦袋酥酥麻麻，彷如墜入夢境。

在恍惚之間，他感到劉媽似乎向自己招手，便站了起來、走了幾步，接過三炷香，被陳阿車按著腦袋，對著大供桌上一尊黑黑小小的神像拜了三拜。

陳阿車在一旁嘟嘟囔囔，比手劃腳，像是在對神像說話，說了些什麼，田啓法也沒聽清楚，只隱約知道陳阿車似乎稱讚他有天分，請濟公師父日後好好照顧他、教導他。

他究竟有什麼天分，連他自己也搞不懂。

難道眞是陳阿車說過的，他廢歸廢，好歹還能夠「廢物利用」？

□

田啓法睜開眼睛時，發覺自己盤坐在三輪車後座小棚裡。

那串晴天娃娃墜飾在他頭頂晃呀晃的，墜飾下方的玉蘭花不時搔過他的頭頂。

他意識清醒了，見到陳阿車倚在三輪車小棚外，捧著葫蘆自斟自飲，嘟嘟囔囔地和橘貓將軍說話。

將軍窩在一只用瓦楞紙摺成的貓吊床上，吊床就垂吊在小棚開口前方，將軍也不理陳阿車向他說話，只懶洋洋地望著天空，不時舔舔爪子或是抬腳搔搔癢，尾巴掃呀掃的，不時掃著那晴天娃娃，才讓晴天娃娃在田啓法頭頂晃來盪去。

「啊？」陳阿車望著田啓法。「醒啦？」

「師兄……」田啓法抽出腿，想下三輪車，特地壓低腦袋、矮著身子，以免頭頂撞著將軍的吊床，他下了車，左顧右盼，只見三輪車旁是座小公園，四周漆黑寂靜，儼然已是深夜，他困惑問：「發生什麼事？這裡是哪裡？」

「沒事沒事。」陳阿車說：「你在劉媽家喝了茶，給師父上了香，師父正式收你爲徒。你摸摸你的肚子，還會疼嗎？」

「嗯？」田啓法低頭摸摸肚子，因爲肝癌末期腹水腫脹的肚子已經消下，擾人的脹痛感也沒有了。

「從現在開始……」他茫然地問：「我就是……濟公師父的弟子了？」

「是啊。」陳阿車一把將田啓法拉下車，將葫蘆塞給他，說：「喝口葫蘆汁醒醒腦，要上工啦！」

「上工？」田啓法呆了呆。

「看到沒？就是那個。」陳阿車呵呵笑地指著不遠處公寓三樓。「半年前女屋主在家裡割腕，怨氣很重，左鄰右舍都嚇壞了。你放心，這次情報應該不會有錯了，是件輕鬆差事。」

「什麼？」田啓法瞪大眼睛，起了滿身雞皮疙瘩。「輕……鬆？」

「這種最輕鬆啦。」陳阿車說：「普通的枉死鬼作祟，在底下沒有勢力勾結、沒有魔王撐腰、沒有法師搗蛋——如果連這種程度的屋子都處理不了，也別當乩身啦。」

陳阿車邊說，邊向將軍招招手，大步往那公寓走去。「出發——」

「師兄，等等我……」田啓法捧著葫蘆追了上去，遠遠見到那三樓窗邊，站著一個若隱若現的身影，嚇得連忙舉起葫蘆往嘴裡猛灌仙酒，還往手上倒了些酒抹臉，提神醒腦。

陳阿車來到公寓前，從田啓法手中取回葫蘆，拍了拍葫蘆身，只見那葫蘆嘴旁分岔生出一條莖藤，藤上結出一枚小葫蘆。

陳阿車摘下那小葫蘆，低聲施咒，往公寓大門鑰匙孔上一按。

小葫蘆在鑰匙孔上被按成了果泥，稀爛果泥滴答落地，轉眼消失，另一部分被按入鑰匙孔的葫蘆泥，隨著閉目凝神的陳阿車心意指揮，在鑰匙孔中游移鑽動，喀啦啦地撐起一枚枚鎖栓，將每一枚鎖栓擠至正確位置之後，凝聚硬化成了一把鑰匙。

陳阿車睜開眼睛，扳動葫蘆鑰匙，打開了大門。

「哇！」田啓法看傻了眼，跟著陳阿車走入公寓，驚訝地問：「這葫蘆還能開鎖？」

「能呀。」陳阿車說：「打掃鬼屋總不能請鎖匠開門吧——之後有空我先教你用鐵絲開鎖，等你明白上鎖、開鎖的原理，我再教你怎麼控制小葫蘆泥在鎖孔裡推鎖栓。」陳阿車邊說邊令田啓法關上公寓大門，帶著他和將軍上樓，還不忘叮囑他。「不過這開鎖呀，除了用來打掃穢地之外，你可不能用來闖空門呀，師父看得見的——這應該不用我特別提醒你吧。」

「當然！」田啓法這麼回答。「我只是酒鬼，可不是賊……」

他們來到三樓凶宅前，陳阿車用同樣的方法開了凶宅內外兩道門。

這凶宅家中各種家具尚未處理，桌椅櫥櫃、家庭用品上都積著灰塵。

橘貓將軍豎著尾巴，大搖大擺踏入屋中。

「咦？」田啓法揉揉眼睛，見到將軍背後依稀揚起了一片金光閃閃的虎紋袍子。

「發什麼呆。」陳阿車拍了田啓法後腦勺一下，將葫蘆塞給他，問：「還記得除穢酒怎麼用嗎？」

「記得……」田啓法點點頭，舉起葫蘆往嘴裡倒了口酒，鼓嘴朝高處一噴，伸指在酒霧裡比劃施咒，酒霧在空中閃耀起點點螢光，並未落下，而是隨著他手指指向之處飄來晃去。

「嗯？」陳阿車瞧著田啓法施術半晌，突然喊停：「等等、等等……你還沒替自己開眼看穢氣，亂掃一通！」

「對喔。」田啓法啊呀一聲，倒了點酒在手指上，往眼皮沾去，歪著頭嘟囔半晌，忘了開眼咒語，向陳阿車問明了，再次施法，睜開眼睛，這才瞧清楚屋內陰氣分布情形——陳阿車說，再過段時間，他道行夠了，不用開眼也能瞧見陰氣。

「陰氣」有紅有黑、有紫有褐，共通點是帶著腥臭霉腐氣味，田啓法開始含酒噴霧，揚手指揮酒霧驅除客廳各處一團團陰氣。

他很快發覺，陰氣最爲濃厚之處，是主臥房。

他回頭望了陳阿車一眼。

陳阿車只關上了門，拍拍沙發灰塵，一屁股坐下，望著田啓法，伸手指了指主臥房，示意讓他處理。

田啓法只好鼓起勇氣，往主臥房走去，還沒到門口，卻見到主臥房門前濃烈陰氣竟漸漸消散，還透出陣陣金光。

他來到主臥房前，只見將軍坐在門內搔癢。

主臥房裡，紅衣女人抱膝瑟縮在床角，不住哆嗦，似乎十分畏懼門口的將軍。

雙人床墊上是滿滿的褐色污跡，女屋主生前與家人反目，沒有人出面替她處理身後凶宅，連那張怵目驚心的血床都維持當時原狀。

「唔……」田啓法見紅衣女人雖然畏懼將軍，但一見他進房，立時朝他顯露凶光，嚇得撇開視線，含酒吐霧、打掃房間。

「天下男人沒一個好東西……」紅衣女人瞪著田啓法。

田啓法沒有回應，安分地吐酒霧，掃淨房中每個角落——

但一陣陣陰氣，依舊從那乾涸血床向外溢散。

陰氣有時來自於怨念，怨念來自於心有不甘。

紅衣女人恨得雙眼淌血、腕上割痕也滲出血漿，將整張床的暗褐斑跡染成了鮮紅。

「你是……好東西嗎？」紅衣女人雙眼流露出濃濃恨意。

「我……」田啓法愣了愣，有些心虛。「應該不是。」

「你可曾辜負人？」

「……」田啓法點點頭。「應該有……」

「那你得死了！」紅衣女人喉間滾動起凶惡的詛咒聲，鮮紅血漿自她雙眼不停滴落在床上，她惡狠狠地弓身伏立，彷彿一頭將要暴走的獸。

田啓法被紅衣女人雙眼暴射出的凶光嚇呆了，連含酒防身都忘了。

下一刻，女人身子一顫，又蜷縮回床角，不停地哆嗦。

本來坐在門前的將軍站了起來，背上那張虎紋金袍微微飄動，往前走了兩步，躍上床，目不轉睛地望著紅衣女人。

「噫、噫噫……」女人被將軍全身發出的金光逼得逃下了床，縮在牆角，抱膝垂頭，哭了起來。

「小妹妹。」陳阿車不知何時來到門邊，倚著門，淡淡地說：「妳不害人，他就不會咬妳。」

「我這輩子，沒害過人……」紅衣女人哽咽地說，下一刻，她凶狠地朝著陳阿車咆哮，吼出鮮紅腥風。「都是別人害我！賤男人——」

她吼完，見將軍瞪著她，又將頭埋入抱膝雙臂，繼續嗚嗚哭著。

「……」陳阿車攤攤手，說：「冤有頭、債有主，我師兄弟倆奉命來打掃妳這間凶宅，我們沒害過妳，妳別對我們發脾氣；妳覺得被人害了，我幫妳向底下燒張符，請陰差上來接妳下去，妳到了底下，好好考慮一段時間，如果還是不甘心，就向地府申請正式的復仇令，到時候該怎麼做，就怎麼做吧。」

「要是……」紅衣女人哽咽地站起，朝著陳阿車齜牙咧嘴，恨恨地說：「我不要呢？」

「吼——」將軍朝著紅衣女人咧嘴一吼。

在那聲凶悍貓嗚後頭，追響著一記雄猛虎嘯，將紅衣女人震懾得呆立在原地，一動也不動，就連陳阿車從田啓法手中拿過葫蘆，走到紅衣女人身邊時，她也只能不停顫抖，遲遲未能做出反應。

「唉。」陳阿車舉葫蘆喝了口酒，往手上一吐，伸手替女人抹去臉上兩道血淚，還在她額頭寫下一道咒。「漂漂亮亮的女孩子，何必把自己弄成這樣？」

「我……」女人額上綻出金光，全身的戾氣像是洩氣皮球般四溢開來。

陳阿車將葫蘆拋還給田啓法，說：「繼續打掃吧。」

「喔、喔喔……」田啓法繼續含酒噴霧、驅散房間陰氣。

陳阿車拉起女人割腕那手，用手上殘酒在她腕上也畫了道咒，替她裹上一道金色紗布，讓她不再淌血，然後轉身在窗上也畫了道咒，說：「妳哭吧，把恨哭乾淨，陰差很快會上來接妳。」

紅衣女人癱在牆角，嚎啕大哭，手腕上的金黃色紗布連著一條條金絲，與陳阿車寫在窗上的金符相連著。

陳阿車見田啓法差不多將主臥房清理乾淨了，便要回葫蘆往手上傾倒，倒出一注酒水。酒水在陳阿車掌心上凝聚成一枚大水球，陳阿車托著那金光閃閃的水球，呢喃唸咒，往那張血床擲去。

整張床耀起金光，整床鮮紅血漿消失，恢復成原本的黯淡褐色。

接下來，陳阿車領著田啓法，將剩餘兩間房間、廚房、廁所和後陽台的陰氣驅散之後，便帶著將軍離開公寓，乘著三輪車，趕往下一處凶宅。

陳阿車說這兩個禮拜生意興隆，有好幾間凶宅等著他們打掃。

玖

距離王書語遇襲那晚，已過了兩週。

儘管太子爺兩週前便囑咐韓杰收拾東西、準備搬家，但王書語工作繁重，韓杰得四處奔波，處理各式各樣的煉屍和鬼門案件，只能零零碎碎地收拾打包。

這天是鐵拳館休館日，韓杰剛好也沒差事，從早打包到晚，還把下午沒課的許保強也喊來家裡幫忙，老龜公也特地開著小發財車趕來替韓杰載運家當。

韓杰和許保強將十餘只紙箱搬下樓、堆上車，聽老龜公嚷嚷口渴，想起冰箱裡有幾瓶飲料，便帶著許保強上樓撒尿順便拿飲料。

他撒完尿，出來開冰箱挑了三瓶飲料，隨手朝他身後的許保強拋去一瓶。

許保強有些心不在焉，伸手要接時已經太遲，被運動飲料砸中胸口。

「……」韓杰皺起眉頭，旋開瓶蓋喝了幾口，說：「怎麼一整天心不在焉，有心事？」

「不……」許保強拾起運動飲料，打開來喝。「只是沒注意……」

「你最近怪怪的。」韓杰問：「剛開學不習慣新學校？你不像是那種見到新同學會害羞的小子啊。」

「沒啊。」許保強聳聳肩。「只是……」

「……」韓杰見許保強說了「只是」之後也沒繼續接話，便問：「你擔心芊芊啊？」

「對啊。」許保強摸摸鼻子。

「哼。」韓杰又喝了口運動飲料，似笑非笑說：「擔心她的安全，還是擔心她被追走？」

「兩個都擔心。」許保強這麼說，安靜半晌，突然又說：「其實我也沒資格擔心她會不會被追走，反正我本來就配不上她。」

「嗯？」韓杰聽許保強這麼說，反而有些不自在，他乾笑兩聲，走來拍了拍許保強肩膀。「幹嘛啦，你什麼時候變得這麼沒志氣，這不像你啊。」

「這不是志氣不志氣的問題……是現實啊。」許保強嘆了口氣，說：「很多時候人得面對現實……只要能讓芊芊幸福，在她身邊的那個人，也不一定非得是我。」

「操，你從哪部電影裡學到這種鳥蛋話的？」韓杰哭笑不得，追問了半天，才知道董芊芊加入學校社團之後，課後大多時間都花在社團活動，和許保強的聯繫少了許多，兩人話題也漸漸出現落差。

高中畢業之後，董芊芊進入心目中理想學校，但想和董芊芊進入同所大學的許保強，卻是拚盡了全力最後仍然失敗，隨便挑了間學校就讀。

董芊芊讀的是美術系，社團是攝影社，她滿心期待地跟許保強說，系上學長告訴她，加入攝影社團，可以參與許多戶外攝影活動，能夠順道取材兼寫生。

許保強卻酸溜溜地回董芊芊說，很會用相機的男人十個有九個是變態，要她千萬小心、提高警覺——當天他們的話題就中斷在這幾句對話上。

隔天許保強傳訊息向董芊芊道歉，說自己只是擔心她，沒有別的意思，他說他把她當成最佳拍檔，不希望她受傷或是被欺負；董芊芊說自己又不是小孩子，且隨手就能畫出能螫人的紅墨蜂，一般人要欺負她可沒那麼容易。許保強說對方可能用騙的、會下藥，下藥之後還會拍她的裸照傳到網路上……

然後他們又結束了一天的對話。

「我操！芊芊加入的是攝影社，不是什麼變態社團！」韓杰聽許保強大致敘述他們近來對話之後，忍不住奚落他：「而且人家讀的是好學校，又不是你那間鳥蛋大學，她沒擔心你學壞就不錯了！」韓杰這麼說完，見許保強默默沒應話，知道自己嘴快刺著了他，連忙拍拍他，說：「鳥蛋大學不錯了，我連鳥蛋大學都進不去，我比你鳥蛋多了，我是蟑螂蚊子蛋……」

許保強苦笑兩聲，咕嚕嚕灌著運動飲料。

「我嘴巴臭，你別放在心上。」韓杰抓起許保強拳頭，敲著自己臉頰。

「幹嘛！」許保強抽回拳頭，哈哈大笑。「我沒這麼脆弱！」

許保強笑完，突然一記刺拳往韓杰臉上擊去。

韓杰側頭閃過。

「喔！有削到一點。」許保強望著自己拳頭，像是在回憶一秒之前的拳頭觸感。

「沒有。」韓杰搖搖頭。「還差一公分左右。」

「屁啦——」許保強大叫。「明明削到了！」

「不可能，還差得遠。」

樓下，老龜公朝著樓上叫：「阿杰，怎麼這麼慢？你在拉大便啊？」

韓杰大口喝完運動飲料，帶著許保強和老龜公的飲料下樓，乘上老龜公那發財車，一路開往鐵拳館。

老龜公一面駕著車一面問：「啊你房子找好沒？」

「還沒。」韓杰坐在副駕駛座滑著手機，指指頭頂。「我老闆要我先把房子賣了，把錢準備好，他會替我找間好房子。」

「先把房子賣了？」老龜公困惑問：「那你睡哪？」

「關帝廟啊……」韓杰無奈說。

「太子爺不熟悉陽世房屋買賣流程？」老龜公這麼問。「你不是才準備要結婚，想在關帝廟洞房啊？」

「別說了……」韓杰翻了個白眼，無奈說：「房子的事，我問過好多次，他一直賣關子，說想給我一個驚喜……我除了說謝謝老闆，還能怎麼辦？」

「哈。」老龜公忍不住笑了，對韓杰豎了個大拇指。「太子爺親賜的驚喜，你賺死啦，一堆老百姓燒香燒一輩子都沒這個命，你有這麼好的老闆，真是上輩子積的福報。」

「呵呵。」韓杰乾笑兩聲。「你羨慕的話，可以燒點香，看看下輩子有沒有機會跟老婆在關帝廟洞房。」

「免了，我這老龜公下輩子說不定當不了人，投胎變成隻兔子，找團草叢就行了……」

老龜公隨口鬼扯，突然又問：「我記得你家廚房流理台不是整個換新沒多久？還說花了書語不少存款……」

「沒辦法。」韓杰苦笑說：「仇家殺上門了，流理台再重要，也比不上命重要。」

「如果讓你找到那個『老師』……」老龜公說：「你一定會狠狠揍他囉。」

「我現在脾氣比以前好很多了。」韓杰微笑答。「意思意思兩三下就行了。」

「兩三下？是兩三百下吧。」

「你當那傢伙鐵打的，能挨我兩三百下？我一拳他就受不了了。」

許保強窩在小發財後車斗上顧著紙箱，聽著韓杰和老龜公鬼扯，一面與董芊芊傳訊。

小發財車駛達鐵拳館，韓杰和許保強將紙箱搬入館內，堆放在一角——這是因爲太子爺令韓杰先賣去舊屋，才告訴他買哪間新屋，因此韓杰不得不將舊屋物品暫時堆放在鐵拳館，這兩天他都忙著打包，已經搬了好幾趟，連王書語那張大書桌都搬進了鐵拳館，他暗暗預計恐怕還得再搬兩三趟，才能清空全家，至於家中剛換沒多久的全新廚具，和花了大錢整修的浴廁，只盼下一任屋主能夠喜歡。

韓杰搬完紙箱，正準備陪許保強練拳，剛換了鞋子，拳套戴到一半，手機突然響起，是陳亞衣打來的。

「韓大哥！有大事情！」陳亞衣的聲音大得連一旁的許保強都聽得見。

「怎麼了？」韓杰問。

「媽祖婆下了急令，說有批陰間重犯被送往十八層地獄準備服刑，他們在車上不知道用了什麼方法，解開手銬、幹掉司機跟陰差，躲進一棟樓房裡死守，地府動員一堆陰差，連黑白無常都出動了，攻了兩天還攻不下那棟樓房。」陳亞衣這麼說。

「是嗎？」韓杰冷笑兩聲，說：「所以地府那些鳥蛋抓不到逃犯沒輒，想拜託我們下去支援？」

「不。」陳亞衣說：「那些逃犯在樓房裡弄出了『混沌』，現在整棟樓的陽世活人都變成那批逃犯的人質，媽祖婆說這次大家得聯合行動，太子爺很快也會通知你。」

「餛飩？」韓杰困惑問。

「不是餛飩，是混沌。」陳亞衣解釋說：「就是韓大哥你這陣子忙著處理的新鬼門法術；上頭覺得這新鬼門跟舊鬼門差別不小，取了新名字作爲區別，就是混沌——這兩個字，意思是傳說中天地還沒分開時的樣子，現在這新鬼門法術，能把陰陽兩界混合在一起，跟『混沌』有點像。」

「什麼鳥蛋名字……我最近忙著搬家，笨鳥寄養在關帝廟，還沒看到新籤……」韓杰說到這裡，聽到手機訊息聲，他點開訊息通知，見到關帝廟負責照料小文的工作人員傳來的籤紙照片，便開啓手機擴音，一面與陳亞衣對話，一面點開照片，細瞧籤紙上那排還飄著煙的焦灼字跡——

有陰間重犯在陽世飯店開了扇厲害鬼門，挾持大批人質。你速速與媽祖婆乩身聯絡，全力救人。

韓杰向陳亞衣轉述了籤令內容，跟著問：「妳人在哪裡？我們分頭去，還是會合一起去？妳那師弟去不去？」

「我還在研究怎麼訂票，明天是假日，高鐵跟火車都訂不到票。」陳亞衣說：「自由座可能還有些位置，再不然只能搭客運了……」

「訂票？」韓杰愣然問：「妳說的餛飩在哪裡？」

「不是餛飩，是混沌。在高雄。」陳亞衣說：「媽祖婆要我們配合陰差攻堅，應該是明天晚上。」

「什麼……」韓杰呆了呆，無奈說：「這樣好了，妳也別訂車票了，叫妳師弟準備一下，大家約個時間會合，我帶你們走陰間。」

「啊！」許保強在一旁一面戴拳套一面偷聽韓杰講電話，早聽得心癢難耐，終於忍不住叫了起來。「亞衣姊師弟，是不是那個消防員？」

「你幹嘛？」韓杰見許保強湊上來對手機嚷嚷，便伸手推遠他。

「我記得他比我晚入行，他是我後輩對吧！」許保強焦急喊著：「亞衣姊帶消防員師弟還不到半年，你帶我一年半了！」

「你到底想說什麼？」韓杰傻眼問。

電話那端陳亞衣聽出許保強話中意思，說：「小強應該是覺得比他菜的阿育可以跟我們一起行動，他也想跟我們去。」

「對啊！」許保強聽見陳亞衣應話，連連點頭。「我比師弟還早了一年當乩身，我……」

「那是陳亞衣師弟，不是你師弟。」韓杰惱火瞪著許保強。「我又沒說不帶你去。」

「師父，我已經不是小孩子了！危險場面我也不是沒碰過，我剛出道時不就打死那隻蜘蛛魔女了嗎？我現在比那時強多了，我保證不會扯到你後腿。」許保強焦急抓著頭，努力思索著如何說服韓杰。「我每天都乖乖做你給我的功課，跑步、練身體，你看，我壯了那麼多……」他邊說，邊捲起袖子，拱出他那鍛鍊一段時間的二頭肌。

韓杰和陳亞衣約定了明日會合時間，結束電話，扠著手，冷冷盯著許保強，沒再說話。

許保強還想講些什麼，突然啊呀一聲，驚覺自己弄錯了什麼，他呆滯三秒，回想韓杰最後一句話，說：「師父，你剛剛是不是有說『我又沒說不帶你去』這句話？」

「對，我有說。」韓杰點點頭。

「那就是可以帶我去的意思？」

「對啊。」韓杰點頭，說：「你過十八歲生日了，是大人了，可以獨當一面啦。」

「哇！」許保強握拳歡呼。「什麼時候出發？」

「明天中午，在這裡會合，你別帶太多亂七八糟的傢伙。」韓杰說：「還有，那隻蜘蛛，是我跟鬼王聯手打死的，不是你打死的。」

「是是是！是你打死的！你最強、你最棒！」許保強興奮得蹦蹦跳跳，沿著擂台繞圈，跟著一躍上了擂台，倚著繩圈向韓杰招招手。「不過有一天，我會比你更強。」

「很好。」韓杰哼哼一笑，繼續戴起拳套，拉著繩圈攀上擂台。「你最好快一點變強，我才能快點退休享清福。」

「說不定就是明天！」許保強快速竄近韓杰，一記刺拳照著韓杰鼻子打去。

揮空。

幾乎同時，他眼前一紅，韓杰拳頭已經壓上了他的鼻尖。

在這瞬間，他有點後悔自己大話說得太早了。

拾

王書語晚上九點多才下班，和韓杰在外用餐、閒聊搬家瑣事，兩人返回關帝廟時，已接近深夜。

太子爺在這香火鼎盛的關帝廟裡替韓杰和王書語安排了個房間，讓他們在找到新家之前在關帝廟裡過夜，以防再有奇襲。

長廊裡日光燈都關上了，僅牆上數公尺一盞的紅燭造型小燈還亮著。

廟方工作人員阿恭伯在辦公室裡聽見了韓杰和王書語說話聲，急匆匆地從辦公室奔出，三步併作兩步向兩人走來，搖手嚷嚷說：「阿杰呀，有你的客人！」

「客人？」韓杰呆了呆，往阿恭伯走去，只見廟方辦公室又走出一人，是個上了年紀的老男人。

老男人手上還捧著一只大木盒，朝著韓杰點頭微笑。

阿恭伯招待韓杰和王書語，連同那老男人，一同進入廟方辦公室，還替韓杰和王書語倒了杯茶。

老男人將那約莫五十公分長的大木盒放在韓杰面前，小心翼翼地揭開盒蓋，說：「這是太子爺託我替你做的虎偶。」

「什麼？」韓杰瞪大眼睛，只見盒內絨布凹槽裡，擺著一隻身披虎爺金袍、造工精美的幼虎偶。

韓杰訝然地自盒中取出那幼虎偶仔細端詳，那幼虎身長扣除尾巴約莫三十公分，一身虎爺金袍掀開之後，後背、四肢乃至於尾巴上都覆有戰甲，戰甲上還纏著鎖鍊，頸子掛著一圈圈符籙吊飾，十分威風。

韓杰好奇問：「你說這老虎是太子爺託你替我做的？你是什麼人？這老虎是做什麼用的？」

「我姓黃，是木雕師傅，也是神明眼線，跟劉爸劉媽見過幾次面。」老先生說：「太子爺託夢要我雕一尊『乩身』給你。」

「什麼？」韓杰瞪大眼睛。「雕一尊……『乩身』？」

「啊！」一旁王書語發現了什麼，指著虎偶背上的袍子，袍子正中豎著一排朱紅小字——下壇將軍柳丁出陣伏魔

「什麼？這是給那小屁貓的！」韓杰有些訝異，看了王書語一眼，揭開王書語肩包，翻找裡頭那只巴掌大的小老虎布偶。

自從王書語在家遇襲之後，韓杰再次向老獼猴調借實習小虎爺柳丁，柳丁平時睡在新買的小虎布偶裡，貼身保護王書語。

柳丁在包包裡聽見韓杰稱他「小屁貓」，一見韓杰手伸進包包便咬了他一口，蹦出布偶和包包，躍在王書語肩上，朝著韓杰齜牙咧嘴。

阿恭伯看不見柳丁，壓根不曉得發生什麼事。

黃老先生看得見柳丁，推推眼鏡探長脖子，盯著柳丁，喃喃說：「咦？這就是那位下壇將軍？嗯？老虎是長這樣子嗎？這不像是老虎呀……」

「嘎！」柳丁轉頭賞了黃老先生一記尖銳咆哮，嚇得黃老先生踉蹌後退，差點跌倒。

「這東西要怎麼用？」韓杰翻轉著虎偶身子，只見那虎偶身子上漆，但摸起來的觸感卻有些熟悉，不禁好奇問：「這老虎是木頭雕的？用的是什麼木頭？」

「不是木頭。」黃老先生連忙說：「是用蓮藕雕的。」

「蓮藕？」韓杰愕然，問：「蓮藕怎麼雕？蓮藕裡面不是一個洞一個洞嗎？」

黃老先生呵呵笑著解釋：「這是太子爺賜的神蓮，我將蓮子搗成泥，塡進蓮藕洞裡，四肢、尾巴和戰甲，都是另外雕好再接上去，那虎爺袍子，是用蓮藕葉造的。」

「什麼？」韓杰正想問這虎偶用法，便見柳丁已從王書語肩上躍到桌面，望著韓杰手上的精美虎偶，嘎嘎叫個不停。

韓杰索性將虎偶放在柳丁面前，讓柳丁像寄居蟹換殼般自個兒去摸索。

柳丁生前是隻幼石虎，石虎體型和家貓差不多，柳丁死時只有幼貓大小，體型比眼前這虎偶還小了不少。他在那幼虎偶身邊繞起圈圈，兩隻眼睛閃閃發亮，像是弟弟仰望大哥，不時還伸出小爪摸摸虎偶身上戰甲、袍子，動作輕柔且羞澀，顯然喜歡極了。

「老闆……」韓杰見柳丁繞圈繞了老半晌，也沒有下一步，忍不住抬頭望著天花板。「你是不是忘了燒籤告訴我這東西怎麼用？」

韓杰話還沒講完，柳丁已經在那虎偶嘴前豎起耳朵，聽了半晌，跟著嘎了一聲，化成一道金光，鑽進虎偶嘴裡。

虎偶動了起來，抖抖耳朵、揚揚爪子，還豎起了尾巴。

虎偶的身軀出現變化，軀體和鎖鍊戰甲都變得更加真實，身上毛髮飄揚、一雙虎眼晶瑩閃耀，背上那虎爺袍呈半透明，在後背上方緩緩飄揚，正中那道「下壇將軍柳丁出陣伏魔」十個朱紅小字，在金光中十分醒目。

「哇！好帥，好像很強的樣子……」王書語忍不住伸手摸了摸附在虎偶中的柳丁腦袋，柳丁刻意在王書語面前顯威風地以後足站了起來，一雙爪子在空中揚動——

小虎爪上也覆有虎爪造型的戰甲，令他的爪子看上去比尋常幼虎爪子更加壯碩威風。

柳丁放下爪子，歪著頭靜靜站立半晌，仔細聽著指示——原來太子爺已將這藕身用法存放進虎偶身中，讓柳丁進入虎身之後聆聽學習。

柳丁又嘎了一聲，對王書語招招爪子，像是在叫喚她。

「怎麼了？」王書語湊近些，試圖理解柳丁的意思，只見柳丁蹦了起來，攀上她胸口，全身綻放出金光。

大夥兒還不明白發生什麼事，卻見到金光褪去之後，王書語胸前多了圈細細的金項鍊，墜飾是一枚指甲大小的虎頭金牌。

金牌背面刻著小小的「柳丁」二字。

「原來如此。」韓杰和王書語這才知道，這用神蓮打造出的虎偶，功用是取代柳丁那小布偶，當作柳丁的乩身，且還能化爲金鍊子，讓王書語時時刻刻戴在身上。

小柳丁儘管擔任虎爺的時間不長，且還是虎爺裡的實習生，但他披著虎爺袍子，能夠輕易擊退惡鬼，現在得到太子爺親賜神蓮藕身，還穿戴上專屬戰甲和一雙大爪，戰力應當升級不少，作爲王書語日常防身，是綽綽有餘了。

拾壹

深夜，窗外下著雨。

田啓法提著葫蘆，站在公寓套房單人床旁，望著坐在床沿的年輕男人。

年輕男人臉色極度難看，那不是活人臉上該有的氣色。他不是活人。

「我沒騙你，你眞的死了。」田啓法對年輕男人說：「我師兄在樓下燒了符通知地府，陰差很快會上來帶你下去，你別怕，只要乖乖等就好。」

「陰差？什麼陰差？那是什麼東西？」年輕男人喃喃說著：「你是誰？爲什麼會在我家？爲什麼說我死了？」

「我是清潔工。」田啓法回答：「專門打掃凶宅的清潔工。」

「凶宅？」年輕男人瞪著田啓法。「你說我家是凶宅？」

「是啊。」田啓法指著套房廁所。「你躲在廁所燒炭，死了兩個禮拜才被房東發現，所以我才會進來替你打掃房間。」

年輕男人望向廁所，神情有些不安，喃喃說：「你鬼扯……」

「有些人死後會忘記很多事，你不記得也沒辦法。」田啓法轉身環視套房四周，舉起葫蘆往嘴裡倒酒，朝右手噴了口酒，揚指畫咒施法，朝房間各處噴酒驅除陰氣。

「你在我家做什麼？」年輕男人陡然暴起，伸手要掐田啓法脖子。

田啓法轉身，朝著年輕男人臉上噴了口酒。

年輕男人臉上立時炸出金火，燒得他摀臉倒地、哭號打滾。

「啊，對不起……」田啓法見年輕男人模樣痛苦，有些歉意，連忙變咒，含了口酒往年輕男人頭上一噴，滅了金火。

他在年輕男人身旁蹲下，在手上倒了些酒，畫了道咒，跟著往年輕男人頭臉彈灑酒水。「好點沒有？嗯？沒效嗎？我記錯符咒了？」他接連試了幾次，總算成功灑出五彩酒水，將年輕男人頭臉上的灼傷都治好。

年輕男人伏在地上嗚咽喘氣，再也不敢有什麼動作。

「你明明還有大好前途，何苦想不開呢？」田啓法嘆了口氣，站起身，繼續揮指畫咒、含酒噴霧。

這套房不大，田啓法很快便將堆積在房間各個角落的陰氣打掃乾淨。

然後下樓與陳阿車會合。

「怎麼這麼慢？」陳阿車朝遠遠走來的田啓法揚起手中鐵杯。

他將葫蘆交給田啓法帶上樓前，倒了一鐵杯葫蘆酒配花生打發時間，但田啓法打掃速度比他預期中慢了不少。

「那小子連自己已經死了都不知道。」田啓法捧著葫蘆替陳阿車倒滿手中鐵杯，解釋說：「我告訴他陰間的規矩，要他等等乖一點別反抗陰差，還告訴他到了底下，可以申請向親人託夢，燒點東西給他，這樣他會好過一點。」

「那他聽懂了沒有？」陳阿車吞了口酒，斜著眼睛瞧田啓法。

「我也不曉得他有沒有聽懂。」田啓法聳聳肩。「他一直哭。」

「雞婆。」陳阿車哼哼地說：「你跟他說的那些東西，等陰差上來，自然會教他。」

「我覺得陰差……脾氣好像不是很好……」田啓法想起兩天前跟著陳阿車處理一間凶宅時，那怨魂怨念極重，即便被陳阿車施法綁著，仍然不停尖嚎咆哮，收到符令趕上來逮人的兩個牛頭馬面，一見那怨魂神情暴戾，二話不說抖開甩棍暴打那怨魂，打到陳阿車都看不過去出聲阻止才停手，揪著那怨魂頭髮拖回陰間。

「那也是沒辦法的事。」陳阿車淡淡地說。「底下就是這樣，那些傢伙想打人，你就算在地上攔著他，他下去之後還不是照打。」

「前兩天師兄你也阻止陰差打鬼呀。」田啓法這麼說。

「……」陳阿車嘿嘿一笑。「可能我也雞婆。」他說到這裡，喝了口酒，喃喃自語。「做人雞婆，到底好還是不好，我到現在還是搞不清楚。」

「問心無愧就好囉。」田啓法這麼說，跨上車。「還要再跑一間嗎？還是『回家』？」

「回家。」陳阿車說。「下一間比較難搞，得做點準備，回家洗個澡，喝酒吃宵夜，睡飽點再開工。」

□

半小時後，他們回到了「家」。

他們口中的「家」，就是約莫兩週前，他們等待韓杰現身的那座橋下。

田啓法將三輪車停在橋下。陳阿車總是嘻嘻笑地說他家很大，可以停很多輛車。

兩人下車，望著大橋底部，像是望著自家挑高天花板。

田啓法從三輪車後座棚子裡拉出他那行李箱，擺在梁柱旁當桌，放上滷味和酒杯，還順手摺了兩張瓦楞紙小椅——但他摺得不好，一屁股坐下去，凹陷一大塊。

這兩週他們閒暇時，也會各自前往派報社，接些舉廣告牌的零工，現在田啓法不病不痛了，舉廣告牌對他來說頗爲輕鬆，還能不時喝幾口分裝在保特瓶裡的葫蘆酒，路人也聞不著他身上酒味。

兩週下來，他漸漸適應，甚至有些著迷這樣的生活——畢竟他可不是從大少爺變成落魄遊民，而是從一個癌末落魄遊民，變成活蹦亂跳的清潔工遊民，還擁有喝不完且喝不醉的美酒，和一份「有趣」的工作。

和兩週前相比，現在的他，已經不那麼怕鬼了。

陳阿車帶著他跑遍大半個台灣，清理了十幾間鬼屋，看了不少鬼，男的女的、老的少的、橫死的病死的、凶的瘋的、溫吞的膽小的。

他漸漸發現鬼和人其實沒有分別，或許有些瘋癲或是凶暴，但活人同樣也有瘋子或是粗暴流氓。儘管有些鬼長相恐怖，但看多也習慣了。

那葫蘆並不難用，他很快學會數種用法，打掃、驅鬼，甚至替鬼療傷都行；葫蘆嘴能生出分岔莖藤，莖藤能鞭鬼、綁鬼，還能生出小葫蘆，小葫蘆裡一樣有葫蘆汁，能當水果啃，也能當手榴彈炸鬼。

反倒是開鎖學得挺辛苦，得花上半小時，才能用髮夾解開一只普通鎖頭。

陳阿車向劉媽借來的橘貓將軍，也因此一直無用武之地，每天不是懶洋洋地窩在小棚裡的瓦楞紙吊床上打盹，就是伏在小棚頂上睡得肚皮翻天，罐頭吃了幾十枚，鬼倒是一隻也沒咬著。

田啓法問貓罐頭這樣買下去，會不會太虧？

陳阿車說一點都不虧，每天花兩個罐頭，就能借得一隻下壇將軍隨身護衛，是大賺特賺；他說養虎千罐，用在一時，當初向劉媽借將軍，本來就不是要讓將軍去咬每一隻鬼，而是在最緊要的關頭，有他在身邊。

他們每隔兩三天，就會悄悄前往探望田雅如，或是喊出老獼猴和田啓法亡妻良蕙，聽他們報告家內近況，陳阿車有時會拉著老獼猴躲遠點喝酒，讓田啓法和良蕙抱著哭上一會兒。

田啓法說自己應該早點明白自己不是投資當老闆的料，眞要投資，應該將時間、心力投資在女兒身上，投資在自己和妻子身體健康上，才不會一個疲累病亡、一個喝酒喝成了肝癌末期。

良蕙或許沒有當鬼的天分，過世至今仍難以順暢說出完整的句子，只能零零星星地用簡單的詞彙敘事，她說老獮猴告訴她，陰差已經排定日期上來接她，往後田啓法得多多費心代她看照女兒了。

他要她別擔心，說她已經忙了半生，接下來他會接手，他沒辦法讓女兒大富大貴，但至少會全力保她平安。

橋下，陳阿車將葫蘆當成水龍頭，在不遠處沖澡，甚至衣服也沒脫、連衣服一起洗，還邊洗邊喝，洗得滿意了，才濕淋淋地走到行李箱小桌旁，往大鐵杯裡倒滿酒，才將葫蘆交給田啓法洗澡。自個兒提起被田啓法摺爛的兩張瓦楞紙小椅，揉揉拗拗、摺摺抖抖，修復得堅實牢靠。

陳阿車這手摺瓦楞紙的神妙技術，同樣也是濟公師父賜他的絕活，讓他能夠用隨手撿拾的瓦楞紙，造些簡易收納的家具，方便日常生活——

自然，可不得隨意轉賣賺錢。

那頭，田啓法提著葫蘆，用同樣的方式洗臉、洗衣、洗身體，返回行李箱小桌時，陳阿車頭髮、衣服上的酒水幾乎乾了——陳阿車說用這葫蘆酒沖澡，比清水還方便，葫蘆酒不僅能洗去身上和衣服上的髒污，且洗完幾分鐘就乾了，若要用清水洗澡，他還嫌吹頭髮麻煩。

兩人喝酒吃菜，陳阿車喝沒兩杯又講起過往經歷過的鬼屋奇事，他老是把「那間鬼屋，是我這輩子碰過最怪異、最恐怖、最危險的一間鬼屋！」這類形容掛在嘴上。

田啓法好幾次忍不住追問：「師兄，上一間鬼屋你也說最危險，這一間鬼屋也說是最危險，到底哪間最危險、最恐怖？」

陳阿車不是敷衍回答：「上一次剛好忘了這間，這間更危險一點。」就是說：「上一間比較危險，這一間比較恐怖，危險跟恐怖又不一樣。」

今晚酒過三巡，陳阿車又講了幾間生平遭遇過最危險、最恐怖的鬼屋，跟之前幾間都不一樣，田啓法邊喝邊聽，也懶得追究這些鬼屋間的排名。

「不過呀，我有預感……」陳阿車喝了杯酒，說：「接下來我們要打掃的那間房子，可能比過去我跑過的房子都要危險。」

「什麼？」田啓法聽陳阿車這麼說，倒是有些吃驚——每晚陳阿車口中那些「最危險」「最恐怖」的屋子，都是陳阿車過往工作案件，而這些天陳阿車帶他打掃鬼屋時，則總是說：「這地方跟我以前跑過的穢地比起來，根本是小兒科，別怕，有我罩著你，你毛都不會掉一根。」

「我們接下來要去的那間屋子……真的有那麼可怕？」田啓法取出手機，瀏覽起明日那間鬼屋的資料——這幾天陳阿車將那存放著他數十年工作資料的雲端記事本的帳號密碼給了田啓法。

用手機加上雲端筆記整理工作資料，是陳阿車這幾年才養成的習慣，一來陳阿車年紀雖大，但並不排斥世上各種新穎科技，二來是他和濟公師父早早便著手規劃將來的接班人計畫，關於工作檔案如何交接之類的瑣事，當然也包括在其中。

陳阿車那雲端筆記本裡的工作資料，包含他過往數十年處理的近七千塊穢地，以及接下來二十七件新案。這二十七件新案裡，有七件是這兩週新接的案子，陳阿車接案方式也十分簡單——電子郵件。

自然，在更早的時候，陳阿車向上頭接案、整理查閱每一份案件資料，可沒現在這麼方便，得在大盤子大盆之類的容器裡倒入葫蘆酒，施法半晌之後案件訊息才會緩緩浮現在盆中水影上，他再以紙筆記下。

在改用智慧型手機之前，陳阿車那三輪車裡囤著厚厚一大疊筆記本，寫滿數十年來他走過的每一塊穢地和每一間鬼屋。

像是日記一樣，記錄著他這半輩子。

陳阿車笑著對田啓法說，數年前他生日那晚，濟公師父降駕陪他喝酒，送他一台智慧型手機當生日禮物，要他配合時代進步，將過去酒盆接案的方法全面進化，同時還要將過去工作記錄輸入進手機，儲存成電子檔案，以便傳承給接班人。當時可嚇壞他了，那時候連智慧型手機都沒摸過、輸入法怎麼用都一無所知的他，要如何將過去數十年分的筆記本電子化呢？

所幸濟公也不忍愛徒替世間做牛做馬數十載，掃遍成千穢地鬼屋，卻被一支手機擊倒，另外找了助手負責處理資料，要陳阿車將筆記本燒上天備存。

陳阿車儘管不捨得這批跟隨自己多年的筆記本，但聽濟公說這些筆記本燒上天後，會被存放在天庭大書庫裡留存百世，甚至還能讓他死後上天借出回味，加上會有專人替他將資料電子化，想想倒是划算，便挑了個良辰吉日，一把火燒去了那些記載著自己數十年足跡的筆記本。

換得了這雲端筆記本帳號密碼。

上禮拜陳阿車將田啓法的電子郵件信箱透過符令燒上了天，這七件新案子，直接寄到田啓法信箱裡。

田啓法仔細瀏覽他們接下來將要前往處理的那間鬼屋資料——位在市郊，三層樓透天公寓，有地下室和前後小院。

是一名諢號「左爺」的法師，花錢自建的屋子，屋齡僅十餘年。

左爺失蹤多年，因爲幾筆債務，房屋遭到法拍，拍得的屋主僅看屋兩三次，還沒想好怎麼裝修便慘死屋中，後續接手的屋主也接二連三橫死，這間屋子因此成了相關業者口中的大凶宅。

陳阿車過去十年間，七次進出這間屋子打掃。

沒有撞過鬼、沒有遇上危險。

田啓法瞧著這間屋子一張張照片，聽陳阿車口述過往七次打掃經驗，好奇問：「師兄，這間屋子你前後進去七次，一隻鬼都沒碰過，應該很安全不是嗎？爲什麼明天我們再去，可能會比之前七千件工作還要危險？」

「眞這麼安全、這麼乾淨……」陳阿車故作神祕地說：「我幹嘛去七次，明天還要跑第八次？」

「對喔。」田啓法哦了一聲。「爲什麼重複去七次？」

「這間屋子，是左爺的家。」陳阿車說：「左爺當年事蹟我也跟你說過不少了，在那個陳七殺出道之前，左爺可是邪術圈子裡第一把交椅。」

「陳七殺……就是你說的那個，被太子爺乩身打到退出江湖的厲害法師？」

「就是他沒錯。」陳阿車說：「陳七殺出道之後，驚動整個江湖，左爺也不是他的對手。陳七殺之所以這麼厲害，是向魔王獻祭、借了魔王的力；左爺敗給陳七殺之後，開始鑽研起陳七殺的路子，千方百計想和陰間魔王牽上線，這間屋子就是他爲了向魔王獻祭，特地蓋成的房子。」

陳阿車拿過田啓法的手機，點開一張地下室照片，再遞還給田啓法，說：「這房子院子裡埋著一座小廟，魔王在陰間透過那小廟和左爺說話。」

「小廟？」田啓法望著照片，照片裡可沒有什麼小廟，只有一面牆。「哪裡有小廟？」他以爲陳阿車挑錯了照片，左右滑動查看其他張照片，卻也沒看見陳阿車口中的「小廟」。

「小廟嵌在牆上、埋在土裡。」陳阿車說：「後來接手的屋主把整面牆都封了，小廟在牆後面。那小廟其實就是一扇鬼門，而且不是普通的鬼門，是魔王專用的鬼門，過去十幾年，那魔王一直很安分，那間屋子和底下的小廟也一直沒有動靜，雖然偶爾會有人凶死在屋子裡，小廟也會洩出陰氣，但我前後掃了七次，還是找不著半點跟那魔王有關的證據……我猜那魔王大概低調，不想惹事，也沒爲難我。」

「師兄你說明天會很危險，是因爲……魔王現在不安分了？」

「那魔王最近忙得很。」陳阿車呵呵一笑，說：「就是這陣子三不五時就聽到的啖罪。」

「啖罪！又是他！」田啓法瞪大眼睛，這才知道他們接下來要打掃的屋子，又和那魔王啖罪有關，他問：「爲什麼那個啖罪安分很多年，突然不安分了？」

「現在底下一堆安分很多年的魔王，都變得不安分了。」陳阿車這麼說：「這些魔王過去低調，是因爲本來底下有個更凶、更霸道的第六天魔王壓著他們，但是前兩年第六天魔王被太子爺痛打一頓，不知道躲去哪兒，地盤讓其他幫派瓜分，原本的老魔王一個個都想重出江湖，魔王啖罪就是其中一個。」

「咦？」田啓法發現左爺家檔案中後續幾張照片，變成了一處搭建著鷹架、施工中的樓房，和前幾張照片像是完全不同的地方，他問：「怎麼有別間房子的照片？師兄你整理資料時搞錯了？」

「沒搞錯。」陳阿車說：「同一個地方。」

「同一個地方？可是……」田啓法又仔細看了看照片，突然發現後面一批照片裡施工樓房後方夜空中的濃稠紅雲，陡然驚覺那批照片原來拍自陰間。「這幾張是陰間的照片？」

「是。」陳阿車說：「就是左爺家透天厝的陰間位置。」

「什麼！」田啓法仔細看了看兩批照片，不解問：「可是師兄……你不是說陰間建築對應陽世建築？這棟樓房跟那間透天厝差那麼多……」

「這張照片是我請一位陰間偵探朋友拍的，就是同一間房子沒錯，現在正在施工——」陳阿車解釋：「我忘了跟你說，這兩年陰間修改了建築法規，現在只要經過申請，那些陽世對應建築，是可以改建的。」

「什麼！」田啓法有些驚訝，問：「所以……陰間有人拆了那間透天厝蓋新房子？」

「不是蓋新房子，是改建加蓋，我那位陰間朋友調查過了，這陣子在工地裡出沒的傢伙，都是啖罪的嘍囉。」陳阿車說：「我猜啖罪打算把左爺這間透天厝改造成幹大事的基地。」

「他……」田啓法喃喃問：「他到底想幹什麼大事？」

「誰知道。最近地底很著迷那新鬼門技術，用那技術造出的空間，既不能算是陰間，也不能算是陽世，一堆傢伙都想用這技術幹些大事。」陳阿車這麼說：「天上據說已經盯上地底這新鬼門把戲，還替新鬼門取了個新名字……叫什麼來著？餛飩？啊，是混沌！」

「混沌……」田啓法抓抓頭。「這混沌到底能幹什麼大事？」

「能幹的大事可多著了，例如最簡單是當成蜘蛛網用。」陳阿車答。

「蜘蛛網？啊！是上次那個什麼靈顯天尊他家……那時候師兄你說那大房是用來獵活人的……」田啓法想起先前一戰。

「是啊。在混沌裡搭一層遮天術，天上看不著、地府懶得管，邪魔歪道在裡頭幹什麼都方便。」陳阿車話鋒一轉，說：「話說回來，這兩天我收到消息，啖罪可能已經盯上我們了。」

「盯上我們？」田啓法瞪大眼睛。

「是啊。」陳阿車苦笑說：「你岳父母家、靈顯天尊那間屋子……都是他地盤，我們一直踩他地盤，他不可能不知道……左爺那房子又跟其他地方不一樣，地底下埋了間極其陰邪的怪小廟，有天然陰氣加持，在那地方搞混沌、放遮天，都有加倍效果，對他來說，那是塊寶地。現在他花費那麼大心力加蓋改建，肯定想當成重要基地，知道我們又要上門，他大概忍無可忍啦……」

「那這樣……我們進去，豈不是很危險？」

「危險也得幹呀。」陳阿車舉起葫蘆斟滿酒杯，一口喝乾。「不然四十年陽壽，白白加在你頭上，豈不是太便宜你啦？」

拾貳

翌日正午，陳阿車帶著田啓法來到左爺透天厝數公里外一處山腰上，令田啓法用望遠鏡遠遠地瞧那房子四周動靜。

那望遠鏡是他倆上文具店花了數百元買得的便宜貨，經過陳阿車施法，能夠遠距離觀察陰氣動靜——

田啓法從上午九點多，一直盯到接近正午，依舊沒有發現半點動靜。

橘貓將軍不若先前那麼悠哉，一會兒在三輪車小棚吊床舔爪、一會兒上棚頂遠眺、一會兒繞著三輪車打轉，不時都會往左爺家望上一眼，彷彿隔著數公里，也能感受到那山雨欲來的奇異氣氛。

陳阿車窩在小棚裡滑手機，盯梢的田啓法漸漸按捺不住，開始嚷嚷肚子餓，陳阿車從身旁翻出包過期口糧餅乾塞給他。

田啓法吃了兩片餅乾配葫蘆酒，忍不住道：「師兄，盯了三個小時，什麼也沒發現……」

「那再盯三個小時囉。」陳阿車懶洋洋地盯著手機上的通訊軟體，不時送出幾句訊息。

「什麼……」田啓法困惑地問：「是不是要等太子爺乩身和我們會合，才一起進去？」

「不……」陳阿車搖搖頭。「他不會來了。」

「不會來？」田啓法有些心驚，猶然記得不久之前，陳阿車才說過這種跟魔王有關的大案子，會與太子爺乩身韓杰聯合行動。

「南部出事了，聽說有批地獄逃犯在一棟樓裡弄出了混沌，還挾持了一批活人當人質，太子爺乩身臨時趕去支援。」陳阿車說：「師父要我們自行處理。」

「自行處理……」田啓法嚥了口口水。「單單我們師兄弟兩人……再加上將軍？」

「是啊。」陳阿車點點頭，望了田啓法一眼，見他神情緊張，便說：「你也別太擔心，我正在聯絡幾位幫手，向他們弄點東西，多少有幫助。」

「幫手？」田啓法害怕之餘，也只能繼續望著左爺透天厝，突然大叫一聲。「師兄！有人出來了——」

「啥？」陳阿車跳下車，急急搶過田啓法手上的望遠鏡，自個兒望去，只見那左爺透天厝裡，果眞有個男人。

男人左手提著一只水桶，右手拿著杓子，伸進桶子裡撈舀一番，隨手澆淋院子各處，像是在澆水施肥一般。

濃烈陰氣自男人手上的水桶蒸騰冒出，隨著他到處潑灑，陰氣轉眼瀰漫了整塊前院。

「這啥意思？他幹什麼呢？」陳阿車看傻了眼，一時也不明白那人是誰，玩什麼把戲。

男人灑完了前院，繞去後院灑，將後院也灑得陰氣重重，跟著男人進屋，五分鐘後又出來，這次拿著一束香，插在前後院各處，不一會兒，左爺透天厝裡外濃厚陰氣漸漸消散。

「什麼怪招？他到底在幹什麼？」陳阿車看了半晌，漫無頭緒，將望遠鏡遞給田啓法，令他繼續監視，自個兒歪著頭思索，突然聽見田啓法叫了起來。

「啊，他出門了！他好像想開車！」田啓法將望遠鏡遞還給陳阿車。

陳阿車遠遠見男人揹著背包，坐進透天厝外一輛汽車，汽車引擎發動，往山下駛去。

「我們現在要跟著他？還是趁他不在趕快進去……」

「笨蛋。」陳阿車白了田啓法一眼，說：「三輪車怎麼追得上汽車，屋子裡有沒有別人也不知道，就算沒其他人，也不能這樣莽莽撞撞進去。」

「那……我們在這裡等他回來？」

「也不是。」陳阿車窩回三輪車後座小棚，令田啓法騎車。「我還是先帶你去見幾位老朋友好了，你最好跟他們打好關係，以後還得靠他們關照呀。」

「你還有朋友？」

「廢話，當然有！」

田啓法花了十幾分鐘載著陳阿車下山，上便利商店提了點錢，買了幾瓶洋酒當伴手禮，再花一小時騎到另一座山的一間廢棄工寮。

陳阿車開了個罐頭擺在將軍籠外，還倒了點水在小盆裡，讓將軍在車上待命，自個兒帶著田啓法走向工寮。

那廢棄鐵皮工寮破損嚴重，大半邊屋頂沒了，且入口被雜草淹沒，蚊蟲極多，田啓法和陳阿車撥草進入工寮，頭臉脖子都被叮得滿頭包。

工寮裡站著一個青年。

青年模樣不過十九、二十歲，戴著紳士帽和太陽眼鏡，穿著白襯衫、吊帶褲和麂皮靴子，一副復古時尚文青的模樣。

「阿車，你也太慢了。」青年伸手按低眼鏡，露出一雙銳利眼睛。「你知道我等了多久嗎？」

「我那破車速度多快，你又不是不知道。」陳阿車呵呵笑了笑，拉來田啓法，向那青年簡單介紹自己這接班人。

「濟公師父認可他了？」青年瞇著眼睛，上下打量田啓法。

「是啊。」陳阿車說：「上劉媽家喝過茶、燒過香，跟我跑了兩個禮拜，葫蘆酒喝千百杯了。」

「好。」青年伸出手，和田啓法握了握。「我叫黎幼白，你叫我黎哥就行了。」

「黎……哥……」田啓法見青年沒大他女兒幾歲，卻要自己喊他「哥」，不免有些彆扭。

「呵呵。」陳阿車像是看透田啓法心思般，笑了笑，說：「阿白死好幾十年了，如果加上生前年紀，歲數比我還大，在陰間經營偵探事務所，你喊他一聲大哥，他會好好照顧你。」

「什麼？」田啓法這才知道，眼前這二十出頭的青年，原來是個離世多年的老鬼，還是個老鬼偵探，連忙向他鞠了個躬。「黎哥，以後請你關照了。」

「喂喂喂！」黎幼白搖起手指，說：「老阿車，我可沒答應替你照顧他呀，我的服務是有價的，看情況合作、看情況收費，明白嗎？」

陳阿車哈哈一笑，說：「你這大偵探這麼忙，一堆人想見你一面都難，你願意見他、和他聊聊，再考慮要不要接他案子，就是最大的關照啦。」

「嗯。」黎幼白點點頭，對田啓法說：「你前輩說的沒錯，我可不是隨隨便便就替人做這個那個的，我有自己的公司、有員工要養，我很忙的，要不是老阿車和濟公師父對我有恩，別說找我幫忙啦，請我喝酒我都不見得賞臉。」

「不枉我當乩身幾十年，請得動你老人家上來喝酒，這是我的榮幸呀。」陳阿車笑了笑，見這廢工寮連坐的地方都沒有，便令田啓法回頭上三輪車翻出幾張乾淨瓦楞紙箱，回來摺成桌椅，擺上酒杯和買來的洋酒、牛肉乾。

「老阿車，你摺瓦楞紙的工夫還是這麼厲害吶……」黎幼白坐著小凳，迫不及待喝乾一杯威士忌，拍著大腿高呼過癮：「嘩——這高級擬人針真是厲害，酒喝進嘴裡的感覺跟喝真酒一模一樣，回去我再弄個十支八支囤著！」

他見田啓法一臉有問題卻不敢問的模樣，便主動問：「幹嘛？你不知道擬人針這東西？這是陰間的好東西，鬼打了擬人針，能夠化出假肉身，上陽世玩不怕太陽曬，吃飯喝酒也有滋有味，將來你下去了，記得也弄幾支玩玩吶。」

「我知道，師兄有跟我講過。」田啓法乾笑兩聲，抓抓頭說：「我只是想到……你死時那麼年輕，已經喝過酒了？不然怎麼知道眞酒的味道？」

黎幼白像是聽見了個蠢問題，轉頭對陳阿車說：「你哪找來這蠢蛋當接班人？」

「火車站附近天橋找的。」陳阿車自斟自飲。

「小老弟。」黎幼白朝著田啓法按低臉上那褐色墨鏡，露出兩枚銳利眼睛，老氣橫秋地對他說：「老子十二、三歲，毛還沒長齊就開始喝酒了。」

陳阿車笑著補充：「他那年代，女孩兒十四、五歲都能嫁人啦。」

「也是。」田啓法抓抓頭，乾笑幾聲。「我好像十五、六歲才喝下第一杯酒。」

「十五、六歲？」陳阿車啊呀一聲，嚷嚷說：「你爸媽不管你？還是你偷喝酒？」

「當然是偷喝，喝完還被我老媽打了一頓。」田啓法笑說：「是我爸朋友送的好酒，我還記得那時候我喝第一口嫌辣，喝第二口就愛上了。」

陳阿車瞪著田啓法，追問：「你沒事偷喝你爸的酒幹嘛？你爸平常也喝酒？」

「不……」田啓法搖搖頭，說：「我爸不怎麼喝酒，酒是朋友送他的，我只是好奇那到底是什麼味道——我以前常聽我媽說，她有個鄰居大哥也愛喝酒，她說那大哥平時唱歌難聽，三杯下肚唱歌就好聽了，那時候我在學校有個暗戀的女同學，她喜歡會唱歌的男生，所以我……」

「哈！」黎幼白大笑兩聲，打斷田啓法的話，說：「所以你偷喝爸爸的酒，去學校對著喜歡的女同學唱歌？」

「對……」田啓法苦笑。「我把我爸的酒喝去半瓶，被老媽打了一頓，隔天起不了床，請了病假，再隔一天，我把剩下半瓶酒裝進保特瓶裡帶去上學，第一節課下課躲進廁所裡一口氣喝光，第二節課還沒下課，就被老師聞出酒味，打電話叫我媽來學校。」

「哈哈哈！」黎幼白捧腹大笑，對陳阿車說：「眞是個傻蛋，你哪裡找來的？」

「火車站附近的天橋上啊，你不是問過了……」陳阿車嘿嘿一笑，追問：「你媽那位鄰居大哥，後來又怎麼了？」

「啊？」黎幼白和田啓法同時望了陳阿車一眼。

黎幼白說：「你問那鄰居大哥的事做啥？你該問他媽到了學校怎麼揍他才對啊！」他說到這裡，轉頭問田啓法。「你媽怎麼揍你？」

「我媽沒揍我。」田啓法也笑著講起往事。「半瓶威士忌，我一個下課喝完，我被帶到訓導室沒多久就睡死了，被送到醫院吊了兩瓶點滴，說是酒精中毒……」

「哈哈哈！」黎幼白笑點似乎不高，拍著大腿，對陳阿車說。「眞的是傻蛋耶，你在哪座天橋上撿了這個傻蛋，我改天也去撿撿看。」

陳阿車將那座天橋路口告訴了黎幼白，說：「你要撿傻蛋，應該上其他天橋上找啊，同一座天橋上沒那麼多傻蛋吧。」

「那也不一定啊！咳咳……」黎幼白笑得嗆咳起來。

「我媽那位鄰居大哥啊……」田啓法喝了杯葫蘆酒，對陳阿車說：「後來好像去外地工作了，我媽後來再也沒見過他。」

「是嗎？」陳阿車微微點頭，一口喝乾手中那杯葫蘆酒。

「啊！怎麼又提到這鄰居大哥吶。」黎幼白又被逗笑了。「這人到底是誰？」

「是我媽的初戀情人。」田啓法這麼說。

「什麼？」黎幼白瞪大眼睛，墨鏡底下一張臉因喝酒、大笑而漲得通紅。「你這故事怎麼這麼曲折啊？那位鄰居大哥……」

「阿白！」陳阿車打斷黎幼白的話。「你趁喝醉之前，把我要的東西給我，教我怎麼用，把正事辦完我們再好好喝。」

「老阿車，你當我三歲小孩，才剛剛喝，怎麼會醉……」黎幼白大聲嚷嚷，突然哎喲幾聲，揉揉腦袋，驚呼說：「眞有點醉呀，這什麼酒這麼厲害？」

「威士忌啊。」陳阿車說：「你太久沒喝陽世眞酒啦。」

「這擬人針擬人擬得夠眞，但不是替我量身訂做，沒有擬出我的酒量……」黎幼白吁了口氣，拉開領口搧風，自腳邊包包裡，取出一只巴掌大的小袋，遞給陳阿車。

陳阿車接過小袋，揭開袋口往掌心一倒，托近眼前細瞧，問：「欸？兩個？」

「買一送一啊。」黎幼白說：「夠意思吧。」

「眞夠意思呀——」陳阿車托了托掌心，呀哈哈地舉杯向黎幼白敬了一杯。

「師兄……」田啓法在一旁只覺得奇怪，他見陳阿車掌心上什麼都沒有，忍不住問：「什麼東西買一送一？」

「嗯？」陳阿車將手掌托向田啓法，嘿嘿笑地問：「你跟我兩禮拜，還看不見陰間道具？」

「咦？陰間道具？」田啓法瞇起眼睛，仔細一看，果然見到陳阿車掌心上，有兩只花生仁大小的小黑影，他大力眨了眨眼、皺眉半晌，仍瞧不清楚，便在指尖沾了點葫蘆酒，喃唸數遍開眼咒，往眼皮上抹了抹，再睜開眼看，這次瞧清楚了，那兩只小東西是某種機器裝置，中央一枚小圓點材質像是玻璃，他啊呀一聲，說：「這是……針孔攝影機？」

「對啦！」陳阿車點點頭，轉頭問黎幼白。「這東西怎麼用？」

「手機給我，我幫你設定。」黎幼白向陳阿車伸出手。

陳阿車遞上手機，黎幼白點按半晌，向陳阿車展示。

陳阿車和田啓法湊近去看，只見手機螢幕分割成上下兩個畫面，正是兩枚針孔攝影機的拍攝畫面。

陳阿車雙手分別捏著兩枚針孔鏡頭四處拍攝，一面檢視手機上拍攝畫面，滿意地說：「拍得好清楚呀。」

「當然啊！」黎幼白說：「這可是我的壓箱寶吶，我整間事務所裡也才八個鏡頭，分出兩個借你用，你可別用壞啦！用完記得還我。」

「如果跟你買，要多少錢吶？」陳阿車抓抓鼻子。「這次我踩的是魔王地盤，也不知道裡頭藏了什麼鬼東西，就怕玩壞了你的寶貝……」

「我知道，混沌嘛！我消息靈得很。」黎幼白扠手歪頭想了想，正經對陳阿車說：「這兩顆鏡頭在底下的賣價換算成陽世貨幣，接近十萬新台幣，你們兩個應該是買不起，這樣好了，我看在濟公師父面子上，只能拜託你省著用、珍惜著用，用完還給我，眞弄壞了，賠我幾瓶酒——不過眞壞了的話，可別再找我借啦，我靠這東西混飯吃的……」

「十萬不是問題。」陳阿車嘿嘿一笑。「晚點我還會去找小姜買紙鼠，順便託他直接燒給你，再額外送你點好東西。」

「什麼？」黎幼白有些驚訝。「你哪來的錢？」

「我這幾十年，有空打打零工，多少也有點積蓄吶。」陳阿車這麼說。

「那是你的棺材本。」黎幼白說：「我都說弄壞不用你賠了。」

「我想說如果沒壞，就留著給他用。」陳阿車瞅了瞅田啓法。「這小子倒楣，剛出道就碰到這時局，現在底下像是戰國時代，又有新遮天、又有新鬼門、又有活屍……我那年代可都沒有這些鬼東西，我想替他囤點傢伙，帶他認識點朋友……更重要的是，有錢也要有命花，你忘了我的命是向師父借來的？我退休的時候，也差不多要歸西啦。」

「沒那麼剛好吧。」黎幼白愕然說：「濟公師父沒給你個寬限期，讓你退休享幾年清福？」

他說到這裡，扠著手仰頭看著工寮破損鐵皮外那朗朗晴空，大聲說：「我知道的濟公師父，可慈悲了，不會對弟子這麼無情吧，這老阿車雖然愛喝酒，好歹替陽世掃過幾千塊又髒又臭的鬼地方吶……」

「講什麼呢，來喝酒喝酒！」陳阿車打斷黎幼白的話，舉杯向他一敬，還托起田啓法的肘，要他也舉杯，對黎幼白說：「來來來，乾杯！」

「乾！」黎幼白舉著瓶子大喝一口。

陳阿車和田啓法也喝乾手中酒杯，陳阿車笑著拍拍田啓法的肩，對黎幼白說：「這小子能交到你這朋友，是他福氣，以後大家都是好兄弟！」

「啊！」黎幼白瞪大眼睛，對陳阿車說：「你怎麼擅自替我決定新兄弟啊？我都不認識他……」他望著田啓法，哼哼地說：「知人知面不知心吶，誰知道老阿車你有沒有看走眼？」

陳阿車聽黎幼白這麼說，也不以爲意，哈哈笑地說：「我老眼昏花，看走眼也沒辦法，但濟公師父應該不會看走眼。」

「哼，這倒是……」黎幼白聽陳阿車搬出了濟公名號，便向田啓法舉起瓶子。「我想到什麼說什麼，你別放在心上。」說完又喝一大口。

陳阿車也對田啓法說：「阿白嘴巴快，但人夠義氣，是好兄弟，以後他有什麼麻煩，你得兩肋插刀啊，來，再跟兄弟乾一杯。」他邊說邊替田啓法又倒滿一酒杯。

「是……」田啓法擠出笑容，向黎幼白乾杯，剛喝完，忍不住低聲問：「師兄，你剛剛的意思是……你一退休立刻就會死？」

「差不多囉……不過不是『立刻』啦，是幾天？幾個月？我還眞不知道，師父沒提，我也沒問。」陳阿車點點頭。「我不是跟你說過，我比你還年輕好多歲時就得了肝癌，濟公師父給我現在這份工作，『薪水』就是讓我續命，我退休的話，當然也沒『薪水』啦。」

「我就說應該多少賞點『退休金』吶，濟公師父他老人家總得念在你替他做牛做馬這麼多年……」黎幼白忍不住打岔，突然噗嗤一聲，瞪大眼睛望著田啓法。「老弟，你也肝癌呀？」

「是啊。」田啓法苦笑點頭。

黎幼白笑得人仰馬翻，嚷嚷問陳阿車：「你上哪找一個跟你一樣喝酒喝到得肝癌的傻蛋？」

「火車站附近天橋啊……問那麼多次……」陳阿車轉頭瞅著田啓法笑笑。「幹嘛？捨不得師兄死啊？」

「所以，以後我退休的時候也會……」田啓法喃喃說：「不過我那時八十幾歲，其實也差不多了……」

「比很多人活得久囉。」陳阿車哼哼地說：「人要知足、要踏實，我年輕時就是不知足、不踏實……」

他說到這裡，又替自己和田啓法倒滿酒杯，舉杯朝天一敬。「濟公師父讓我多活幾十年、多喝幾十年不用錢的好酒，我心滿意足。」

「敬師父！」黎幼白也舉起酒瓶，大喝一口，睨眼瞄向陳阿車腳邊袋子另兩瓶酒。「你帶那麼多酒啊？」

「這是等等要去和小姜喝的……」陳阿車這麼說，瞥見黎幼白手中酒瓶只剩下三分之一，索性便將袋子裡另兩瓶酒也取出放上桌，豪氣地說：「算了，難得見阿白你，今天陪你喝個夠。」

「好！」黎幼白哇的一聲，對陳阿車豎起大拇指。「老阿車你夠意思。」他開心之餘，也舉瓶敬了田啓法，對他說：「老弟，你眞幸運，有老阿車這前輩帶你，以後有什麼問題，儘管問我——不過醜話先說，我不保證替你解決每件事。」

「當然當然……」田啓法舉杯回敬。

「我講話有時不中聽，你可別放在心上，哈哈。」黎幼白咕嚕嚕喝完一瓶，立時伸手去揭第三瓶威士忌。他又想到什麼，對陳阿車說：「你一直都向小姜買東西？」

「是啊。」陳阿車點點頭。

「怎麼不去范家買？」黎幼白問：「范家的東西比小姜好多了。」

「我跟范家又不熟……」陳阿車說：「而且小姜有些稀奇古怪的東西，范家買不到。」

「你眞要燒錢給我？」黎幼白問。

「是啊。」

「那好，我現在是缺幾樣東西，你既然去找小姜，就看看有沒有我要的，錢從紙錢裡扣吧，別另外送我了。」黎幼白一邊喝酒，一邊向陳阿車說自己事務所欠缺的東西，大半是些防身用品。

他神祕兮兮地掏出一張名片給陳阿車，「對了，我給你個新地址，你要他燒到這裡，千萬別說是燒給我的，就說燒給別人。」

「幹嘛？」陳阿車說：「你擔心他知道收貨人是你，會在東西上動手腳？」

「對啊。」黎幼白說：「那傢伙是個混蛋。」

「好，我要他燒到你交代的地方。」陳阿車哈哈笑著說：「不過他混蛋歸混蛋，但沒那麼壞心眼，何況人家百年老店，怎麼會拿自己商譽開玩笑。」

「哼！」黎幼白似乎挺討厭小姜，說：「他家百年老店是老姜的功勞，不是他的功勞，那混蛋小子接手之後，把自家招牌砸得差不多囉——對了，老姜什麼時候下來？」

「誰知道。」陳阿車說：「中風很多年了，一直躺著，還會躺多久，這我就不知道了。」

「哼！等老姜下來，我自己跟他說。」黎幼白哼哼地說。

「好好好，到時候你自己說。」陳阿車笑著繼續喝。

田啓法不知道老姜、小姜是何許人，更不知道黎幼白和小姜有什麼過節，但倒是不討厭陪他們喝酒。

拾參

高雄市區那棟十餘層樓高的飯店，被夕陽染得金黃一片。

韓杰和陳亞衣坐在那棟飯店對街購物中心速食店窗邊，盯著身旁許保強和林君育比試腕力——許保強擺出前輩姿態，想讓那大他十歲、晚他一年出道的林君育見識見識自己的能耐，豈料三次挑戰全敗，滿腹狐疑地要韓杰瞧瞧是不是林君育身中黑爺暗助，卻被韓杰斥責，說人家林君育好歹當了幾年消防員，體能怎麼也不會差過一個死大學生。

許保強說自己不是普通的死大學生，是鬼王鍾馗愛徒。

陳亞衣拍拍手，說鬼王愛徒好棒，但林君育更是媽祖婆和大道公愛徒。

許保強還是不服，趁著上廁所之際暗中施展鬼求道，想向鬼王借力，弄條粗壯胳臂鬥鬥這消防員，卻只借得滿臂長毛、沒借著半點力氣，黯然四度落敗。

數小時前，四人在鐵拳館會合，許保強興致勃勃地向眾人展示他行李箱裡各式各樣的手工防身用品，諸如驅鬼鹽米糰子、瓶裝符水、符籙手指虎、符籙短球棒、手工盾牌……他見韓杰面露不屑，便嚷嚷說這些傢伙不光是他自己用，還會分給陳亞衣和林君育用。

陳亞衣揚揚奏板，說自己有專用法寶，林君育在陳亞衣示意下，也晃晃手臂，向許保強展示自己雙臂上那對大型油壓剪。藏在林君育胸中的黑爺甚至直接開口，稱許保強背包裡那些小球棒，給自己剔牙都不夠。

許保強聽黑爺出聲說話，驚訝追問他這天庭虎爺教官怎麼還附在林君育身上。

黑爺說這是這數個月來的大案子，事關不少人命，大道公特地命他下來保護林君育；陳亞衣奏板裡的苗姑也立時接話，說大道公多慮了，有她和陳亞衣看著，外加韓杰坐鎮，林君育不會有事。

許保強先前斷斷續續聽韓杰提及媽祖婆和大道公爭乩身的故事，到了此時聽苗姑和黑爺鬥嘴，又聽韓杰和陳亞衣不時補充，才知道原來兩神之爭還沒結束，林君育仍是實習身分，能夠同時動用兩位天庭大神的神力，碰到重大事件，也有黑爺隨身保護，不禁有些羨慕，偷偷對韓杰說，鬼王老大似乎沒大道公這麼貼心，從沒派些鬼怪手下保護他。

韓杰要許保強少廢話，要是被鬼王聽見了，說不定派個上吊女鬼夜裡站在他床前哄他睡；許保強說自己不介意女鬼站在他床旁，要是長得漂亮更好。

韓杰領著三人，在鐵拳館廁所開了鬼門，帶他們下陰間。

小歸安排的休旅車就在陰間鐵拳館公寓外待命，四人上了車，駕駛直接駛往高速公路，小歸透過車上螢幕，向大夥兒炫耀自己剛購入的代步直升機，說自己一口氣買入三架，韓杰下次有需要的話，他可以安排同型直升機接送——他還神祕兮兮地湊近鏡頭，壓低音量對眾人說，這直升機加裝了機砲，不怕春花幫伏擊，還不忘叮囑韓杰，千萬別告訴俊毅城隍。

他們抵達高雄，走鬼門返回陽世，來到這處購物中心，等候陰差到來。

「喝！」許保強瞪大眼睛，不敢置信地盯著林君育將韓杰胳臂幾乎快按到了桌上。

十秒之前，韓杰接替許保強，和林君育比試起腕力，本來幾乎要贏了，但見林君育不知哪冒出來的力氣，竟逐漸扳回劣勢，甚至佔了上風，逐漸將韓杰胳臂往桌面壓去。

陳亞衣皺起眉頭，盯著林君育。「大老虎，你插什麼手？」

「黑爺，你在幹嘛？」林君育也尷尬說：「這樣贏了有什麼意義？」

黑爺哼了一聲，說：「用中壇元帥賜的蓮藕身跟凡人比腕力，贏了就有意義？」

「贏凡人是沒意義，贏過天庭虎爺總教官……」韓杰咬牙切齒，額頭青筋畢露，嘿嘿笑了兩聲。「就有點意義……」

「哦——」黑爺發出沙啞咕嚕聲。「你覺得自己贏得過俺的虎臂？」

「不試試看……怎麼知道？」韓杰緊閉眼睛，將臂力催至最大，當真將林君育胳臂手腕撐起了數吋。

一秒之後，又被壓回原本快輸的位置。

黑爺打了個哈欠，說：「你們所有人一起上，俺都不放在眼裡。」

「最好啦！」許保強喝的一聲，雙手齊上，扳住林君育手腕往反方向扯。

「大老虎你太狂妄。」陳亞衣從另個方向，扣著韓杰手背往上拉抬，還不停對林君育使眼色。「喂喂，師弟，你得選邊站了。」

「等等……我手會斷啊！」林君育感到手腕開始疼痛，連忙喊停。

「喂，俺是不介意把你們所有人手全折了，不過你們要等的傢伙來了。」黑爺出聲提醒。

所有人停下動作，只見速食店入口外，站著一男三女，都穿著商務套裝。

韓杰等人起身收拾桌面，出去與他們會合。

一男三女中的男人，一見韓杰等人出來，立時問：「哪位是太子爺乩身？」

韓杰豎起拇指指了指自己。

「時候差不多了。」男人說：「行動。」

「好。」韓杰四人跟著一男三女，離開購物中心，往對街飯店走去。

他們早在先前陰間車程中，便透過視訊，和攻堅指揮單位的陰差討論過整起行動——

這批陰間逃犯攻佔了這棟樓房，在裡頭施展混沌法術，而這混沌與先前陰差們處理過的混沌不同，並非持續保持著陰陽重疊的狀態，而是不停變化，同一條廊道、同一間房，有時是陰間、有時是陽世、有時重疊成混沌地帶。

幾日下來，陰差發動數次大規模攻堅和無數次小隊突襲，一隊又一隊攻入樓房的陰差，先是陷入混沌地帶，還沒來得及破法找著出路，便被移轉到了陽世；由於陰差無法擅自開鬼門穿梭陰陽，只得走正規管道返回陰間。

因此大批陰差們便這麼一再攻堅、一再撞進混沌、一再被轉移至陽世，卻沒有逮著任何一名逃犯。

陰間指揮官研判，這詭異混沌真正施法處，很可能藏在陽世對應的樓房裡，必須陰陽兩地同時夾擊，才有可能破解樓房內時藏時現的混沌狀態。

「戴上這個。」一名女陰差從口袋取出四枚穿著紅線的銅錢，發給韓杰四人。「這銅錢經過特製，可以遮你們這些神明乩身身上的香火味。」

負責攻堅的指揮官懷疑逃犯已經滲透進整間陽世飯店，監視著整棟樓，因此韓杰等人進入飯店時，必須盡量低調、不引起注意，以免驚動逃犯，對整棟飯店上千陽世房客不利。

韓杰等人將女陰差發來那能夠遮掩道法氣息的銅錢掛上脖子，跟著陰差過了馬路，走向飯店。

飯店門前站著一對年輕男女，都戴著墨鏡，男人個子和韓杰差不多高，女人個頭矮小、模樣清秀、年紀甚輕。

韓杰走在眾人身後，和門外男人擦肩而過，只覺得男人神態十分眼熟，進門之後，他忍不住轉頭去看，只見那一男一女一齊回頭看他。

男人對他豎了根中指，女人則將食指豎在嘴邊，示意他「別出聲」。

「……」韓杰沒說什麼，面無表情轉回頭，繼續跟在眾人身後，走近飯店櫃台。

領頭那男陰差取出事先備妥的假證件，替眾人取了房卡，領著眾人走向電梯。

門外那對墨鏡男女跟進飯店，和韓杰等人一齊等電梯。

許保強緊盯著電梯樓層燈號，又興奮又緊張，一手插在口袋裡，捏著他自製的驅鬼鹽米糰子，一手拉著他那裝著桃木刀的球棒袋背帶。

陳亞衣則是瞥了身旁那墨鏡男女一眼，似乎也覺得眼熟，正開口想說些什麼，卻聽韓杰喊了她一聲。

「決定宵夜吃什麼了嗎？」韓杰這麼說，快速對她使了個眼色。

陳亞衣看不懂那眼色，但總算知道韓杰是在阻止她多話，便也沒說什麼。

小個頭墨鏡女盯著韓杰等人掛在胸前的銅錢，取出一顆泡泡糖，揭開包裝紙，將泡泡糖扔進嘴裡。

叮咚一聲，兩扇電梯門幾乎同時開啓。

「我們搭這台。」兩名女陰差同時出聲，拉著韓杰和許保強走進左側電梯。

男陰差連同另個女陰差，則將陳亞衣和林君育帶進右側電梯。

本來看似一對兒的墨鏡男女，卻一左一右，分別走進不同電梯。

墨鏡女嚼著泡泡糖走進左側電梯，墨鏡男則大搖大擺地踏入右側電梯。

兩處電梯門同時關上，同時上樓。

左側電梯裡，許保強手搭在電梯按鈕前，問最後進入電梯的墨鏡女：「小姐，幾樓？」

墨鏡女沒有應話，默默嚼著泡泡糖。

兩名女陰差互望一眼，面露疑惑。

許保強察覺氣氛有異，緊張地打量墨鏡女；他搭在電梯按鈕前的手緩緩挪移到背後，悄悄揭開球棒袋，另一手則伸進口袋，捏著兩枚鹽米糰子在手掌心裡。

電梯外磅地發出一聲巨響，跟著是一陣乒乒乓乓的激烈撞擊聲——

並行在右側的電梯似乎出現了狀況。

「怎麼了？」許保強有些驚慌，正想講些什麼，突然見到墨鏡女摘下墨鏡，露出一雙清秀眼睛，還對韓杰吹出一顆碩大泡泡。

泡泡上只四個字──

銅錢有毒

韓杰喝的一聲，兩手急急伸出，同時揪住自己和許保強胸口上的銅錢，猛力扯下，黑色異氣自他雙手指縫溢出，他立時感到雙手刺痛發麻。

「喝！」兩名女陰差瞬間變臉，從口袋掏出匕首，一個往韓杰腰間捅，一個往韓杰臉上插。

韓杰反應快，即時張手抓住兩女陰差持匕首的手腕。

但他雙手一張，手中銅錢黑氣竄出，兩股黑氣捲上他頭臉，往他眼耳口鼻裡鑽。

「師父！」許保強急急掏出鹽米糰子往女陰差臉上砸。

兩名女陰差被砸了滿頭鹽米，但沒有任何功效。

離韓杰較近的女陰差見韓杰被黑氣鑽入身中，整張臉變得又黑又紫，像是中毒一般，猛力將手抽回，同時一腳將韓杰踢得撞上背後電梯廂壁，舉起匕首上前朝韓杰胸口刺去。

但她匕首還沒刺著韓杰，陡然驚見韓杰紫黑的臉快速轉爲金黃，還鼓起嘴巴，朝她吐出一團火，罩住她頭臉。

另名女陰差也抽回匕首，正要攻擊那摘下墨鏡的墨鏡女，卻被許保強撲來攔腰抱著，她反轉匕首，要插許保強後背，又讓墨鏡女持著電擊棒抵上頸子，電得全身發顫，手一軟，扔下了匕首。

另一邊，韓杰抓住那腦袋被金火籠罩的女陰差手腕，一記膝撞頂上她腹部，頂得她彎腰哀號，搶下她手上匕首，算是禮尙往來。

但他見那女陰差頭臉上的火龍游移纏繞，卻無法進一步燒傷她，不免驚訝嚷嚷：「現在底下的擬人針，還能騙過神明法寶？」

「能喔。」墨鏡女和許保強聯手將另個女陰差壓制在地，聽韓杰這麼問，便從口袋裡掏出兩管針劑，分別插在兩名女陰差屁股上，注入藥劑。

「呀——」火龍纏頭的女陰差被打了一針，登時顫抖哀號，轉眼被火龍金火燒成灰燼——

墨鏡女針筒裡的藥劑，是擬人針的解藥。

擬人針失效，鬼魂自然抵擋不了火龍燒灼。

「等等！」墨鏡女見韓杰嘴巴一鼓，像是想朝著她膝下那女陰差也吐條火龍，立時喝止，同時取出一副面具往臉上一戴。「這個讓我帶回去！」

「啊！」許保強見身旁墨鏡女戴上那古怪面具之後，腦袋陡然變成一顆馬頭，終於認出眼前這墨鏡女，原來就是馬面顏芯愛，不由得驚呼起來：「原來是妳呀！」

「啊？原來你沒認出我？」顏芯愛哼哼一聲，又取出一副骨銬，將那退了擬人針效力的女陰差雙手反銬，提了起來。「虧我還記得你是鬼王乩身。」

「我又沒見過妳長相。」許保強辯解。「我還以爲妳是個醜小妹，原來是大美女啊……」

「喲，嘴巴眞甜。」顏芯愛呵呵一笑，從口袋取出半條泡泡糖，遞給許保強。「吶，泡泡糖送你。這是陰間小道具，可以把腦袋裡想的話刻在泡泡上，記住別想太複雜的句子，不然密密麻麻看不清楚。」

「喂！隔壁怎麼了？」韓杰捻出香灰，在那被顏芯愛反銬的女陰差頭臉身上都施了咒，鎖住她全身，以防她再出奇招，同時大力拍打電梯廂壁，扯著嗓子問：「亞衣！沒事吧？」

「沒事——」陳亞衣的聲音從右側電梯方向傳來。「我剛剛一眼就認出曉武哥啦，哈哈！我早就覺得這幾個傢伙不對勁了！」

拾肆

右側電梯，張曉武最後走入，也沒按樓層鍵，而是目不轉睛地盯著男陰差。

電梯門關上，電梯緩緩向上。

儘管張曉武戴著墨鏡，但男陰差仍然被他盯得有些不自在；女陰差望了男陰差一眼，也注意到張曉武有些古怪。

「你……」男陰差終於忍不住問。「是哪一路的？」

「啊？」張曉武微微低頭，按低墨鏡，問那男陰差。「你跟我說話？」

「抱歉，打個岔——」陳亞衣打斷了兩人說話，對那男陰差說：「我外婆說你們銅錢有點問題，你要不要解釋一下？」

「噫！」另一個女陰差聽陳亞衣這麼說，突然面目猙獰地唸起咒語。

張曉武一腳踹在那女陰差肚子上，又一拳打在男陰差臉上，站在電梯中央，乒乒乓乓地雙拳鬥起四手。

後頭，陳亞衣和林君育胸前銅錢激烈震動，溢出黑氣。

苗姑立時在陳亞衣肩上現身，抖下紅袍，裹住銅錢。

林君育一把抓住了胸前銅錢，往嘴裡扔。

「幹！」張曉武透過電梯鏡子，見林君育雖然第一時間抓住了銅錢，卻不是扔掉，而是吃下肚子，不禁傻眼，髒話脫口爆出。「我幹你老師咧！那東西不能吃啊——」

「阿育，你做什麼！快吐出來！」陳亞衣急急掐著林君育臉頰，想挖出他口中銅錢，卻見林君育鼓著嘴巴支支吾吾，有口難言。

她喔了一聲，鬆手退開，明白了將銅錢吃進嘴裡，並非林君育意思，而是黑爺的反應。

林君育嘴巴嘎啦啦地嚼了嚼，跟著噗地一吐，將那嚼凹了的銅錢噴吐出口，子彈般打在那男陰差額頭上。

凹陷變形的銅錢並未落下，而是微微鑲進男陰差額頭中。

男女陰差感受到林君育身中透出的雄渾氣息，微微顫抖起來，不敢再反抗張曉武。

「嗯。」黑爺的聲音自林君育胸口透出，一條大黑尾巴從林君育背後揚起，拍了拍張曉武腦袋，沉沉地說：「你想幹俺？」

「啊？」張曉武也沒料到林君育身中還藏著隻大虎爺，聽他這麼問，一時反應不過來。

「你……你哪位呀？」

「俺乃大道公帳下黑虎將軍。」黑爺哼哼地說：「也是負責帶領大道公弟子林君育的老師，你剛剛說你要幹誰？」

「幹……」張曉武呆愣兩秒，立時揪起男陰差頭髮對林君育說：「大老虎，我不是說你，我是說他啦。」他說完，立時碰碰磅磅揍了男陰差好幾拳，邊揍邊問：「幹！你老師是誰？說啊，是誰？我幹你老師咧！」

「喂——」韓杰的聲音自左側電梯傳出。「亞衣！沒事吧？」

「沒事！」陳亞衣立時喊話回應：「我剛剛一眼就認出曉武哥啦，哈哈！我早就覺得這幾個傢伙不對勁了！」

叮咚一聲——

兩扇電梯門先後開啓，左側韓杰、許保強和顏芯愛，揪著女陰差走出；右側陳亞衣、林君育和張曉武，押著一男一女兩陰差走出。

韓杰臭著臉，一見張曉武，立時惱火抱怨：「我操，你們地府現在連演戲都懶了，直接派陰差對我們下手？想跟天上攤牌開幹了是不是？」韓杰一面說，還不時甩手，他雙手掌心上，還殘留著兩枚銅錢那黑氣毒咒的痕跡。

他在大廳認出了張曉武和顏芯愛，見他們分別跟進電梯，心裡差不多有了個底，一見顏芯愛吹泡泡糖提醒，立時搶下銅錢。

那時他雙手緊握著銅錢，感受到銅錢裡的毒咒凶猛，騰不出手拿尪仔標，便將藏在口中那枚九龍神火罩尪仔標嚼爛嚥下肚，黑氣毒咒鑽入他眼耳口鼻，轉眼被腹裡竄起的火龍吞滅。

「幹。」張曉武冷笑說起風涼話：「你終於知道你多顧人怨喔。」

「他們不是陰差。」顏芯愛拿著陰差專用ＰＤＡ，比對女陰差的模樣，向韓杰展示。

「他們就是躲進這棟大樓裡的逃犯。」

「什麼！」韓杰盯著顏芯愛手中PDA上的檔案照片，果然和這「女陰差」一模一樣，正想講些什麼，一旁的許保強、陳亞衣早已哇哇大叫。

「不可能啊，我們在車上才跟現場指揮攻堅的城隍開過會……」

「跟你開會的是眞的城隍。」顏芯愛苦笑說：「本來俊毅也在攻堅決策小組裡，但兩天前被踢了出去。我們收到消息，這些逃犯很有可能是被故意放出來的，他們會躲進這個地方，也不是巧合，而是……」

「是陷阱！」許保強大叫一聲，轉頭瞧瞧韓杰和陳亞衣，見他們都沒被自己這結論嚇著，顯然也想到了這一點。

「對。」顏芯愛點點頭，望著韓杰。「俊毅懷疑決策小組裡有城隍和某些傢伙勾結，想把你騙進這間飯店。」她說到這裡，望了陳亞衣一眼。「媽祖婆乩身，妳試試現在借不借得到力？」

「什麼？」陳亞衣聽顏芯愛這麼問，陡然警覺起來，取出奏板，呢喃唸起：「媽祖婆，我這兒有點麻煩，需要黑面神力……」

她閉目禱唸完，靜默數秒，睜眼看看雙手，並未顯現出墨黑，她急急對著奏板喊話：「順風耳將軍，聽得見我嗎？我和韓大哥、阿育進入這棟飯店，配合陰差攻堅，但是有狀況……順風耳將軍？喂喂喂……聽得見嗎？」

「別『喂』了，聽不見。」黑爺的聲音自林君育胸中發出。「俺一進電梯，就聽不見天上虎園裡小虎們的咕嚕聲啦。」

「我操……混沌配遮天。」韓杰聽陳亞衣問到這裡，捏緊拳頭打量飯店四周。「該不會又是那傢伙吧！」

「韓大哥……」陳亞衣問：「你是說……那個老師？」

「這種玩法……好像也只有那王八蛋幹得出來。」韓杰恨恨地說。

「聊咧！再聊咧！到底要不要辦案啊？」張曉武不耐地說：「混沌法陣在二十二樓七號房，遮天儀在二十四樓五號房啦。」

「什麼？」韓杰等人往張曉武望去，只見那佯裝成男陰差的男逃犯跪在地上，鼻子上夾了隻模樣古怪的大鍬形蟲，鍬形蟲通體深紅，一對壯碩大顎還伸著數支分岔犄角。

男逃犯被大顎鉗著的鼻子奇異腫脹，痛得眼淚直流，還不停嗆咳。

張曉武手上托著另一隻比男逃犯鼻子上那鍬形蟲更大一號的紅鍬形蟲，他輕輕撫摸那鍬形蟲腦袋，得意洋洋向韓杰炫耀。「這兩隻是我新收的小弟，小辣椒跟大辣椒，派出牠們兩兄弟問話，問什麼說什麼，不說的話……」他說到這裡，低身拉開男逃犯褲襠，作勢將「大辣椒」往男逃犯褲子裡送。

「哇——我沒有不說啊，我不是說了嗎？咳咳、咳咳咳！」男逃犯哇地哭了出來，邊哭邊咳。

「你還沒說你上頭老大是誰？」張曉武這麼問。

「是一個什麼魔王……還是邪王的……」男逃犯急急地說：「我跟那傢伙根本不熟，我、我……咳咳咳咳咳！」他說得又快又急，鼻子更加腫脹，嗆咳不止。

顏芯愛上前取下男逃犯鼻子上那鍬形蟲，拋還給張曉武。「你要問話，至少讓人家能好好說話。」她向韓杰等說：「這蟲子是他向小歸買的，那對大顎咬人又痛又辣，俊毅不准他在城隍府裡用這東西，他就帶上來用。」

「哼。」張曉武伸手拍了男逃犯腦袋一下。「不是魔王也不是邪王，是冥王。」他邊說，邊向顏芯愛討來ＰＤＡ，點開那「冥王」資料照片，湊向那一男兩女三名逃犯面前，問：「是不是他？」

「是是是！」男女逃犯點頭如搗蒜。

「繼續說。」張曉武喝道。

男逃犯仍然嗆咳不止，女逃犯見張曉武望向她，一邊笑一邊晃著手上鍬形蟲，只好乖乖說：「那個冥王身邊有兩、三個嘍囉，他們幾個才眞是一夥的，我們跟他們那幾個根本不熟，劫囚車、殺司機都是他們，帶我們逃進這棟樓也是他們。我們進來之後，他們那夥提議組成新幫派，幹一票大的；組幫派我們是沒意見，但是大家聽他們說要挾持活人、埋伏神明乩身，都嚇呆了，有些人直接反對，說這樣根本找死，結果冥王當場就把一個反對他的人殺了……我們根本不敢反抗，後來又聽說他背後老闆很嚇人，連城隍都跟他們合作，我們哪裡還敢跟他唱反調，他們說什麼我們只能照做……」

「很嚇人的老闆是誰？」韓杰問。

三個逃犯你看看我、我看看你，誰也不願意先開口，張曉武托著大辣椒跟小辣椒開始點指兵兵，一個女逃犯見自己將要被點到，只好說：「我們只是聽說，忘了是誰說的，也不知道是不是眞的……」

「說就對啦幹咧！」張曉武朝女逃犯大吼，卻轉身揭開男逃犯褲襠，將大辣椒扔進男逃犯褲子。

「魔王啖罪——是魔王啖罪！」男逃犯驚恐尖叫掙扎。「爲什麼是我？你不是在問她？」

「乖。」張曉武吹了聲口哨，將大辣椒從男逃犯褲子裡喊了出來，對韓杰說：「聽到啦，是魔王啖罪。」

「又是他。」韓杰一聽又是魔王啖罪，忍不住問顏芯愛。「知不知道那傢伙最近忙什麼？我在陽世三天兩頭聽到他的名字，每件案子都跟他有關。」

「業魔啖罪重出江湖不久，就跟過去的死對頭『死魔』槓上，一開始吃了不少虧，最近聽說認識了個陽世顧問朋友。」顏芯愛說：「那顧問替他出了不少點子，讓他佔了死魔長壽不少便宜。」

「死魔長壽？」韓杰皺了皺眉，問：「這傢伙以前不是被第六天魔王宰掉了嗎？」

「其實我們也不清楚現在這位死魔長壽眞是以前的老魔王，還是被借用名號。」顏芯愛說：「總之死魔這勢力最近在底下復出，除了死魔跟業魔，就連五蘊魔和怖魔也復出了。」

「什麼……」韓杰當年出道時，第六天魔王在陰間已經是呼風喚雨的大魔王，其他魔王相形之下低調許多，韓杰也並未與那些魔王勢力起過嚴重衝突，此時聽顏芯愛搬出一位位他只聞大名的過氣魔王，一時也不知該說什麼。只暗暗思索顏芯愛口中那位啖罪新結識的「陽世顧問」，是否就是近來不停找他麻煩的老師。

一旁張曉武再次不耐催促，韓杰只好攤攤手，說：「好，其他事以後慢慢查，現在先上樓把冥王揪出來再說。」

拾伍

傍晚時分，田啓法騎著三輪車，抵達一處市郊小鎮老街。

他將三輪車停在一處冷僻路邊，同樣把將軍留在車上，與陳阿車一起提著新買的酒菜走入老街，轉入一條岔巷。

那岔巷彎彎曲曲，巷裡都是些低矮老樓房。

「姜家香鋪遷到大街上，生意興隆，我們現在要去的地方，是姜家祖厝。」陳阿車隨口說著，沿路數著門牌，來到一處半掩門前，也沒打招呼，直接推門進去。

房裡堆滿香燭紙錢，像是香鋪倉儲，角落有張木桌，木桌後藤椅上窩著個滿臉鬍碴的胖男人。

男人睡著了，擱在肚子上的手機，螢幕還顯示著遊戲畫面。

「小姜。」陳阿車笑呵呵地喊那胖男人。

「唔……」小姜睜開眼睛，抓抓胖肚子，望了陳阿車一眼，坐起身打了個好長的哈欠，問：「怎麼那麼慢……」

「沒辦法，陪阿白喝酒喝到太陽下山。」陳阿車這麼說，拉著田啓法向小姜介紹。「我的接班人，不錯吧，青年才俊。」

「啥?」小姜起身,繼續抓頭抓肚子、繼續打哈欠,皺著眉頭上下打量田啓法,不屑地問田啓法說:「青年?大哥你幾歲呀?」

「四十二……還是四十三,我有點忘了,呵呵……」田啓法乾笑說。

「四十三!」小姜瞪大眼睛,哈哈笑著說:「我以爲你大我兩、三歲,沒想到大我十歲啊!」他一面笑一面對陳阿車說:「四十歲算是中年啦!什麼青年才俊,而且他從頭到腳,才在哪?俊在哪?怎麼看起來和你一樣像個流浪漢吶?」

「他是流浪漢啊。」陳阿車嘿嘿笑著說:「流浪漢就不能青年才俊嗎?」

「青年才俊,還流浪個屁!」小姜哈哈大笑,上前關了門,帶著陳阿車和田啓法繞入屋內深處,揭開一道小門,領著兩人往地下室走。

田啓法跟在最後頭,儘管小姜一番奚落令他頗不是滋味,但陳阿車事先叮囑過,說這小姜嘴巴比黎幼白壞兩倍到三倍,要他做好心理準備,他便也眞做了心理準備。

「香舖生意怎樣?」陳阿車隨口問。

「過得去。」小姜笑呵呵地說:「我老婆管帳,還請了個好姊妹當店長顧店,那姊妹挺能幹的,有她們顧著,我什麼事都不用管。」

「你就能專心搞你這裡的事業了?」陳阿車這麼問。

「當然。」小姜帶兩人來到地下室,揚手對兩人比了個「歡迎參觀」的手勢。「我不搞這事業,你上哪去買我這些好傢伙呀?」

「這倒是呀。」陳阿車笑呵呵地帶著田啓法參觀小姜老家地下室。

這地下室像是一間手工藝工作室，有數張亂糟糟的桌子，擺滿各種紙雕、紙紮半成品，和各式各樣的工具。

「怎沒員工？現在就剩你一個？」陳阿車問。

「店鋪賣的東西都外包給工廠做了。」小姜這麼說：「現在這間工作室裡完完全全只做我的『個人作品』。」

「你做這些東西，有賺頭嗎？」陳阿車走到一處木架前，打量著架上幾尊紙獸——那紙獸腦袋似龍、身體似猿，一張大口裡滿是利齒。

田啓法則站在一尊與人等高的紙偶前看得目不轉睛，那紙人偶全身覆著紙鎧甲，臉上戴著惡鬼面具。

「賺錢靠我家那香舖，我這小天地，純粹做興趣的……」小姜見田啓法離那紙偶有些近，立時出聲喝他。「喂喂喂！太近了，站遠點！」他急急忙忙走到紙偶前，瞪了田啓法一眼，轉頭打量紙偶，生怕被田啓法碰壞了。「這東西可是我的寶貝呢……」

「那是什麼？」陳阿車問。

「是武士。」小姜儘管寶愛這紙武士，但一副等著陳阿車問他紙武士的問題，好讓他炫耀炫耀。他將陳阿車和田啓法帶到角落一張桌前，從一旁櫃子裡取出自個兒藏酒放上桌，一邊說：「那尊武士很厲害的，別看是紙紮的，他有紙骨、紙肉和五臟六腑，全都精心製作……如果附上靈魂，絕對是個萬人敵。」

「什麼？」陳阿車正忙著將自個兒帶來的酒菜放上桌，聽小姜這麼說，皺了皺眉，問：

「有人託你做的？」

「沒有。」小姜搖搖頭，說：「阿車叔，你可別誤會了，這東西眞是我做好玩的，非賣品，而且我沒膽子試用，也沒地方用，畢竟我可不是神明乩身，不用打打殺殺吶……」

「如果附上身就變成萬人敵，要是有惡鬼聽到消息，偷溜進你家附上去怎麼辦？」陳阿車問。

「放心。」小姜喝了口酒，哈哈笑說：「我沒把那武士的『心』裝進去。」他起身，走到一只小保險櫃前，轉動輪盤鎖，揭開櫃門，托出一枚紙紮心臟，遠遠地舉高向陳阿車和田啓法展示。「魂得附在這顆心上，心要裝進武士身中，魂才能控制武士；我將心鎖在保險櫃裡，萬無一失。」

「你自己小心點就好……」陳阿車問：「我要的紙鼠你準備好了沒？」

「早準備好了。」小姜取來一只小袋，交給陳阿車。

陳阿車從袋中取出三隻黑灰色紙鼠，紙鼠造工精美，隔一段距離看，活像是眞的。

「你要掃什麼地方，需要用到紙鼠？下水道？」小姜問：「魂你準備好了嗎？需不需要我介紹管道給你？」

「我這次要打掃的地方可厲害了，應該是我退休前的代表作。」陳阿車向小姜乾了杯葫蘆酒，笑說：「魂我還沒買，但是已經和賣家約好了。」

小姜回敬一杯酒，說：「你可別說是那臭女人。」

「就是她。」陳阿車。「我跟她約今晚凌晨十二點。」

「嘖……」小姜哼哼地說：「那臭女人能拿得出什麼好貨啊！我介紹其他朋友給你啊。」

「好呀，多認識點朋友也不吃虧。」陳阿車也不置可否，拍了拍身旁田啓法，說：「我這接班人以後也得麻煩你關照關照啦。」

「嘖……」小姜瞪著田啓法，滿臉不屑。「說真的，你到底哪找來這大叔啊……他真的行嗎？濟公師父答應了？」

「上劉媽家喝過茶、燒過香。」陳阿車說：「濟公師父也看好他。」

「希望他老人家別看走眼喔……」小姜哼了哼，問田啓法喝不喝眞酒，聽他回答現在戒了眞酒，只喝葫蘆酒，便自個兒倒滿一杯，向田啓法一敬，對他說：「阿車叔和濟公師父救過我性命，是我恩人，我看在濟公師父面子上，敬你一杯，至於以後能不能當朋友，我不能保證啊，看緣分吧……」

他說完，舉杯一口喝乾。

田啓法本來聽黎幼白說了不少小姜壞話，來到這裡又受他不少氣，只覺得這胖子有些討厭，但見他喝酒豪邁，言談中對陳阿車和濟公師父也不失敬意，便也不介意舉杯回敬他。

三人吃吃喝喝，聽小姜嘰哩咕嚕說起黎幼白和那「臭女人」的壞話。

□

深夜。高雄。高聳飯店二十二樓宴會廳。

冥王頹喪跪地，雙臂連同身軀被只金亮亮的乾坤圈緊緊箍著，乖乖配合張曉武做筆錄，韓杰焦躁地在一旁來回踱步。

十分鐘前，韓杰等人順利殺入宴會廳——張曉武和顏芯愛身上都帶著小歸公司最新研發，能夠干擾混沌地帶的小儀器，除此之外，韓杰等人事前並非全無準備，陳亞衣、林君育儘管在遮天術範圍內借不到力，但陳亞衣出發前一晚，便已收到上頭特別針對混沌研發出來的破解符令，她和苗姑寫了數十張符咒帶在身上，循著消防梯一路向上，逐層貼符施咒，破壞混沌。

在攻入宴會廳前，他們僅在十七樓遭遇五、六名逃犯埋伏，這五、六個伏兵都是在冥王強逼下勉爲其難參與這起埋伏神明乩身的計畫，他們得知夥伴假扮陰差偷襲失敗、混沌也不管用，自然戰意全失，一見韓杰上樓，紛紛棄械投降。

死守宴會廳的冥王和幾個嘍囉，不停將事先備妥的動物內臟往那製造混沌的法陣器皿裡倒，企圖增加混沌效力，但仍阻止不了韓杰等人一路打進宴會廳。

他們在韓杰攻入宴會廳時，抄起傢伙做困獸之鬥，被韓杰和許保強輕鬆擊倒。

「誰指使你的？」「你背後老闆是誰？」

張曉武和韓杰同時開口向冥王問話。

「幹！」張曉武回頭瞪了韓杰一眼。「老子在做筆錄，閒雜人等別一直插嘴！」

韓杰沒有理會張曉武，大步走到冥王面前，彎腰瞪他。「我知道你背後老大是業魔唆罪，我要問的是，這件事情，啖罪有沒有找其他人幫忙策劃——我聽說他在陽世有個天才顧問？」

「我老闆是啖罪老大沒錯。」冥王哆嗦著嚷嚷。「啖罪大王對我很好，我誓死效忠啖罪大王，大王要我做什麼、我就做什麼……」

張曉武扠手抱胸走來冥王面前，用胳臂擠開韓杰，瞪著冥王說：「幹！啖罪要你埋伏神明乩身幹啥？」

「我剛下陰間的時候，是個無名小卒，大家都欺負我，我跟了幾個老大，都跟不久。」冥王誠懇說著：「後來是啖罪大王收留了我，我跟在他身邊跟了好多年，他……」

「停停停！」張曉武大聲喝斥：「我不想聽這些廢話，我問什麼你答什麼——你老大要你劫囚車，煽動其他逃犯躲進這飯店設計神明乩身，到底想幹嘛？還有，你們整車人都被特製手銬鎖著，你們在車上怎麼解開手銬？怎麼殺得了車上的陰差跟司機？獄卒還是陰差裡頭，是不是有你們的內鬼？有沒有人暗中幫忙你們？」

「我在城隍府拘留室裡、在閻羅殿看守所裡被刑求、被你們這些陰差大人審問的時候，腦袋裡都想著啖罪大王的好。」冥王低頭喃喃說著：「想著啖罪大王的好，什麼苦都熬得下了……啖罪大王他……」

「操！」韓杰不耐煩地彈了記手指，令乾坤圈縮緊，深深嵌入冥王胳臂。

「我問你話你跟我講古？」張曉武也惱火將小辣椒放在冥王臉上，令小辣椒用大顎鉗冥王鼻子。

「哦——哦哦——」冥王翻起了白眼，反而露出陶醉神情，仍然喃喃禱唸起啖罪大王過去種種豐功偉業。

「……」韓杰在一旁見張曉武將大辣椒也放入冥王褲子裡，冥王竟愉悅呻吟起來，總算知道「冥王」這聽來厲害的名號，並非來自他身手道行，而是抵禦刑求的能耐。他搖搖頭，索性收去乾坤圈，對張曉武說：「算了，你慢慢玩吧，我忙我的……」

「幹！」張曉武見冥王一臉舒爽，莫可奈何，怒罵幾聲，將冥王一腳踹倒，替他上了骨銬，收回大小辣椒，拿出專用飼料餵養牠們，再撥電話向俊毅報告情況。

陳亞衣則帶著林君育和苗姑先上二十四樓破了遮天術，跟著在飯店裡替那些被逃犯們施展了迷術蠱惑的飯店員工和客人解咒，這旅館大半房客中了逃犯惡鬼的迷術，夢遊般昏沉沉地窩在房間兩、三天，苗姑逐房穿牆解除那些房客身上的迷術，施咒安撫眾人心神。

拾陸

深夜，陳阿車和田啓法帶著黎幼白的針孔攝影機、小姜的紙鼠和「梅子」的鼠魂，返回橋下的「家」。

他們離開小姜老家地下室時，已近深夜，以致於和梅子的會面十分短暫——其實即便他們提早數小時與梅子會合，會面大概也不會超過半小時，梅子雖愛喝酒，但喜歡獨飲，或至少和帥哥喝。

梅子是失婚婦女，年紀三十來歲，話不多，在家經營網拍，兼職神明眼線，興趣是養鬼——梅子大學時是生技科系資優生，但年紀輕輕嫁給了黑道混混，懷胎三個月被不成材的混混老公打到流產，逃回娘家企圖離婚，卻被混混老公追到老家恐嚇，她不想連累家人，獨自到外縣市躲藏，結識了一位修行異術的老婆婆，那婆婆教她養鬼。

她驅使小鬼蒐集了她那混混老公持槍恐嚇、暴力討債等等證據，令她老公鋃鐺入獄，法院也順利判准兩人離婚。

過了幾年，混混前夫出獄，第一件事就是找梅子麻煩。

但那時梅子早已對養鬼、驅鬼這些事情十分熟稔，那登門找碴的混混前夫和嘍囉們，就像是前往虎穴叫陣的惡犬群，經歷了一次畢生難忘的恐怖經歷——

梅子沒有忘記那位傳授她養鬼的婆婆臨終前的提醒，低調養這些東西作伴、自衛沒什麼問題，但可別想靠這東西發大財，頂多賺點食衣住行、柴米油鹽的小錢，更不能用來傷人害人。

也因此，那混混前夫和嘍囉們只是嚇壞了，並未受到太大的傷害。

也因此，當陳阿車驅走了附在那幾個傢伙身上、捉弄他們數日的小鬼，並且找著這些小鬼源頭之後，也並未爲難梅子，反倒收她作爲神明眼線，告知她天上神明對這旁門左道的底線，要她千萬別踰矩。

但她那混混前夫倒也眞是不知好歹，被嚇得魂飛魄散也沒學乖，竟不知上哪兒去找了位厲害高人，回頭將梅子折磨得死去活來。

收到濟公急令通知的陳阿車，趕到梅子受擄的山郊工寮時，梅子用以對小鬼們施咒下令的食指和中指，已被她前夫用菜刀斬斷——

因爲混混前夫請來的那位高人有蒐集同道中人施法手指的癖好，他會將惡鬼囚禁在修道人手指中，像是煉丹藥般長年修煉豢養。

高人知道陳阿車厲害，將隨身攜帶的鬼仔們全吞下肚子，借得一肚子凶猛鬼力，殺氣騰騰地要宰陳阿車。

但最終不敵濟公降駕。

濟公附在陳阿車身上，擊斃那惡法師，替梅子接回雙指，用木屐敲碎那混混前夫雙手雙腳，告誡他，他生著好手好腳，卻長年用以作惡，因此沒收了他手腳功能，只留半殘左手讓他勉強自理生活起居，倘若他靠著一張口還要作惡，那麼自己將允許梅子代天封去他那張臭嘴，甚至是他的性命，且將他打入十八層地獄、永世不得超生。

□

陳阿車和田啓法先後沖完葫蘆酒澡，窩在飄雨的橋下夜飲。

陳阿車慣常地講起古，講著黎幼白、小姜和梅子三人之間的過節和恩怨，提醒田啓法往後和這三人相處時的注意事項，說他們心地都不壞，只是彼此不合，千萬別將他們湊合到一塊，否則可要打架了。

「對了，師兄，我忘了問你……」田啓法突然說：「你有沒有辦法從陰間找出某個人的鬼魂？」

「啊？」陳阿車呆了呆，問：「你想找誰？」

「我爸媽。」田啓法這麼說：「我在想……能不能找著我爸媽，和他們說幾句話，向他們介紹良蕙，請他們在底下照顧良蕙，良蕙道行淺你也知道，我怕她到了陰間被欺負……」

「過了這麼多年，說不定早輪迴了。」陳阿車聳聳肩。

「師兄你不是說陽世人太多，所以底下鬼也太多，輪迴要排隊排好久嗎？」田啓法問。

「也不一定。」陳阿車喝了口酒。「倘若在世時是好人，人間記錄清白乾淨，到了底下也沒有被冤枉誣陷的話，能排得快一點。」

「這樣的話……」田啓法苦笑說：「那他們說不定已經輪迴了。」他頓了頓，歪著頭喃喃自語：「就不知道我那個壞蛋親爹是不是還活著？」

「活著又怎樣？」陳阿車問：「死了又怎樣？」

「如果他還活著，我也不知道怎麼找他；但是如果死了，說不定還在底下排隊，這樣的話……」田啓法望著陳阿車。「說不定師兄你有辦法請陰差替我找出他。」

「我沒那麼大面子，我跟陰差又不熟……」陳阿車呵呵兩聲，隨口說：「之後我下去，會替你打聽打聽。」他喝了口酒，又問：「你眞找出他，想跟他說什麼？」

「這我倒眞沒想過……」田啓法歪著頭思索半晌，也想不出倘若眞見到那壞蛋親爹要對他說什麼，隨手拿起葫蘆，替自己和陳阿車斟滿酒杯，問：「師兄，一直聊我的事情，怎沒聽你講過你自己的事？」

「怎沒講過？」陳阿車皺眉說：「我每天都在講我東奔西跑的事啊。」

「你講的全是你跑了哪間鬼屋。」田啓法說：「我是說私事。」

「什麼私事？」

「你當濟公師父乩身前的事。」田啓法說：「你說當乩身，除了續命之外，還是爲了保護想要保護的人，是你家人？還是你愛的女人？」

「都是吧……」陳阿車望著遠方，端著酒杯到唇邊，卻不是一口喝乾，只輕輕抿著杯緣。「當年我不得志，做什麼都不順，成天喝酒幹蠢事，喝到吐血昏倒被送進醫院……醫生跟我說，我得了肝癌，說我撐不過一年。我不再上醫院，到處求神拜佛、求了一堆亂七八糟的偏方，還被一個朋友騙去一間廟裡，說那間廟說有多靈就有多靈——我記得很清楚，我第一次走進那小廟裡，盯著桌上那尊神像，就覺得那東西靈氣十足——那時候我什麼也不懂，壓根不知道那東西根本不是神，而是地底的傢伙，那些傢伙有時會僞裝成神明，專門找些蠢人幫他們幹壞事。」

「師兄，你是說……」田啓法問：「陰間的鬼跟魔假裝成天上的神，騙你替他做事？」

陳阿車點點頭，說：「是呀，一開始那傢伙在我夢裡出現，每晚他在夢裡對我說的話，隔天都成眞了，跟著我沒作夢也能見著他，有時在鏡子裡、有時在窗戶上……他要我往東我就往東、要我做什麼我就做什麼。他告訴我，只要我一直聽他的話，他不但會治好我的病，還會讓我出人頭地賺大錢……他想喝好酒，要我弄給他，我說我沒錢，他要我別怕，進店裡直接拿了就走就是了，他說他會護著我……我眞的進店裡拿了就走，眞的什麼事也沒有。」

「這麼厲害……」田啓法有些不敢置信。

「就是這麼厲害。」陳阿車笑著點點頭。「他要我『拿』什麼，我就『拿』什麼給他，沒有人發現、沒有人報警，那時候我眞以爲我發達了，我不只拿他要的東西，也拿我要的東西，他知道我多拿了很多東西，不但沒有罵我，還說我是可造之材。」

「有一天，他沒有要我替他『拿』東西，而是要我去殺一隻狗，他說他那間廟旁邊的農地上養的狗很吵，他不喜歡。」

「所以……」田啓法呆了呆，問：「你殺了？」

「我殺了三隻。」陳阿車點點頭。

「……」田啓法唔了一聲，不敢答腔。

「那時候我一心想要討他開心。」陳阿車說：「一步一步，走上他替我鋪好的那條道路。」

「鋪好的……那條道路？」田啓法有些不明白這句話的意思。

「罪人之路。」陳阿車淡淡地說：「底下有許多魔王，各有各的癖好，有些喜歡吃鬼、有些喜歡吃人，有些不但吃人，還喜歡吃人的喜怒哀樂。當時我拜的那個傢伙，喜歡吃壞人，越壞的人，他吃得越開心，可怕的是，他不只吃壞人，更喜歡把人養壞之後再吃。」

田啓法聽到這裡，總算明白陳阿車當初拜的傢伙的企圖。「所以，他先要你偷東西，然後要你去殺狗，然後……」

「他要我去殺掉一對夫妻，和他們的孩子。」陳阿車說：「那孩子才四、五歲大。」

田啓法嚥了口口水，不敢追問結果。

陳阿車微微一笑，說：「我拒絕他了。」

「喔！」田啓法鬆了口氣，說：「當……當然啦！殺人全家也太超過了……」

「他說他對我很失望，他說他以為我會像其他弟子一樣聽話，一步一步變成他喜歡的樣子——」陳阿車說：「變成他的一部分。」

「變成……他的一部分？」田啓法問：「意思是……被他吃掉？」

「是啊。」陳阿車點點頭說：「他要我別怕，他說在那之前，會讓我在世上活很久，甚至活得比正常人還久，而且享盡榮華富貴，想幹嘛就幹嘛、想要誰死誰就死，吃人、吃女人、吃小孩都可以。」陳阿車喝乾一杯酒，繼續說：「我說我不要。」

那時候，魔王問，是不是因爲對象是她，倘若要他殺別人，他願意嗎？

陳阿車還是不要。

魔王說，只要他殺了，就讓他長命百歲，讓他享盡榮華富貴。

陳阿車不要。

「然……然後呢？」田啓法追問。

「然後……」陳阿車笑著說：「他說我膽子太小，他要幫我一把，他說我肯定會愛上這種感覺。」

於是，魔王點派手下惡鬼，附上陳阿車身子，並沒有奪走他意識，而是讓他在保持清醒的狀態下，身藏著尖刀去殺那女人。

「在路上，我看到一間以前我很討厭的廟，裡頭拜的神就是濟公師父。」陳阿車說：「我以前討厭那間廟、討厭濟公師父、討厭很多神，因爲以前不管我怎麼拜都不靈，但是那時候我經過那間廟，滿臉都是鼻涕眼淚，連脖子都不能轉，只能轉眼珠子瞧，我在心裡求神救我，不——那時候我在心裡對神明說，不救我也可以，我本來就是個王八蛋，但是我老婆孩子不該死，我求濟公師父救我老婆孩子。」

「你老婆孩子？」田啓法愕然問。「原來魔王要你殺的女人，是你老婆！難怪你不願意……嗯？可是你不是說那是一家三口？」

「我老婆早跟我離婚改嫁別人啦……我拜魔王時，說過她一些壞話，但眞要我下手殺她，我哪下得了手，就算是別人老婆孩子，我也下不了手吶！我只是不成材，不是惡魔。」

陳阿車哼了哼，繼續說起當年往事。「那時候我被鬼附著身，連話都不能說，眼淚鼻涕流了滿臉，走過那間廟，本來以為那間廟和其他廟一樣，一點都不靈，當時我覺得老天沒眼，但是那間廟裡的老廟公追上來，拿著一瓶米酒請我喝。」

「啊！」田啓法瞪大眼睛，追問：「然後呢？」

「我聽見我腦袋裡有聲音對我說話，叫我馬上殺了他。」陳阿車說：「那是附在我身上的鬼在對我說話，他聲音聽起來很生氣。」

那時，老廟公笑著掏出一只小玻璃杯，往裡頭倒了點米酒，舉至陳阿車嘴邊，說濟公師父請他喝一杯。

陳阿車聞到米酒香氣，本來不受控制的手腳突然可以動了，他顫抖地接過酒，聞著酒氣，只覺得擠在他身子裡那惡鬼的屍氣、腐氣、怨氣消散許多。

他喝下那杯米酒，只覺得這杯米酒，是他今生喝過最美味的米酒。

他聽見身體裡的鬼哀號慘叫起來。

他感到全身都在發暖，忍不住顫抖地捧著杯子，問老廟公能不能再請他一杯。

老廟公點點頭，又替他斟了一杯，說廟裡有酒有菜，邀他回廟裡吃喝。

他跟著老廟公，踏進那間他過去討厭的濟公廟。

「我陪那老廟公喝酒喝到半夜，喝得醉醺醺的，醉倒在廟裡，夢見了濟公師父。」陳阿車說：「濟公師父跟我講那個魔王的故事，說那魔王是個狠角色，被他盯上的傢伙，沒一個逃得了。濟公師父給我兩個選擇，一是什麼也不做，每天躲他廟裡，他說那魔王多少給他老人家點面子，不會硬闖進來抓我，但肯定會找我前妻孩子麻煩；二是認他作師父、向他學法術、替他打掃世間穢地，這樣一來，他能讓我多活幾十年，也能保護我老婆孩子。」

「聽起來……你沒得選……」田啓法點點頭。

「是啊。」陳阿車呵呵一笑。「沒得選。」

「那後來……」田啓法問：「你跟那個魔王對上了嗎？」

「我當上師父徒弟，和他嘍囉交手過幾次，但都不是大衝突。」陳阿車說：「一來我只是掃地的，更大的案子不歸我管，二來濟公師父託人向那魔王傳話，說已經和我簽了契約，我算是他的人，要魔王給他點面子，別打我主意——我不曉得那魔王是眞給濟公師父面子，還是忙著在底下和其他魔王搶地盤所以沒時間搞我，總之這幾十年，他眞沒爲難我。不過現在局勢和以前不一樣，那傢伙重出江湖，急著想幹大事，這幾天要是在左爺家裡碰上他，他會不會手下留情，就不知道了……」

「左爺家？」田啓法呆了呆，猛然一驚，嚷嚷說：「師兄！你說的那個魔王……就是魔王啖罪！」

「對。」陳阿車點點頭。「那傢伙以前被另個更厲害的魔王打敗，安靜了好多年，現在突然蹦出來，到處開鬼門、搞混沌，擺明想幹一票大的。」

他說到這裡，喝了杯酒，抬頭望天，繼續說：「師父在我退休前，發給我這件案子，應該是想讓我和他做個了斷。」

「了斷……」田啓法不安地問：「師兄，你眞的有把握打贏魔王啖罪？」

「當然打不贏。」陳阿車說：「我們工作又不是打魔王，是打掃房子，魔王讓太子爺乩身去打就行了。」

「可是……」田啓法問：「師兄你不是說太子爺乩身臨時被調去南部辦一件緊急案子？」

「是啊。」陳阿車說：「我也不清楚太子爺乩身啥時才抽得出空過來支援我們，總之，這幾天我們只能先探探路、蒐蒐證啦……」

「蒐證……」田啓法啊呀一聲，說：「師兄你向小姜買紙鼠、向梅子買鼠魂、向黎哥買針孔攝影機，是想讓紙鼠潛進左爺家偵察探路！」

「廢話！」陳阿車乾笑兩聲。「不派老鼠進去偵察，難道派他們進去偷拍怪男人大便？」

拾柒

大清早，王書語被手機鈴聲響醒，她接聽，電話那端傳來韓杰沮喪的說話聲音。

「晚點亞衣會帶著小強和消防員師弟回去，但我還得跑一趟陰間……」韓杰無奈說：「太子爺氣炸了。」

「怎麼回事？」王書語驚訝追問，這才知道他們昨天傍晚在飯店外待命，沒想到接應他們的陰差，竟是本來欲逮捕的逃犯假扮而成，將他們誘入飯店電梯後突施襲擊。所幸城隍俊毅早一步收到消息，派了張曉武和顏芯愛上來幫忙，這才讓韓杰等人全身而退。

整起飯店攻堅事件，就像是一個企圖一次收拾數名神明乩身的超大型陷阱。

冥王那批逃犯還在混沌飯店裡布下遮天術，切斷了乩身們與上天的聯繫，直到韓杰等擊敗冥王、陳亞衣上樓破了遮天術，緊盯著這件案子的太子爺花了點時間弄清楚情況，得知中計，氣急敗壞地降駕，和上來接手逮捕冥王等逃犯的幾路陰差吵了個天翻地覆，甚至附著韓杰身子一路追進陰間，揪著指揮攻堅的幾名城隍頭髮、鬍子，朝他們怒吼、要他們解釋清楚究竟發生了什麼事，爲什麼接應韓杰的陰差竟會是逃犯假扮。

幾個城隍口徑一致地說，他們確實派了一隊陰差上陽世接應韓杰，但那隊陰差半路上也中了埋伏，受傷撤退。

太子爺要幾位城隍交出那隊陰差，讓他親自審問。

城隍們拒絕太子爺的要求，說這是城隍府內部事務，太子爺無權干涉。

太子爺揍歪了兩名城隍下巴，踩著風火輪直闖閻羅殿，揪著一位閻王鬍子，說地府裡有些傢伙膽大包天，勾結邪魔歪道、設局埋伏神明使者。

閻王們堆著笑臉安撫太子爺，說他們絕對會調查清楚，卻暗中將太子爺揪著閻王鬍子吼叫的模樣即時傳送上了天庭。

太子爺說他才不相信地府會認真調查，閻王們說這調查小組可以讓太子爺共同參與，太子爺令韓杰進入調查小組，查清楚這飯店事件究竟是不是爲了引誘神明乩身上門的陷阱，且有沒有陰差參與其中。

太子爺撂下狠話，哪間城隍府裡有內鬼，他燒了哪間城隍府；閻羅殿裡有內鬼，他剷平整座閻羅殿。

太子爺狠話撂完不久，即收到上天急令，喝令他別再胡鬧，速速返回天上。

太子爺不甘不願離駕之前，耳提面命韓杰定要把這件事情查個水落石出。

「太子爺眞說要燒城隍府、剷閻羅殿？」王書語聽韓杰說到這裡，忍不住打了岔。

「是啊。」

「如果太子爺不這麼說，說不定閻王們還會推個替死鬼出來頂罪……」王書語苦笑回答。

「太子爺這麼說了，那就眞有內鬼，地府肯定打死也不會承認……還是太子爺打定主意要辦到底，不接受替死鬼？」

「我看他是打定主意要剷平閻羅殿……」韓杰苦笑嘆氣。「這案子查下去，不知道要查幾天，家裡剩最後幾趟東西，我會請老龜公跟小強幫忙搬，妳別自己去。」

「我沒弱小到連搬家都不行。」王書語這麼說。

「我就怕妳這麼想。」韓杰說：「我覺得整件事不太對勁。」

「不對勁？」王書語醒悟說：「你的意思是，這件事如果眞有陰謀，那敵人的目的，是想讓你耗在這件事情上，另外對我下手？」

「有可能。」韓杰說：「妳沒看見那幾個城隍說話的樣子，他們根本是串通好了，每一句話都像是故意激怒太子爺，應該說，整件事情，擺明就是演給太子爺看的。」

「……」王書語皺眉思索，點點頭。「是啊，這麼大的案子，地府明明知道上頭盯著，有什麼理由出這種紕漏，但是地府故意激怒太子爺，目的是什麼？」

「他毆打城隍的影片跟大鬧閻羅殿的影片，都被傳上天了，之後他大概有段時間不能下來。」韓杰說到這裡頓了頓，繼續說：「我被拖在陰間，太子爺也沒辦法降駕，如果敵人想整我，現在時機挺好。不整我、去整妳，也是一個選擇，那些黑道魔王不見得會幹這麼絕，因爲他們還要拚發展，但是瘋子什麼都幹得出來——偏偏我這一年莫名其妙槓上一個瘋子。」

「你說的沒錯，但是……」王書語默然半晌，還想說些什麼，房門叩叩響了兩聲，是那關帝廟負責接待她和韓杰的阿恭伯敲門喊她。

她起身開門，聽阿恭伯說又有訪客上門找她，不禁覺得奇怪，結束了與韓杰通話，梳洗如廁之後，來到辦公室見那訪客。

訪客年紀頗輕，是個二十出頭的女孩，衣著樸素、紮著短馬尾、臉上有些雀斑、有雙細小可愛的眼睛。

女孩牽著一隻小黑狗，自我介紹。

她是一家動物醫院院長女兒，自己也在那間動物醫院工作。

她說她爸爸是太子爺忠實信眾，受了太子爺指示，讓她帶來這隻黑狗，當作往後韓杰、王書語新居護衛犬。

「什麼……」王書語有些錯愕，一時難辨眞假，卻見小文叼來一管籤紙，她揭開來，只見籤紙上頭的符字寫著──

這隻狗是我千挑萬選出來的好傢伙，好好待他，他會守護你們安全。

「呃……」王書語見了太子爺籤令，莫可奈何，她沒有飼養寵物的經驗，加上自幼潔癖，和貓狗並不特別親近。

小黑狗模樣有些奇特，身型介於小型犬和超小型犬之間，黑背白腹、黑臂白爪，一張小臉上黑下白，像是戴著副半臉面具，雙眼上方有兩塊白點，彷如一對白眉。

王書語見小黑狗長相怪異，忍不住問：「這是什麼狗？怎麼感覺有點眼熟，但又想不起來是哪種狗……」

「他是柴犬混吉娃娃，還沒取名字，我都叫他『柴吉』。」寵物店女孩苦笑說：「他長相有點怪，但其實滿聰明的……」

「柴犬混吉娃娃？柴吉……」王書語一面端倪這小黑狗模樣，一面用手機查了柴犬和吉娃娃長相，果然覺得眼前這小黑狗口鼻長相，確實同時摻雜著柴犬和吉娃娃的特徵和神韻，屁股後頭那束捲尾巴、頭上三角小耳，則明顯是柴犬尾巴和耳朵。

王書語蹲低身子要摸柴吉腦袋，女孩連忙阻止。「不行！」

「啊？」王書語連忙縮手，問：「他會咬人？」

「呃……」女孩搖搖頭。「他沒咬過我，但是脾氣有點古怪，我覺得還是小心點好……」

「脾氣古怪？」王書語問：「怎麼古怪？」

「很難解釋呢……」寵物店女孩說起這柴吉性格，不知如何解釋，便從他的來歷講起。

柴吉在一家非法繁殖場裡出生——他那吉娃娃爸爸不知怎麼鑽出籠子，讓他那柴犬媽媽懷上他那窩兄弟姊妹，繁殖場主人嫌這窩雜種小狗模樣難看，要小員工大清早拿去扔上山，小員工雖照做了，下班返家卻整夜難眠，閉上眼睛腦袋裡就浮現初生小狗在山上自生自滅的模樣，趁夜回到山上探望，見一窩小狗死去大半，想帶回家又怕挨家人罵，便趁天沒亮，將剩餘三隻小狗帶到女孩工作的動物醫院外，留了張紙條交代緣由，只盼院長大發慈悲，救救三隻小狗。

隔日女孩上班時，三隻小狗已經凍死兩隻。

女孩將奄奄一息的柴吉抱進醫院，緊急打電話給院長爸爸，要他別拖拖拉拉還賴在餐廳看報，快點趕來上班。

柴吉就這麼存活下來，被女孩安排送養。

將近一年的時間裡，柴吉被認養三次，又退養三次。

本來女孩爸爸、也是那寵物醫院院長，和藹要女兒別送了，說不如帶回去，與家中四隻貓、五隻狗作伴。

柴吉和女孩回家第一天，就在貓窩裡拉屎，被四隻貓聯手打得傷痕累累；接下來數天，負傷的柴吉白天和五隻狗爭搶狗糧、玩具，夜裡和四隻貓四處遊鬥，鬧了個天翻地覆，身上多了一堆零零星星的傷疤，還不知怎地闖入書房，攀上椅子躍上桌子，將院長爸爸桌上那尊價值不菲的太子爺紫檀木雕撞下桌去，啃了個坑坑疤疤。

院長和女孩返家之後，在書房裡找著昏迷不醒的柴吉，將他緊急帶回醫院救治——紫檀木雖然無毒，但柴吉將木雕上那火尖槍、風火輪、乾坤圈等細碎部位啃碎吞進了肚子裡。

院長爸爸帶著女孩替柴吉進行手術，從他腸胃取出一堆亂七八糟的東西，包括各種玩具小物、木雕碎片、零錢，和幾把鑰匙。

院長爸爸取下一枚穿刺在柴吉胃壁的尖銳東西，仔細一看，竟是他那紫檀木雕上的火尖槍槍頭。

直至深夜，院長爸爸將動完手術、奄奄一息的柴吉放入隔離籠中，對女孩說，他倆已盡人事，柴吉能不能睜開眼睛，只能聽天由命。

當晚，父女倆連同那不相干的媽媽和弟弟，都作了同一個夢。

夢裡太子爺令他們準備送養柴吉，新主人就是住在關帝廟裡的韓先生和王小姐。

「呃……妳說這是……」王書語望著寵物醫院女孩。「前天發生的事？」

「對啊……」女孩苦笑，說昨天和爸爸一早抵達醫院時，柴吉不知用什麼方式，破壞了隔離籠的門鎖，精神抖擻地對著其他隔離籠裡的貓狗叫囂，還在院長爸爸辦公桌下撒了好大一灘尿。他們對柴吉進行了簡單的檢查，發現他傷勢已經復元，且接到關帝廟電話，問是不是有東西要送給韓先生和王小姐——打電話的人，便是同晚夢裡接到太子爺指示的阿恭伯。

「然後我就和廟方約了時間，把柴吉帶來。」女孩這麼說。

「……」王書語望著柴吉怪臉上那雙倔強眼睛，有些爲難說：「好突然啊……我從來沒養過狗，我男友他……應該也沒養過狗吧？」

「呃？」女孩有些驚訝。「妳不想要他嗎？可是……」她望向阿恭伯，是阿恭伯要她將狗帶來的。

「不，我沒說不要他，只是……」王書語搖搖頭，苦笑說：「之後如果有什麼飼養上的問題，方便請教妳嗎？」

「喔！」女孩鬆了口氣，笑著說：「何止請教，我們還是會負責柴吉往後的醫療服務——這是太子爺在夢裡的吩咐。」

「這怎麼好意思。」王書語連忙說：「眞有需要你們醫院服務的時候，我們當然會自費，只是我得盡快做點功課，補充一些養狗常識就是了……」

女孩想要認眞補充些什麼，讓王書語相信柴吉這「終身保固」，確實是太子爺在夢境裡的叮囑，但柴吉已經走近王書語腳邊，用腦袋蹭了蹭她小腿，伏在她鞋子上打起盹來。

彷彿找到了歸宿。

拾捌

一雙小手揭開糖果紙，捏起糖果放入口，又從地上撿起一枚小石子，擺在糖果紙上，包餛飩般用糖果紙裹住小石子。

包覆著小石子的一端是魚身，另一端經過撐轉捏扁的糖果紙邊角則是魚尾。

若稍稍發揮點想像力，那糖果紙上的圓形花紋，看起來真像是魚眼睛。

一條小魚像是變魔術般變出來了。

小手捏著小魚尾巴，在空中來回搖晃。

「這是什麼東西？」男人問。

「這是魚。」

「魚？魚是長這樣子的？」男人呵呵笑了起來。

「是魚啊，魚在天空游泳。」

男人看小手捏著小魚尾巴在空中搖晃，哈哈笑著說：「你這魚還會倒著游。」

「對。」

童稚的聲音堅持這是條魚，一條會在空中倒著游的魚。

跟著，小手捏著小魚尾巴，將小魚放上男人掌心。

「吶，送給你。」

「送我？」

「你請我吃糖，我送魚給你。」

「謝謝啊。」

「不可以丟掉喔。」

「好。」

倚著大橋梁柱坐地酣睡多時的田啓法睜開了眼睛。

他又夢見兒時陪爸爸談生意，因爲吵鬧被祕書姊姊帶出外蹓躂，在公園玩捉迷藏時偷偷溜遠想捉弄祕書姊姊，結果走失迷路的那個夢。

男人給他糖吃，陪著他等爸爸。

他用糖果紙做了些小魚回送男人。

後來爸爸媽媽找到他了，男人則悄悄走了。

他抿了抿嘴巴，不知怎地，最近偶爾作這個夢時，醒來之後，嘴裡總會留著淡淡糖果香氣。

他不愛甜食，但夢裡的橘子口味棒棒糖香甜芬芳，那不只是口舌上的酸甜滋味，甚至還濃縮著他孩提時代的開心和快樂。

那是一段無憂無慮的時光。

他起身拎起葫蘆，往嘴裡倒了滿嘴酒香清水漱口。

這些天來，他已經熟練地能隨心所欲倒出各種滋味的葫蘆汁——淡酒、烈酒、啤酒、帶著淡淡酒香的清水。

陳阿車時常調侃他法術學不精、瓦楞紙摺不好、開鎖學不會，就只「倒酒」這招練得爐火純青。

他提著葫蘆走向陳阿車，陳阿車蹲在另一條大橋梁柱旁喃唸有詞，田啓法湊近去看，只見陳阿車腳邊伏著三隻黑老鼠——那是他們昨天傍晚在姜家香舖向小姜買的紙鼠。然後又找上梅子，買了三隻鼠魂。

梅子替他們將鼠魂裝入紙鼠裡，經過一夜，三隻紙鼠「活」了起來。

陳阿車捻著一炷香，轉頭笑呵呵地向田啓法述說這紙鼠、鼠魂當眞好用，要他們舉爪拱手作揖、轉圈翻滾衝刺都行。

田啓法見三隻紙鼠背上都綁著個小包袱，其中兩隻腦袋上還頂著個小東西，正是向黎幼白買的針孔攝影機，用快乾膠黏在腦袋上。

田啓法接過陳阿車遞來的手機，只見螢幕上下兩個分割畫面，便是兩只針孔攝影機的拍攝畫面。

「收拾收拾，找間早餐店吃燒餅油條，準備開工。」陳阿車吹聲口哨，令三隻紙鼠溜進他身上口袋。

正午時分，田啓法騎著三輪車，載著陳阿車駛到同樣的山腰上，繼續盯梢。

「那傢伙可能不在家。」田啓法持著望遠鏡看左爺家四周，找不著昨日男人汽車。

「嘿嘿，我們挑對時間了。」陳阿車吹了聲口哨，點香施法，扔出三隻紙鼠。

三隻紙鼠聽了陳阿車號令，狂奔急竄，花了半小時，終於竄進了左爺家前院。

田啓法和陳阿車擠在三輪車旁，盯著手機螢幕上那分割畫面，指揮紙鼠找洞鑽入透天厝裡頭。

透天厝一樓每扇門窗都緊閉著，連廚房油煙排氣口外都鎖著鐵絲網片，紙鼠無洞可鑽。

陳阿車搖香轉令，紙鼠開始爬牆，一路往上，但二、三樓前後陽台同樣門窗緊閉。

三隻紙鼠爬上頂樓，來到樓梯間鐵門前，只見鐵門欄杆內側裝設的是紗窗網，而不是鐵絲網，陳阿車一聲令下，紙鼠立時啃咬起紗窗網——小姜這紙鼠造得細心，一張小嘴巴裡甚至裝著一排牙籤當齒，這排牙籤儘管沒多大殺傷力，但三隻紙鼠車輪上陣，在一塊紗窗網上撕扯出一個小洞，倒是辦得到。

「師兄……」田啓法從陳阿車手機螢幕上見三隻紙鼠輪流啃咬鐵門紗窗，忍不住說：「我突然想到，黎哥那兩台針孔攝影機是陰間貨，可以穿牆。」

「對啊。」

「所以梅子的鼠魂，可以直接戴著針孔一起穿牆。」

「對呀。」

動呢？」

「那……」田啓法問：「爲什麼不直接讓鼠魂戴著針孔穿牆進屋，要附在紙鼠身體裡活

陳阿車沒有回答，伸手指指天空。

田啓法微微抬頭，見到天上太陽，陡然會意。「對啊，鼠魂怕太陽曬。不過如果我們晚上來的話……嗯，晚上鬼比較凶就是了……」

「不只是太陽的問題。」陳阿車哼了哼，盯著手機螢幕，只見三隻紙鼠終於在紗網上啃出了個小洞，鑽入門內，他令紙鼠仰頭四顧，仔細打量樓梯間每一處地方。

「停！」陳阿車搖香喝令，令一隻鼠停下動作。

頂樓梯間鐵門上方，貼著一張黑符。

陳阿車指著手機螢幕上那張黑符，對田啓法說：「這房子如果眞是魔王基地，別說鼠魂，連有點道行的惡鬼都進不去。」

田啓法這才知道，陳阿車向小姜買紙鼠當肉身，是爲了掩飾鼠魂氣味，以防觸動屋裡的防禦法陣——如果有的話。

目前看來，顯然有。

三隻紙鼠排成一列縱隊，循著樓梯往下來到三樓。

這透天厝三樓，格局是兩房一衛浴，除了前後陽台牆面上各自貼了張黑符，並沒太多東西，僅擺著幾座收納櫥櫃、家用電器，大多積滿灰塵。

即便這間房子經過法拍、幾次過戶，屋裡家具、私人物品也並未被清理——歷任企圖清

理屋中雜物的屋主大都無端橫死。

二樓格局是一房一廳一衛浴，房是臥房，有張凌亂單人床、一座衣櫃，和散落一地的換洗衣物；房外客廳遍地都是食物包裝、垃圾和生活用品；二樓顯然是那怪異男人的平時起居空間。

一樓格局是客廳、廚房和衛浴，客廳擺著幾張廉價太師椅和簡樸廳桌，沒有電視、有兩面書櫃，牆上掛著些老照片。

「只剩地下室了……」陳阿車盯著手機，指揮紙鼠找著了廚房櫥櫃旁的小門，鑽入門縫，通過一條漆黑向下的樓梯，抵達這透天厝地下室。

地下室裡陰森晦暗，鼠一鼠二揹著針孔攝影機兵分二路偵察四周，鼠三沒有針孔攝影機，跟在鼠二屁股後頭跑。

地下室左側堆著些紙箱，一部分是祭祀用品、一部分是大塑膠袋、塑膠帆布、尼龍繩等東西。

地下室右側鋪著一張大蓆子，蓆子上躺著一個赤身裸體的女人，身上寫滿怪異血符，緊閉著雙眼，一動也不動。

女人頭頂方向的水泥壁面上，同樣是密密麻麻的血字符籙。

水泥牆下擺著一排牲畜頭顱——豬頭、羊頭、三顆狗頭、四顆貓頭，和十餘顆雞頭鳥頭。

「怎麼還有個女人？」「這又是誰啊？」陳阿車和田啓法透過紙鼠攝得的畫面，得知地下室裡竟躺了個女人，不禁訝然。

跟著他們從湊近女人的鼠一攝得的畫面上，見到大蓆子旁還有張瓦楞紙片，上頭擺著幾柄五金工具。

「剁肉刀、鋸子、塑膠布……準備這些東西……」田啓法喃喃碎唸。「那傢伙該不會……想分屍吧？」

「獻祭……」陳阿車長長吸了口氣。「那傢伙想拿活人獻給啖罪……」

「活人獻祭？」

「底下不少魔王都會指派陽世爪牙，宰殺活人送進陰間讓他們進補，這魔王啖罪不但吃祭品，更喜歡吃爪牙……他愛那些被他一手調教成大壞蛋的人身上的罪味。」陳阿車微微露出怒意。「當年我差點就被他拐去當爪牙了……」

「那……所以……現在我們要怎麼辦？」田啓法望著陳阿車。「太子爺乩身還在忙，沒辦法來支援……」

陳阿車捏著拳頭皺眉咬牙，神情猶豫。

田啓法喃喃問：「報警也沒用，對吧？」

「如果屋子裡布置了邪法，報警只會白白送更多人下去給魔王加菜。」陳阿車這麼說，長長吸了口氣，起身騎上三輪車，令田啓法快上車。

「師兄！」田啓法急忙擠進車棚，嚷嚷問：「你要進屋救人？可是……太子爺乩身不是還在忙？趕不回來幫忙，就我們兩個，行嗎？」

他剛說完，臉上啪地挨了一記毛茸茸鞭打。

橘貓將軍伏在吊床上，尾巴來回揚動，冷冷瞪著田啓法。

田啓法不敢再說什麼，緊張地抱著葫蘆盤腿坐在車棚裡，閉起眼睛複習先前學過的幾種除魔咒術。

二十來分鐘後，三輪車駛過左爺家透天厝前院正門，停在二十餘公尺後一處彎道空曠處。

陳阿車俐落下車，從田啓法手上接回葫蘆，摸了摸小棚吊床上將軍腦袋，恭敬地說：「將軍大爺呀，我們要進屋啦。」

將軍翻了個身，將身子拉得極長，打了個大大的哈欠。

然後躍下吊床，也不理陳田兩人，悠悠哉哉地往左爺家透天厝走去。

「快跟上。」陳阿車立時拉著田啓法跟在將軍身後，一面盯著手機，令那配戴針孔攝影機的鼠一鼠二上樓。

鼠一循著原路回到頂樓，爬上圍牆盯著上山小徑把風，鼠二守著正門，鼠三則繼續在地下室待命接應。

將軍來到那透天厝外牆大門，縱身躍上牆沿，俯視小院。

陳阿車領著田啓法來到透天厝外牆大門前，捏出枚小葫蘆施法開鎖。

將軍等大門鎖開，躍下牆奔過小院，來到透天門前待命。

陳阿車托著第二枚小葫蘆，追近門邊，開鎖。

田啓法站在陳阿車身後，回頭看著小院草木土石，不時揉揉眼睛，只覺得這小庭院土裡樹中，似乎都藏著東西，卻看不清楚。

「土裡樹裡都封著厲害傢伙，我們動作得快點。」陳阿車一開門，將軍搶著擠了進去，直接跨過在門後待命的鼠二，來到客廳正中，仰頭四顧整間屋。

陳阿車帶田啓法進屋，關上門，令鼠二攀上正門旁一扇窗的窗沿，盯著前院動靜。

兩人一貓走進廚房，來到櫥櫃旁那扇通往地下室的小鐵門前，小鐵門上著鎖。

陳阿車開了鎖，拉開門，只見門後是一條陰森漆黑的向下長梯。

田啓法隱隱覺得小門彷彿是一張嘴，長梯像是咽喉。

「開工啦。」陳阿車扭扭脖子抖抖腳，暖暖身振奮精神，準備下樓，回頭卻見田啓法神情緊張，問：「怎麼了？」

「我在想……」田啓法怯怯地問：「我們這樣闖進來，有沒有可能……已經被魔王發現了？」

「嗯。」陳阿車點頭答：「是有這個可能呀。幹嘛？你害怕呀？」

「是有點怕……」田啓法深吸口氣，大力拍拍臉，做好準備跟陳阿車下樓。

「葫蘆給你抱著，再戴上這頂帽子。」陳阿車先將葫蘆塞給田啓法，再又抓抓自己的頭，然後往田啓法腦袋上一蓋。「這樣放心了吧。」

「嗯？」田啓法感到頭頂金光閃耀，驚訝伸手一摘，竟是濟公戰袍那頂破帽；跟著，他見到陳阿車身上也閃耀著金光，一身補丁長袍和腳上木屐若隱若現，腰際還插著那破扇，驚訝問：「師兄，你什麼時候穿上師父戰袍啦？」

「昨天夜裡師父就借我戰袍啦，我一直穿在身上。」陳阿車這麼說，轉身往地下室走。將軍優雅跟在陳阿車身後。

田啓法將頭上破帽扶正，舉起葫蘆灌了一大口酒含在嘴裡，急急忙忙跟著下樓。

陳阿車走下幾階，突然一陣陰風拂面吹過兩人一貓臉龐。

陳阿車停下腳步、扭扭鼻子，品味起陰風裡那股寒腐味，神情有些猶豫，他蹬了蹬腳，將兩隻金晃晃的木屐留在階梯上，踩著自個兒的藍白拖鞋繼續往下走，對田啓法說：「把木屐也穿上。」

「讓我穿？」田啓法不解問。「師兄你怎不穿？」

「難得碰上件大案子，剛好讓你練習師父戰袍這鞋子、帽子的功用。」陳阿車這麼說，一路往下。

田啓法也沒脫鞋，腳一伸，直接套上黃金木屐，只覺得腳底板暖呼呼的，步伐輕盈許多。

兩人踏進陰暗地下室，走到那張大蓆子前，陳阿車蹲下探探女人鼻習，確認活著，搖她喊她，卻都沒反應，便和田啓法從一旁雜物堆翻出塑膠帆布，裹住女人身子，要田啓法將女人揹上樓。

田啓法令葫蘆生出莖藤，纏裹女人後背腿臀，猶如揹巾般將女人揹上背，再將葫蘆懸在腰際，這樣一來，他揹著女人，也能騰出雙手行動。

他正要往樓梯走，又被突如其來的陰風吹得一陣哆嗦，嚇得東張西望，就不知道那陰風究竟從哪兒吹出來的。

陳阿車和將軍則同時望向那面血符牆壁，只見牆上千枚血字，彷彿裂開的傷疤般淌下一道道鮮血。

幾千道鮮血在牆下聚集、散開，漫過一排牲畜腦袋，往前推進，浸透大蓆。

將軍像是十分厭惡眼前這片血水，蹦到了一處雜物堆上磨梭起爪子。

陳阿車緩緩後退，揚了揚草扇對田啓法說：「把女人帶上去之後報警，等警察來接她；警察不會驅魔，但帶這女人上醫院不是問題……」

「我等警察接她？」田啓法問。「那你呢？」

「我？」陳阿車呵呵一笑。「我還要工作呀，你沒看見這地方陰氣都滿出來啦？」

「何、何止滿出來……」田啓法見前方血水淹過大蓆，甚至浸到了陳阿車腳底板，不由得有些害怕，連連後退，一路退到樓梯口。

「你還等什麼？」陳阿車語氣突然變得嚴峻，對田啓法說：「披著師父戰袍，還拖拖拉拉？快帶女人上樓！」

「是……」田啓法見陳阿車催促，只好急急揹著女人上樓。「我先報警再下來幫你！」

陳阿車低頭望著溢過腳下的血水，微微轉頭，對身後站在雜物堆上的將軍說：「下壇將軍，這兒交給我就行了，您上去替我師弟開路吧。」

將軍應了一聲，躍過幾處雜物，繞過滿地血水，直接躍上樓梯，一路往上。

拾玖

「咦？」田啓法揹著女人走出小門，返回廚房，卻見廚房陰暗漆黑，窗外隱約閃爍著青紅光火，遠方的空中飄著暗紅色的雲。

「不會吧！」田啓法身子一抖，驚覺這地方又和打掃靈顯天尊怪屋那時一樣，陷入混沌空間。

他長長深呼吸，拍拍腰際葫蘆，令葫蘆莖藤生出幾枚小葫蘆，他揪下一枚小葫蘆捏在手裡，顫抖地往外走，剛踏出廚房，又僵在原地。

客廳太師椅上，坐著一個人。

一個老人。

「來啦？我的對手來啦……」老人這麼說話時，並未瞧田啓法，只直勾勾地朝著前方牆壁，左眼是處凹陷的坑，右眼透著淡淡青光，一雙變形得像是錯亂老樹根的雙手按在膝上，身前身後，還站著幾隻鬼僕。

老人是這透天厝的主人——左爺。

左爺面前那廳桌上擺著一只搖鈴、一柄木劍、一柄金錢劍、一疊黃符、一碗血、一支筆和幾樣古怪法器。

「在底下寫了好多年符，終於派上用場了……」左爺喃喃自語，顫抖著手捏起筆，沾了沾碗中血水，開始寫符。

「……」田啓法不敢吭聲，也不敢前進——他人在廚房外，想從正門離開，得從左爺面前經過；儘管他逢敵經驗不多，但本能告訴他，這看來陰森恐怖的左爺，可不會讓他這麼輕易開門離開。

他想起廚房有扇通往後院的後門，便轉頭回到廚房，但他剛踏進廚房，前方冰箱門啪嚓揭開，竄出一股泛著青光的陰風，一隻手扒上冰箱門、一隻腳踏出冰箱外，站起一隻兩公尺高的大鬼，歪著頭盯著田啓法。

同時，田啓法見到後門上的小窗，以及廚房大窗上，都貼著一張張鬼臉。鬼臉一雙雙眼睛，都凶狠盯著田啓法，像是獵犬盯著食料。

「你……你別過來啊！」田啓法見那大鬼動了，嚇得一手托高大葫蘆、一手舉起小葫蘆，威嚇那大鬼，還往嘴裡灌了一大口酒，作勢要噴。

大鬼歪著頭，大步走向田啓法，田啓法舉著小葫蘆要往大鬼扔，卻被大鬼一把抓住手腕、一手捂住嘴巴。

田啓法手中小葫蘆落在地上，嘴裡的酒水全吐在大鬼手掌上。

大鬼皺了皺眉頭，掐著田啓法臉頰的大手冒出金煙，卻不放手，硬生生掐著田啓法臉頰往上提。

「唔！唔唔！」田啓法感到那大鬼握力極大，他的臉頰、頸子都發出劇痛，雙腳踮高，腳尖撐著地，仍漸漸被提起懸空。

田啓法先前在靈顯天尊那間怪屋子裡，大多時候都跟在陳阿車屁股後頭噴酒水，在其他鬼屋更沒有遭遇什麼惡戰，他對臨敵接戰、近身纏鬥毫無概念，先前演練多時的各種驅鬼伏魔咒語，在慌亂當下，早忘得一乾二淨。

一記尖銳咆哮在大鬼身後響起。

大鬼剛回頭，腦袋猛一震，像是被什麼打到般，鬆手放下田啓法，摀著臉彎下腰。

田啓法終於落地，踉蹌後退數步，不停揉著被掐得發疼的臉頰，不明白那大鬼怎會突然放開他。

大鬼氣呼呼地瞪著他，乾吼兩聲又要上前，田啓法嚇得又摘下一枚小葫蘆，還急急灌了口酒含在嘴裡。

大鬼停下腳步，卻不是望著田啓法手上的小葫蘆，而是望向他身後。

田啓法含著滿口酒困惑回頭，只見橘貓將軍威風凜凜地站在一只高架上，揚著尾巴舔爪子，背後一張虎爺袍子閃閃發光。

廚房外，傳來一陣搖鈴聲和咒語聲。

廚房內，壁面崩出裂痕，裂痕淌出血；門外野鬼們乒乒乓乓地敲門砸牆，大鬼咧開嘴巴發出怒吼，大手一張往田啓法抓來。

田啓法驚恐擲出小葫蘆，在大鬼臉上炸出一片光。

大鬼閉著眼睛硬衝，腦袋卻猛地向後一仰、鼻子扁塌——

是將軍踩在大鬼臉上，結結實實賞他臉面一記虎掌。

大鬼挨了將軍這一掌，撲通跪倒在田啓法面前，田啓法順手將小葫蘆往大鬼臉上按去，同時噴出口中葫蘆酒，大聲施咒。

大鬼上半身燒起金火，哀號抱頭亂撞，被將軍一爪扒得撞回冰箱裡。

「謝、謝謝你將軍……你好厲害！」田啓法驚魂未定，揹著女人轉身跑出廚房，對將軍說：「外面還有一個老傢伙……」

本來端坐在太師椅上的左爺，此時站了起來，一雙變形的手持著搖鈴和幾張寫好的符，搖搖晃晃，突然又將鈴放下，改拿木劍，發呆幾秒，仍然一臉猶豫，又將木劍跟符放下，改拿起金錢劍跟搖鈴，口中還喃喃自語。

「用什麼好呢？用什麼好呢？難得有對手上門，不能丟咳罪大王的臉吶……」左爺狀似痴呆，身旁鬼僕倒是先有了動作，一見田啓法，立時圍了上去。

田啓法情急之下，灌了滿嘴酒，卻因爲太過緊張，反倒嗆咳不止。

眼見鬼僕就要撲上田啓法，只聽將軍一聲尖銳貓嘯聲後，緊追著一記雄渾虎吼，將幾隻衝近田啓法的鬼僕嚇得抱頭鼠竄。

倒是左爺被這虎吼一震，咧嘴笑了起來，右手抓起毛筆，左手托起血碗；脅下和雙肩噗嗤竄出四隻手，拿起桃木劍和金錢劍、搖鈴和一疊符，興奮走向田啓法，嚷嚷地說：「對手來了，我終於等到對手了……」

田啓法被左爺這模樣嚇得連連後退，從茲藤上抓下一枚小葫蘆往左爺身上砸。

左爺挺著桃木劍刺著葫蘆，竟像是叉著燒烤般往嘴裡塞，啪的一聲葫蘆炸開，將他整張嘴、半邊臉都給炸爛了。

左爺那爛稀稀的半邊臉，仍掛著笑容，還嚼個不停。「什麼東西？是什麼東西？怎麼有股神仙味兒？」

「噫……」田啓法見左爺瘋瘋癲癲，不可理喻，便又抓了枚小葫蘆在手上，還托起大葫蘆猛灌口酒，這次他做好準備，先捏爛小葫蘆，揚開一手碎爛葫蘆肉，在空中畫了道驅魔大咒，跟著鼓嘴一噴，對著左爺噴出一團金火。

「你畫符我也畫符。」左爺瘋癲歸瘋癲，動作卻是飛快，在田啓法捏爛小葫蘆畫咒那瞬間，也執筆沾血一口氣連畫三張黃符，往田啓法撒開。

金火碰上三張黃符，炸開一團五顏六色的光。

田啓法又拔了一枚小葫蘆在手上，還沒來得及含酒，卻見左爺又寫好三張符，嚇得也不畫咒，直接扔出小葫蘆。

左爺也扔出符。

又炸出一團金光彩火。

田啓法再拔葫蘆。

左爺第三批黃符已經扔到他面前。

三張黃符在空中化爲一顆鬼頭，張嘴就往田啓法脖子咬，但還沒咬著田啓法，腦袋登時扁了一半，像是被擊中的棒球般，轟隆飛撞進一旁牆壁，嵌在牆上動彈不得。

將軍舔舔爪子，走到田啓法身前，朝著左爺走去，像在替田啓法開路。

「哇……」田啓法急急忙忙跟在將軍身後，手舉葫蘆口裡含酒，大著膽子朝擋在門前的左爺走去。

「好厲害……好厲害……這不是法術，這是、這是……」左爺搖頭晃腦，一步步後退，退到門邊。

背貼著門。

整個身子融進了門裡。

「唔？」田啓法見左爺整個人融進門裡，消失無蹤，雖覺得奇怪，卻也沒多想，大步上前轉動門把。

門把化爲一隻枯手，抓住田啓法手腕。

田啓法驚愕往枯手吐出酒水，將枯手灼出一陣金煙。

田啓法後退幾步，感到整間屋子震動起來，再看看門，門上已無門把，整張門變得歪斜古怪，隱約浮凸出一張臉——左爺的臉。

「我等你好久，你爲何失約？」左爺朝著田啓法憤怒狂吼。

「你等我？」田啓法只聽得一頭霧水。「你認錯人了大哥……」

「認錯人？你是誰？」左爺呆了呆。「你不是他，來我家幹嘛？」

「我是……來掃地的……」

「你來我家掃地？」左爺瞪大眼睛，怒吼：「我辛苦修行，要和他決一死戰，他怕了、他不敢來，害我沒辦法交出祭品給大王……我被大王抓下地，每日寫符、每夜苦修，好多好多年，大王終於放我回來啦……」

「那……」田啓法摘下一枚葫蘆捏在手上。「關我什麼事，你跟我講這個做什麼?」

「他在哪?他在哪?」左爺怒吼。

「他……他是誰啊?」田啓法這麼問。

「他叫……」左爺猙獰地吐出這個名字。「陳……七……殺……」

「陳……七殺?」田啓法隱約感到自己似乎聽過這個名字，思索幾秒，想起陳阿車曾經告訴他，這透天厝主人左爺過去有個對手，似乎就叫作陳七殺。

「好!你讓我出去，等等也別爲難我師兄，我到了外面，打電話替你叫陳七殺過來，好嗎?」田啓法堆起笑容。

「你認識他!」左爺怒吼：「現在叫他過來——」

「呃!」田啓法沒想到自己隨口敷衍，反倒無法收尾，只好說：「我……我忘了他電話，我到外面，再替你找他……」

「你耍我——」左爺暴吼一聲，門旁那扇窗戶唰地伸出一隻大手，捏著張大符往田啓法身上貼來。

唰的一聲，大符碎裂，符後頭的大手掌也多出幾道血痕。

是將軍攔在田啓法身前對那大鬼掌揮爪。

大手掌甩了甩，再次拍下。

將軍再次出爪，小小的貓爪快如閃電，但貓爪之後拖著的虎爪強悍無匹，磅唧和大鬼掌對了兩三掌，將大鬼掌手指都敲歪兩根。

將軍三記右爪之後，又朝著門板補上一記左爪，轟隆一聲將門板拍得凹陷，門上左爺的大鬼臉鼻子歪了、淌出鼻血，鬼臉從門板上消失。

田啓法急忙走近大門，卻見門框、門板都竄出一堆符籙鎖鍊，牢牢鎖著門。

「這什麼鬼東西？」田啓法朝著符籙鎖鍊吐了幾口酒，接連使出數種驅鬼咒術，依舊開不了門，一旁窗框也竄出鎖鍊，將客廳幾扇窗也鎖上了。

左爺的身影在客廳壁面游竄飄移，不時扔下幾張符，或是竄下大手。

將軍像是盯上飛蟲的貓般，在客廳櫥櫃、桌椅上蹦跳，扒落一道道黃符和大鬼爪。

田啓法見地板上竄來鬼影，便朝著鬼影扔砸小葫蘆或是噴吐酒水，跟著他發現用雙腳上的金光木屐大力跺踏，能夠踩出震波，遠遠逼退鬼影。

一時之間，左爺傷不了田啓法，但田啓法也找不著向外的出路。

貳拾

陳阿車走近水泥牆，伸手摸著上頭符籙血字，只覺得此時地下室陰氣濃烈得令他感到噁心，一陣陣陰風自水泥牆上的符籙血字透出。

「嘿呵呵——好久不見吶，小老弟——」

一個奇異聲音，自牆中透出。

「……」陳阿車後退幾步，左手豎指比咒，右手緊握破扇，如臨大敵。

儘管過了幾十年，但他仍然記得這個穿透人心的聲音。

魔王啖罪在對他說話。

「小老弟，你忘了我嗎？」魔王啖罪的聲音聽來深沉悠遠。

「你這鬼聲音化成灰我都認得。」陳阿車哼了哼。

「小老弟，你說話眞有趣，聲音怎能化成灰呢？」啖罪呵呵一笑。

「不好意思，我沒讀多少書。」陳阿車說：「想到什麼講什麼。」

「是不是讀書人不要緊，當不當屠狗輩也沒關係，只要懂得負心、喜歡負心，就是顆好心，呀哈哈……」啖罪的笑聲銳利得彷如鐵石磨擦。

「呸！」陳阿車不屑地說：「你說的『好心』，是指好吃的心對吧！」

「對！」啖罪哈哈大笑。「眞聰明。」

陳阿車葫蘆不在身邊，沒有酒水可用，便扭扭頭，令披在肩背上那補丁長袍兩條袖子像是鞭子般抖起，抖出一團金霧，他伸手探入金霧，伸指在金霧裡畫咒，再舉扇一揮，朝著血符牆面揮出一股金色龍捲風。

龍捲風彷如強力水柱，沖刷牆上血字。

跟著是啪嚓幾聲裂響，整面水泥牆崩出數道大痕，牆面碎散崩落，似乎有什麼東西往外鑽，先是露出一截尖角，跟著是屋簷，然後是牆和門窗。

帳篷大小的漆黑小廟，歪歪斜斜自崩去了水泥塊後的土壁露出數十公分，彷彿一大片鑲嵌在牆上的立體石雕，或是考古學家自山壁鑿挖出土的上古神廟。

「這麼厲害……」陳阿車見整面水泥牆崩裂碎散之後，竟不是往地上堆，而是在空中化爲黑煙，才醒悟這地下室裡遮掩小廟的水泥牆，並非是後來得手買家修建而成，而是業魔啖罪用以遮掩小廟的障眼法。「我前後進來七次，都沒發現這牆是假的。」

「哼哼——」小黑廟的小黑門嘎吱吱地開了，門縫裡吹拂出的陰風，濃度可是先前百倍。啖罪的聲音自門縫裡透出。「這是我親手施下的法術，別說你沒發現，就算你師父下來，都未必發現得了。」

陳阿車被這陰風掃過身體，忍不住打了個哆嗦——

這麼凶烈的陰氣，過去數十年，他從未體驗過，即便是擔任濟公乩身之前，他受啖罪蠱惑的那段時光裡，他也未曾感受過，因爲那時，他還是啖罪的入門嘍囉，是「自己人」。

現在，啖罪顯然將他視爲敵人。

這樣的陰氣，是再明顯不過的威嚇。

小廟門縫溢出大量鮮血，天花板、數面牆上都滲出血來，整座地下室裡的血水，已經蓋過陳阿車腳踝，往他腿上淹。

「嘖……」陳阿車感到兩隻腳隱隱刺痛，抬起一看，只見血水中有些怪蟲在螯咬他。

「你來我地盤這麼多次，我沒和你計較，你以爲我怕了你，是不是呀？」啖罪的聲音在地下室迴盪起來。「你以爲當上濟公乩身，就能橫著走啦？」

「不是啊。」陳阿車連連搖頭說：「當神明乩身沒這麼爽快呀，我窩在那輛破三輪車幾十年，騎過千百條路、掃過千百間房，我從來不知道自己能橫著走，眞想橫著走的人，會選擇跟你，而不是跟天。」

「這倒是。」啖罪笑著說：「願意跟著我的人，在被我吃掉之前，確實可以橫著走很久呀——爲什麼你就是不願意呢？」

「我又不是螃蟹，沒興趣橫著走。」陳阿車笑說：「世上這麼多人，有些合你胃口、有些不合，我應該不合你胃口。」

「這麼多年不見，你說話變俐落啦。」啖罪嘻嘻笑說：「看來濟公把過去那個貪喝愛賭的小雜碎教得不錯呐。」

「這倒是眞的，師父眞的教我許多事……」陳阿車說：「且人總是會長大嘛。」

「看你伶牙俐齒，我說一句你回一句，你眞的不怕我？」啖罪問。

「怕吶，怎麼不怕。」陳阿車說：「但是怕也沒用啊，掃你這間房子，是濟公師父在我退休前交給我的最後一份工作，我說什麼也要掃乾淨。」

「你的濟公師父，是派你來送死啊。」

「要不是我濟公師父，我幾十年前已經死了。」

「那時你跟著我，可以享盡榮華富貴，活到一百二十歲都死不了。」

「你那時要我殺人全家啊，這像話嗎？要不是師父拉住我，我豈不是造孽啦！」

「造孽就造孽，很多人殺人，可開心快樂了。」

「我跟他們不一樣。」

「你跟他們一樣，只是你還沒有開竅呀傻子……」

「道不同不相爲謀。」陳阿車冷笑兩聲，說：「事實是你沒辦法讓我開竅。」

「可惜了……」

啖罪這麼說，小黑廟的廟門咔啦一震，竄出強烈陰風。

陳阿車頭一扭，令長袍大袖捲上口鼻阻擋陰風，右手舉扇指天，後退幾步，跟著對著小廟一指，低喝：「天罰——」

什麼也沒發生。

「小老弟呀。」啖罪嘿嘿笑說：「這裡可是我的地盤呀……」

「地底的魔王呀，這裡是陽世，不是你的地盤。」陳阿車全身被紫黑色陰氣籠罩，仍一手掩著口鼻，一手持扇指天，緩緩說：「你只是在這房子裡弄了小把戲，暫時把天遮住了。」

他說到這裡，又晃了晃破扇，大力朝小黑廟一指，大喊：「天罰！」

仍然搧不出東西。

「我連天都遮了，不是我的地盤，還能是誰的地盤？」啖罪這麼說，還發出一陣吹氣聲。

小黑廟門敞得更開了，吹出來的陰風也更加濃烈；陰風凝聚成大爪狀，將陳阿車整個身子凌空抓起，緊緊捏實。

陳阿車本便乾瘦的身軀開始縮緊，肋骨發出咔啦聲響，他掩著口鼻，一雙眼珠往上吊了吊，像是在瞧自己頭頂，苦笑說：「忘了沒戴帽子，聲音喊不上天……」

他搖搖草扇，呢喃唸咒，身上補丁長袍緩緩向外推撐，將緊抓著他身體的陰氣大爪推鬆了些，讓陳阿車得以喘口氣，再一次舉扇指天，鼓足了全力高聲吶喊：「濟公師父，魔王啖罪這次當眞要上陽世作怪啦，請您借我天雷劈這魔王——」

「哎喲，你都知道我把天遮了，怎麼還以爲借得到力？」啖罪啞然失笑：「你傻了嗎？」

「天——」陳阿車高舉指天的破扇耀起亮白色電光，他吸了口氣，朝小廟門猛地一揮，高聲喊：「罰！」

轟隆——

一記雷電筆直擊向牆上黑色小廟。

炸出耀目光芒。

陰氣大爪陡然消散，陳阿車摔進血水裡，他掙扎起身，朝著四周搧出陣陣金風，金風中還帶著餘電，將血水裡的怪蟲電得彈出水面。

他高舉破扇，抬頭望著不停滴血的天花板，嚷嚷說：「師父，這魔王不簡單，一次天罰肯定電不倒他，您得多借我點……」

他說完，朝著漆黑深邃的小廟門猛地一搧，卻只搧出金風，沒搧出電。

他望著手上草扇，大力搖晃，喃喃說：「咦？怎麼又借不著了？」

他取出手機，只見兩個分割畫面上的針孔攝影畫面快速竄跑——紙鼠正急急奔竄，他連忙對紙鼠下令：「被發現啦？快跑快跑，千萬別被抓著，找個地方再挖洞！快！」

「哼。」啖罪的聲音再次從小廟裡透出。「小老弟，你用什麼方法破我遮天術？」

「你出來我就告訴你。」陳阿車這麼說。

「你來我地盤，就是為了引我用真身上陽世？」啖罪問：「想讓我和那煩惱魔喜樂一樣被逮著把柄，落得同一個下場？」

天地有約，大神大魔不能率先動用真身前往陽世，倘若魔王用真身上陽世，天庭便師出有名，能夠直接點派兵馬降世鎮壓。

近一年前，陰間煩惱魔喜樂用了假身上陽世捉拿叛逃大將夜鴉，卻中了夜鴉的計，被他用向韓杰借得的正版乾坤圈上了銬。

等待許久的太子爺一等到乾坤圈發動，附著韓杰火急殺到，喜樂不得不離開假身，被太子爺逮著了把柄，光明正大地現出真身踩著風火輪凶猛追殺，一槍滅了那橫行陰間多年的煩惱魔喜樂。

「啖罪大王，你想太多啦……」陳阿車苦笑說：「我真的只是奉命來打掃屋子的，你們這些魔王老大又不歸我管，你眞想低調，乾脆像之前七次一樣，裝作沒看到，怎麼樣？」

「裝沒看到？你以爲你們是怎麼進來的？我如果要擋外人進屋，你進得來？」啖罪這麼說，突然咦了一聲。「嗯？你那些老鼠在幹啥來著？噢！他們還能在遮天術上挖洞啊！哈哈哈哈！」啖罪的聲音隱隱透出笑意。「我還以爲你藏著什麼我不知道的法術，原來是派老鼠挖洞。」

「眞不愧是啖罪大王，這麼快就發現啦……」陳阿車長長吁了口氣，捻指施咒，對紙鼠們下令。「老鼠、老鼠呀，你們好自爲之吧……」

原來陳阿車那三隻紙鼠除了能夠偵察之外，背包裡也藏著能夠破解遮天術的符籙法咒，能夠在遮天術裡啃出破口，讓陳阿車一點一點地向天傳訊、借法，但紙鼠僅有三隻，力量有限，鑽出了小洞很快又會被遮天術術力回塡補上，因此陳阿車額外借得的天雷時靈時不靈。

「喔！」陳阿車搖晃草扇，又搖出一陣電光，驚喜說：「小鼠又挖出洞啦？」

他舉著帶電草扇盯著小廟門，喊了啖罪兩聲，也得不到回應，見這地下室血水灑得像是暴雨一般，幾乎要淹上他膝蓋，想起剛剛啖罪口中那句「你以爲你們怎麼進來的？」隱隱察覺不妙，連忙轉身上樓，找田啓法會合。

他奔過長梯，返回廚房，瞧瞧那癱在冰箱裡的大鬼、望望鎖著鎖鍊的後門和小窗，只覺得屋中氣息古怪。

他奔出廚房，來到客廳，見到站在客廳正中的田啓法和將軍，和天花板上那張左爺大鬼臉。

「師兄！」田啓法見到陳阿車上來，嚷嚷叫他：「門窗都鎖上了，我出不去！」

田啓法還沒喊完，天花板上左爺一雙眼睛已經盯住了陳阿車，大鬼臉快速往陳阿車那頭竄去，厲聲吼叫：「你終於來啦——」

「啊？」陳阿車自然不知道左爺將他當成了陳七殺，見對方來勢洶洶，搖了搖草扇，朝著鬼臉一指——

啪嚓一聲雷響，左爺的鬼臉消失在牆上，四周門窗上的鎖鍊紛紛斷裂碎散，那缺了門把的正門敞開一條縫。

「啊！門開了！」田啓法歡呼一聲，急急揹著女人往門外跑。

女人回頭，瞅著陳阿車笑。

這瞬間，陳阿車陡然明白，女人打從一開始就是誘餌。目的是讓他等不及韓杰前來相助，爲了救人提前進屋。

「等等！」陳阿車與田啓法背上的女人四目相對，陡然大喝。「女人有問題！」

「怎麼了？」田啓法停下腳步，轉身望著陳阿車。「有什麼——」

田啓法還沒說出「問題」這兩個字，只覺得雙頰一陣劇痛。

本來昏迷不醒、伏在田啓法背上的女人，此時雙眼大睜、笑容猙獰，持著一柄三十餘公分的漆黑尖錐，刺過田啓法右臉，從左臉穿出。

田啓法像是被注入鎮靜劑般，瞬間暈眩恍神。

「我竟然漏看這傢伙！」陳阿車大步一跨，草扇朝著田啓法大力一搧，搧出一股帶著閃電的金風。

田啓法被那陣帶電金風吹得全身酥麻，回神幾分，又感到雙頰劇痛，同時背上一輕，左顧右看，背上女人在金風撲來之前，便躍離他身子，像頭獸般蹲在樓梯扶手上，笑嘻嘻地望著陳阿車，手指上還捲著幾束黑絲，黑絲連著穿透田啓法雙頰上那柄怪異尖錐。

「唔！」田啓法疼得淌出眼淚彎下腰，臉頰被尖錐穿透處，擴散出一圈圈古怪浮凸黑紋。陳阿車立時上前托住田啓法，接過葫蘆往他嘴裡灌酒，接連使出數種驅邪咒術，也驅不去田啓法臉頰上那柄尖錐效力。

女人數次想逼近田啓法和陳阿車、左爺也伺機露面拋符放術，都被將軍揮爪逼退。

一陣嘩啦啦怪聲自廚房響起，大量血水自廚房湧出。

同時房內牆壁、門窗，都崩出一道道裂痕，裂痕裡也湧出血水；那裂痕一路崩到了天花板，血水暴雨般灑下。

「混蛋……」陳阿車攙著田啓法，令葫蘆伸出莖藤，將田啓法揹綁上背，還伸手撥下田啓法雙腳木屐，自己穿上，來到門前磅磅踢了幾下門，將那本來敞著一條小縫的門踢得更開，卻沒料到門外湧入更多血水。

「怎麼回事？」陳阿車被那血水沖退好幾步，只見窗外血水已經淹到了半層樓那麼高，一下子亂了方寸，眼見血水越積越高，只好往二樓退。

此時二樓幾扇窗也被符籙鎖鍊封死，窗外還攀著許多大鬼。

陳阿車舉著草扇托著葫蘆，不時轉身，只見左爺鬼影在壁面上忽遠忽近地竄，怪女人則維持著古怪笑容雙手揮舞，她每一揮手，田啓法的腦袋都會震動一下。

陳阿車很快注意到，田啓法臉上那尖錐尾端會生出黑絲，黑絲會持續生長，與地面上密密麻麻的黑絲相連之後，便會被女人隨手牽動，像是操偶一般。

將軍幾爪揮出，扯斷黑絲。

但是沒用，黑絲會繼續長、繼續延伸、與其他黑絲相連，讓田啓法被女人牽動。

「師兄、師兄，怎麼回事，我看不見東西……」田啓法一雙眼睛變得漆黑一片，整張臉遍布黑紋，那黑紋延伸到他頸子，往雙臂爬，那女人要是逮著機會趁黑絲相連時揮揮手，田啓法的雙手也會跟著動。

「你……臉上被扎了根刺，那女人能夠控制你手腳。」陳阿車這麼說，陡然感到頸子一緊——

是田啓法雙手掐住了他脖子。

陳阿車揚手揮扇，將一束黑絲斬斷，田啓法雙手立時垂下。

「師父，救我——」陳阿車高舉草扇，草扇耀起閃電。

女人嚇得逃了個老遠，左爺也消失無蹤。

陳阿車喘著氣，也不敢隨意濫用得來不易的天雷，眼見一樓的血水湧上二樓，只好繼續揹著田啓法往上。「師弟，別怕，我們上頂樓！頂樓離天近、離地遠，上了頂樓，說不定能借得更大力量。」

陳阿車急急上樓，但上了三樓，卻還有四樓，上了四樓，還有五樓——這四樓和五樓，模樣和底下三樓大不相同，已經是啖罪在陰間額外加蓋的部分。

「都怪我蠢……」陳阿車氣喘吁吁繼續上樓，一面喃喃自責。「我在地下室聞到啖罪那股味兒，想自己擋著他讓你先上樓，沒想到那女人竟是鬼扮的，我眞該死，幹這麼多年乩身竟聞不出她身上鬼味。」

「嘿嘿。」啖罪的笑聲迴盪起來。「別自責呀小老弟，謊姬是我頭號愛將，她扮成人樣時，能大搖大擺進廟裡燒香，你聞不出來，很正常吶。」

「啖罪呀……」陳阿車停下腳步，仰望四周。「你究竟想怎樣？」

「我想幹大事呀。」啖罪說：「一來缺人手，二來有點饞，在地下窩了好多年，我很想念人肉滋味呀，你自己說說吧，你們兩傢伙比較想當我手下，還是當我點心？」

「哼哼。」陳阿車睨眼瞧了瞧在遠處牆面上飄的左爺鬼影，說：「當你手下是啥下場，我已經看到了。」

「別誤會。」啖罪笑著說：「此一時彼一時，那時候我急著想和摩羅決一死戰，所以隨手拉這傢伙下去充場面，現在我打算好好經營陽世生意，需要些活人跑腿，一般活人能幹的事有限，你們師兄弟看來能幹些——這樣好了，你師父賜你四十年陽壽是吧，你跟著我，我再賞你四十年，這四十年裡，你身體會比年輕人更好，你大吃大喝、遊山玩水、玩女人，全都不是問題，甚至你女人玩膩了，嘴饞想啃了她當宵夜，我保證你嘴裡那口牙，健壯得連骨頭都能嚼碎呀！」

「我沒那種嗜好。」陳阿車繼續上樓，來到不知是七樓還是八樓，終於不再見到向上的樓梯，而是一扇通往頂樓的小門。

他揹著田啓法，帶著將軍奔出小門，來到這加蓋頂樓。

四周十分空曠，他回頭，本來的小門也不知影蹤，他往圍牆奔，但剛奔近圍牆，陡然見到圍牆內側閃耀起一片奇異符陣，將他擋在牆前。

符陣快速擴散到整片頂樓，狀似一只半球體，像是一只巨大炒鍋。

陳阿車、田啓法和將軍，則像是鍋裡的菜。

陳阿車舉著帶電草扇，猶豫著不知是否該放天雷打那符陣，他想了想，又舉草扇指天，大喊：「師父……」

草扇閃耀一下，扇上的閃電亮了幾分，便停下了，似乎只借得一點點天雷。

「抓到一隻。」啖罪的聲音在陳阿車腳下響起。

左爺大鬼臉在遠處探出頭來，張口一嘔，嘔出一團爛糟糟的小東西。

陳阿車先是一愣，跟著取出手機，只見手機上方分割螢幕，正映著自己和田啓法——左爺吐出的那小團爛東西，正是紙鼠，紙鼠爛了，針孔攝影機倒是正常運作，遠遠拍著他和田啓法。

「小老弟。」啖罪說：「你這些老鼠眞有趣，我之前可不知道這遮天術還能夠這樣破。」

「……」陳阿車舉高葫蘆大喝幾口，抹抹嘴說：「你們窩在陰間不用睡覺，沒日沒夜研究這些鬼法術，又是遮天，又是混沌，上頭當然也開始研究反制的方法啦……」

陳阿車還沒說完，頸子陡然又是一緊——田啓法用手臂箍住了陳阿車頸子，彷如摔角裸絞一般。

謊姬站在頂樓另一端牆沿，雙手張揚控制著長長的黑絲。

此時樓頂地板已經布滿黑絲，任憑將軍不停揮爪，這頭扒斷一片黑絲，那頭黑絲已經爬滿陳阿車和田啓法身子。

「師父……」陳阿車被田啓法勒得透不過氣，只得一揮草扇，扇上天雷四面竄掃，轉眼將整片頂樓地板黑絲盡數驅退。

田啓法雙手又垂了下來，似乎清醒一些，喃喃問著：「師兄……怎麼了？爲什麼……我看不見……這裡是哪裡？」

「先喝口酒回回魂。」陳阿車喘著氣，反手托高葫蘆，餵田啓法喝酒。「你別怕，師兄會帶你出去。」

「謊姬……」啖罪的聲音響起。「那小子很難搞嗎？怎麼玩那麼久？」

謊姬那臉怪異死寂的笑容不變，瞪大雙眼，指著田啓法。「帽子……他頭上的帽子……」

「哦——」啖罪這麼說：「原來師兄弟倆都帶著濟公的法寶呀，怪不得能在這間房子裡撐到現在，那些法寶眞這麼好用？」

啖罪說到這裡，輕咳一聲，頂樓法陣陡然閃耀起紅光，竄起一束又一束黑絲。

「喝！」陳阿車感到一股熱氣從腳底升起，將軍暴躁蹦跳幾下，像是受不了地板高溫，一躍到了陳阿車肩上。

巨大法陣左搖右晃起來。

一束束黑絲先是竄得老高，然後朝著陳阿車鏟來。

陳阿車蹬了蹬腳下金木屐，在法陣上奔跑起來，躲避黑絲鏟擊。

左爺的鬼臉在空中浮現，嘴巴一張，嘔出一片血水。

血水灑在這半球形法陣裡，如同在燒熱的鍋中添油般，發出一陣激烈的滋滋聲。

黑絲四面八方捲來，陳阿車揮草扇擊退三束黑絲，將軍揮爪扒斷兩束黑絲，田啓法後背被一束黑絲纏上，黑絲飛快繞上田啓法的頭頸，接上插在他臉頰上的尖錐，再次控制了田啓法心神四肢，令田啓法再次張開雙手，要掐陳阿車頸子——

但田啓法兩隻手像是打起架來，左手架著右手，驚慌地問：「師兄、師兄……是你揹著我？我在做什麼？我剛剛是不是掐了你？爲什麼？」

陳阿車腳下金木屐發著金光，在緩緩轉動的「炒鍋」上奔跑，躲避一束束猶如鍋鏟般的黑絲鏟擊，同時令葫蘆莖藤反綁田啓法雙臂。「你被魔王爪牙偷襲，她能控制你心智，你要保持理智，來，再喝點酒。」陳阿車又餵了田啓法一口酒。

法陣晃動更加激烈，左爺狂嘔血水，謊姬興奮指揮黑絲，四面八方捲向陳阿車。

陳阿車避無可避，被黑絲捲住腰際，又被遭受控制的田啓法咬住耳朵，只好高舉草扇。

天雷轟然落下。

陳阿車落下地，法陣碎成數塊，謊姬瑟縮在圍牆邊發抖，但臉上仍然維持那古怪笑容。

「別怕別怕。」啖罪的笑聲響起，左爺大鬼臉再次竄出地板，嘔出兩坨稀爛小物，那是第二和第三隻紙鼠。

「小老弟，你的老鼠沒了。」啖罪這麼說的同時，頂樓地板再次爬滿黑絲，黑絲在陳阿車面前纏聚成一個高大人形。「天現在看不著我了……」

「你……你要現眞身？」陳阿車喘著氣問。

「沒沒沒，你千萬別誤會，這些絲，是我的魔力。」人形黑絲發出啖罪的聲音，頭上一雙眼睛閃閃發亮，跟著低聲說：「你身上，應該沒有其他能破遮天術的法寶、符什麼的吧？嗯？還是帶著竊聽器，想錄我證據，事後再找我麻煩？」巨大黑絲人形一面說，一面發出更多黑絲，捲上陳阿車全身，扯開他衣服，像是在搜身。

啖罪揪出了三隻紙鼠，知道遮天術不會再破洞，顧忌小了，施展出更大量魔氣凝聚成替身行動。陳阿車穿著戰袍，不怕謊姬也不怕左爺，但與地底魔王的魔力直接對壘，一身法寶可難以支撐，被啖罪黑絲纏著不得動彈，草扇、葫蘆、木屐和田啓法，都被黑絲人形搶下。

陳阿車肩上的將軍雖然能夠打妖咬鬼，但對上地底魔王，可差了不只一截，此時同樣被黑絲緊緊纏繞，連爪子都動不了，只不停發出一聲聲咕嚕吼聲。

「就是這頂帽子護著這小子的心智？」黑絲人形捏起田啓法那金光閃閃的破帽，往地上一扔。

左爺提了只大布袋，跟在黑絲人形身後，挺著桃木劍挑起破帽，放進布袋裡，跟著轉身將散落一地的葫蘆、木屐、草扇，全撿進布袋。

「魔、魔王老大啊……」陳阿車被黑絲人形揪在空中，動彈不得，見自己法寶都給搶了，莫可奈何問：「你拿下兩個修道人當點心還不夠，還想將我師父這套戰袍當成調味料啦？」

「我對這金光閃閃的東西沒興趣。」啖罪笑著說：「但我那朋友應該挺有興趣，他幫了我不少忙，我回送他禮物，也是應該的。」

「朋友？」陳阿車聽得一頭霧水。「業魔啖罪的朋友？又是哪位魔王呀？你在底下，不是跟其他魔王都處不好？」

「那位朋友，不是地底魔王。」啖罪呵呵笑說：「是陽世一位青年才俊。」

陳阿車聽啖罪這麼說，更是摸不著頭緒，也不曉得啖罪是隨口說笑，還是不肯洩露那位「朋友」真實身分。

「謊姬。」啖罪這麼喊的同時，仍操使那黑絲人形提著田啓法，湊至鼻端嗅了嗅，轉頭對謊姬說：「我把他帽子摘下了，妳替我看看這小子腦袋，看看他到底是誰？爲什麼我總覺得他味道有點熟悉吶。」

啖罪這麼說時，那黑絲人形眼睛閃閃發亮，瞅著陳阿車笑，繼續說：「如果跟我猜的一樣，那就好笑了。」

「有……」陳阿車喘著氣說：「有什麼好笑啦？」

「是很好笑啊。」啖罪哈哈笑起。「幹嘛？你還怕人笑？」

陳阿車默默無語。謊姬來到田啓法身旁，雙手搭上貫穿田啓法臉頰那枚尖錐，閉目吟喃施法。

田啓法整張臉遍布黑紋，一雙眼睛漆黑一片，意識早已不知飛到了哪兒。

謊姬儘管閉目施法，嘴巴仍帶著古怪笑容，她喃喃說：「我看見了……」

「妳看見什麼？」啖罪問。

「我看見……」謊姬說：「我看見，一個女人。」

「女人？女人怎麼了？」啖罪又問。

「女人在哭。」謊姬歪著頭。

「然後呢？」

「還有一個男人。」

「男人在做什麼？」

「男人跪在地上，不停道歉。」

「道歉？爲什麼道歉？」

貳壹

男人道歉，是因爲輸了錢。

一筆對這夫妻倆而言，稱得上是天文數字的錢。

男人握著女人的手，説對不起、對不起、對不起、對不起——哀求女人向娘家求援，再幫幫他這次，否則債主找上門，不僅是他，連她和兒子都會很慘。

女人涕淚縱橫，説娘家早和她斷絕關係了，不可能再借得到錢。

男人抹去眼淚，説如果是這樣的話，他們必須分開了——只有這樣，才能讓她和兒子免於被債主盯上。

女人説他王八蛋。

他説女人沒説錯，他就是王八蛋，不折不扣的王八蛋。

他説女人什麼都好，唯一不好的地方，就是看上他這個王八蛋。

然後，男人簡單收拾了家當，頭也不回地離開。

然後，女人一天天變老，身邊多出了另個男人。

似乎是個有肩膀、有成就的好男人。

「喔！大王，他又出現了。」謊姬歪著頭。

「誰？」啖罪問。

「他。」謊姬伸手指著陳阿車。「老了幾歲。」

「他在做什麼？」啖罪問。

「嗯，不曉得……」謊姬這麼說。「他看著我，一直給我糖，也不說話。」

「哦？」啖罪好奇操使著黑絲人形，搖了搖陳阿車，問：「這小子是你兒子？你當年拋棄他們母子，後來又偷偷餵你兒子吃糖幹嘛？」

「……」陳阿車被黑絲纏在半空，眼眶發紅，吸了吸鼻子，說：「他迷路了，我陪著他等爸爸……」

「你怎麼知道他迷路？你跟蹤你兒子？」

「我前一天掃完一間鬼屋，喝了一整夜酒，睡得正甜，師父在夢裡通知我，說我兒子迷路了，哭得亂七八糟……」

「然後，你就去找他了？」啖罪問：「你怎不跟他說話，只餵他糖吃？怎不告訴他你才是他爸爸？」

「我有什麼臉說話……」陳阿車低下頭。「有什麼資格當他爸爸……」

「嘖嘖。」啖罪呵呵笑。「我說小老弟呀，既然你不想當人爸爸、也不想當人丈夫，當年我要你去殺掉他們一家，你爲什麼不照著做呢？」

陳阿車抬起頭，望著啖罪魔力幻化出來的黑絲人形。「我自己愛賭愛喝，躲債趕跑老婆，老婆後來再嫁，我卻要殺人全家？我像是畜生嗎？」

「很像啊。」黑絲人形捏著陳阿車臉頰左右翻看。「就算一開始不習慣當畜生，練習一下，說不定會愛上當畜生的感覺呀……當年我收你當弟子，你不要，這大好機會，現在讓你兒子繼承好了。」

「你……」陳阿車望著黑絲人形頭上兩枚陰邪眼睛，喃喃說：「你要他繼承什麼？」

「繼承當我弟子的資格。」啖罪笑著說：「當年你不敢幹的事，現在我手把手教他幹；當年你享受不到的東西，讓他替你享受。」

「你……」陳阿車隱隱會意，說：「你要讓我師弟殺我，然後再收他當弟子？」

「對呀。」啖罪這麼說：「兒子就兒子，什麼師弟，你管兒子叫師弟，裝模作樣的，都不會覺得尷尬？」

陳阿車閉目不語。黑絲人形手一揚，五指竄出黑絲，摘下陳阿車肩上那件補丁長袍，摺成整齊豆干狀，擺入左爺手中布袋裡。

左爺俐落地拿張符抖了抖，變化出一條鎖鍊，緊緊纏繞住袋口，將布袋揹在背上，恭敬站在黑絲人形身後。

陳阿車被摘下長袍，更加無力對抗啖罪魔力，被一束束黑絲緊縛著手腳，按在田啓法面前。

謊姬招來左爺，耳語幾句，左爺掏出幾道符，一一施法變化，化出各式各樣的長短刀具、利斧鋸子、榔頭扳手，甚至是一些酷刑專用器具。

謊姬將這些器具，在田啓法面前排成一排。

「斬首、淩遲、切腹、剖心、挖眼……」唊罪邊思索著邊呢喃自語，似乎一時無法決定讓田啓法用什麼方式弒親，他反而向陳阿車徵詢意見。「小老弟，你自己說吧，你比較怕被兒子切開肚子，挖空內臟；還是怕被兒子一刀刀割下身上的肉，放進鍋子裡燙熟了吃？」他說到這裡，噗嗤一笑。「我會叫他用你比較怕的方法來玩。」

「……」陳阿車跪在田啓法身前，抬頭望著滿臉浮凸黑紋、雙眼空洞漆黑的田啓法，茫然地說：「那兩種選擇有分別嗎？你別叫他一口口咬下我的肉就行啦……」

「哦！」唊罪像是拾得靈感般，哈哈大笑，控制著黑絲人形大手一揚，將田啓法身旁數十樣刀械刑具掃飛老遠。「這點子不錯啊，為什麼我沒想到，兒子咬爸爸，一口一口吃下肚——還有什麼比這更毒更惡的事了嗎？」他說到這裡，還令黑絲人形轉頭笑著責備起謊姬：「你們想像力太貧瘠了，連個老傢伙都不如。」

「噫！」謊姬仍維持著笑臉，但不服輸地又向左爺說了些話。

左爺又掏出一疊符，變化出一排瓶瓶罐罐，放到田啓法身前。

「這又是啥？」唊罪咦了一聲，令黑絲人形彎腰細看那排瓶罐，喃喃自語。「童魂、人血、人肝醬、胎盤膏、嬰屍粉……哦！是調味料呀！謊姬，虧妳想得出來，我收回剛剛的話，妳有資格當我左右手。」

「嘻。」謊姬那張萬年不變、皮笑肉不笑的笑臉裡，隱隱透出幾分眞心欣喜的光彩，向黑絲人形鞠了個躬，後退幾步，揚手操線，對田啓法下達命令。

田啓法歪著頭，抓起陳阿車胳臂，咧開嘴巴，露出一排漆黑牙齒。
貫穿田啓法臉頰的那柄尖錐，生出一枚枚銳齒，在他口腔中旋轉起來，彷如絞碎機般。
田啓法大口咬住了陳阿車胳臂。
「啊……」陳阿車痛苦哀號起來。
天空中一團團暗雲微微閃耀起青色的電光。
田啓法從陳阿車胳臂上喀嚓咬下一大口肉，快速咀嚼、嚥下——他口中那支生著利齒還不停旋轉的尖錐，不僅沒有妨礙咀嚼，甚至還加快了他的咀嚼速度。
然後是第二口、第三口、第四口。
一口比一口大，鮮血自陳阿車那東缺一塊西缺一塊的胳臂淌下，染紅了陳阿車滿臉。
第五口、第六口、第七口，然後換另一隻手，第八口、第九口……
「我過去欠你的……」陳阿車痛得眼淚鼻涕流了滿臉，不停哀號，說：「今天算是全還給你啦……」
「小老弟呀。」啖罪笑嘻嘻地說：「你求他有什麼用，怎不求我？」
「求你……有用嗎？」陳阿車痛苦哭號。
「說不定有喔。」啖罪這麼說：「我想聽你求我，我想聽濟公弟子求我。」
「我不想……求你……」陳阿車胸腹激烈起伏，痛得透不過氣。
「繼續。」啖罪這麼說。
第十一口、第十二口、第十三口——田啓法繼續啃食陳阿車雙臂，跟著他動作停下，本來漆黑的雙眼，微微綻放出金光。

「嗯？」啖罪感應到田啓法氣息略有不同，哦了一聲。「老酒鬼，原來你的血肉裡也有那葫蘆仙酒的效力？」

陳阿車深深吸了口氣，乾癟的肚子鼓得老高，然後猛地一吐——

一股金黃酒水自他口中噴出，噴了田啓法滿臉。

一部分金光閃閃的酒霧拂濕了田啓法的臉，洗去田啓法眼裡的黑絲和臉上黑紋，啪嚓一聲，貫穿田啓法臉頰的尖錐應聲斷裂，田啓法一口黑牙快速返白。

更多酒霧直直竄上天，化爲一條金龍，往天空竄。

「師父——」陳阿車鼓足了全力大吼。「救命呀——」

啖罪魔力幻化而出的黑絲人形一揚手，幾束黑絲飛快往上竄，將那條金龍又拉回到陳阿車面前，當著他的面將金龍扯成碎片。

「你沒說你藏著壓箱寶。」啖罪嘻嘻笑，黑絲人形抬起腳，緩緩踏在陳阿車腹上，說：「肚子空了嗎？還能不能再吐幾條龍出來？」

「唔、唔唔……」陳阿車肚腹像是被油壓機緩緩碾壓般，嗆咳幾聲，嘔出大口大口鮮血，再也吐不出酒水了。

「啊！」恢復神智的田啓法見到眼前慘不忍睹的陳阿車，一下子還不知道發生了什麼事，驚恐大吼：「師兄，你怎麼了？發生什麼事？」

「別怕。」謊姬在田啓法背後現身，自後抓住他的手，拿起陳阿車一隻破破爛爛的手，往他嘴巴湊。「吃，快吃，很香吶，很快你會愛上這個味道……」

「什麼？」田啓法抓著陳阿車那少了大半肉的胳臂，驚駭尖叫：「怎麼回事？不要！不要啊！」

「你嫌老肉不好吃？」謊姬嘻嘻笑著，揚了揚手，揪起被五花大綁的將軍，往田啓法嘴裡塞。「再不然吃貓，別怕，咬下去，整顆頭咬碎。」

「嘩。」啖罪笑嘻嘻地說：「下壇將軍很補呀，你吃了他，你會變得更補。」黑絲人形揚起手，摸了摸謊姬頭髮：「謊姬，妳也越來越香了。」

「嘻。」謊姬回頭，親吻黑絲人形的手，彷彿一點也不介意將來成爲啖罪的點心。

「唔唔——」田啓法口裡被塞了大半顆貓頭，瀕臨崩潰。

「啊？」陳阿車茫然望著天空，呢喃說起話：「什麼？洞不夠大，你老人家沒辦法下來？把洞挖大點？嗯？可是我現在……」

「怎麼回事？」啖罪愣了愣，察覺到些許不對勁。

謊姬、左爺抬起頭望著天空，天上紅雲裡閃爍的青光更加明顯。

「還有其他老鼠！」啖罪猛地大吼。「上頭看得見——」

黑絲人形陡然傾塌消散，化爲一團黑煙，啖罪的怒吼迴盪起來：「把老鼠給我全抓出來，別讓上頭抓到把柄！」

天空青雷劈啪炸響著，左爺提著裝有陳阿車戰袍的布袋，正要領命去抓老鼠，突然啊呀一聲，跌倒在地，布袋整個炸開。

青色雷電四處噴掃，頂樓地板被青雷掃過，崩出一道道裂痕。

「吼——」將軍掙斷了黑絲綑縛，從田啓法口中抽出了腦袋，身子蹦了個老高，騰在空中虎吼著朝謊姬揮爪。

「呀！」謊姬急急奔逃，閃過兩記虎爪，挨著第三記虎爪，後背啪嚓多出數道巨大血痕，厲笑慘叫。

「師兄！怎麼回事？」田啓法急忙攙扶起陳阿車，只覺得腳下開始鬆動，這加蓋建築似乎快要傾倒了。

陳阿車整塊腹部給踩扁了，無力回答，只氣若游絲地唸了咒，將那破帽、破袍、木屐、草扇、葫蘆倏地喚回身邊，穿戴上身，顫抖地托起葫蘆，往嘴裡灌了幾大口酒，這才像是回了魂，呀哈一聲蹦跳起身，揪著田啓法站起。

「別怕。」陳阿車吐了口酒在手上，左右拍了拍田啓法的臉，施咒驅除他臉上餘毒。

「你剛剛中了啖罪毒咒，失去意識，現在沒事了。」

「什麼？毒咒？」田啓法聽得一頭霧水，還要發問，只聽得腳下一聲裂響，地板碎散。

陰間的透天厝加蓋至七、八樓，陽世的透天厝只三樓，重疊在混沌地帶裡，剛剛那陣青雷擊碎了陰間加蓋的部分，因此陳阿車、田啓法和將軍此時從七、八樓高的空中，往三樓頂墜落。

「沒事沒事，不過就是墜樓而已——」陳阿車嚷嚷笑叫，破袍雙袖繞過他雙肩，兩隻袖口分別揪著長袍下襬兩角，整張大袍受風鼓脹，猶如一隻小降落傘。

陳阿車一手托著葫蘆生出莖藤將田啓法和將軍捲來身邊，一手握著草扇朝頭上狂搧金風。鼓成大包的補丁長袍在草扇金風吹拂下，進一步減緩墜勢。

兩人一貓安然落回透天厝頂樓。

「啊？天上又是什麼東西？」田啓法站穩身子，只見空中亂糟糟的全是飛鳥，仔細一看，飛鳥似乎分成兩邊。

一邊是數十隻白色小麻雀，一邊是百來隻黑烏鴉。

小麻雀們爪子上抓著綻放白光的符，在屋頂旋繞，被大批黑烏鴉瘋狂追咬，卻怎麼也不肯離開透天厝上空。

「謝謝啦，我的好朋友！」陳阿車嘔出幾口血，令長袍雙袖捲上他那雙殘破不堪的胳臂，又令袍子裹住他扁塌腹部，東張西望，最後對著先前他與田啓法遠望透天厝的山腰方向揮了揮草扇。「謝謝啦——」

「師兄，你向誰道謝？」田啓法不解問，見陳阿車朝他拋來葫蘆，連忙接住。

「就是你見過的那三個。」陳阿車哈哈笑著，朝天搧金風，驅趕黑烏鴉。

「我見過的……」田啓法呆了呆，猛然醒悟。「是小姜、黎哥跟梅子？」

「就是他們。」陳阿車說：「剛剛我被魔王整得半死不活，聽見師父跟我說話，師父罵我蠢，說他昨晚本來託夢通知小姜跟梅子，要他們帶更多紙鼠紙鳥來幫我挖洞，誰知道我提前進屋……」

「挖洞？」田啓法問：「挖什麼洞？」

「在遮天術上挖洞。」陳阿車領著田啓法和將軍進入樓梯間，見到樓梯間還積滿血水，立刻搖草扇借天雷，直接往血水上打。

一記天雷能夠轟去半層樓高的血水，被驅盡血水的三樓，鑽出一隻隻鬼，咆哮擁上樓阻止陳阿車等下樓。

左爺和謊姬混在群鬼之中，探頭扔符、甩黑絲偷襲。

暴怒的將軍咆哮撲進鬼群裡，彷如衝入雞群的獵犬般，每一記虎爪都扒飛好幾隻鬼。

陳阿車繼續搖扇借天雷逐樓驅血水，領著田啓法繼續下樓，向他解釋眼前情況：「我寫了一些能夠破解遮天術的符，藏在小姜紙鼠小包袱裡，讓紙鼠在房子裡四處鑽洞、破壞遮天術。你昏迷時，魔王抓光我們紙鼠，以爲上頭看不見他，才現身修理我。本來我以爲我完了，但是小姜和梅子放出的紙麻雀又幫我們挖出新洞，讓我借到了天雷。」

「那……」田啓法捧著葫蘆，跟在陳阿車身後，像上次在靈顯天尊家那樣噴酒掩護。

「那現在要幹嘛？」

「要找到遮天術的施法位置——肯定就是那間小破廟！哼！」陳阿車說：「師父說遮天術上的破洞太小，他下不來，要我挖個大洞。」

「濟公師父要親自下來？」田啓法驚喜問。

「是啊！」陳阿車抵達一樓客廳，急急往大門走。「他老人家見到啖罪欺負我，很生氣，說要下來灌那傢伙喝酒。」

「呃……」田啓法見陳阿車不去地下室，卻是往門走，困惑跟上。「師兄，你不是說遮天術施法位置是那地下室的小廟？」

「是啊。」陳阿車腳踏金木屐，重重往大門踹，將門上符籙鎖鍊踹得鬆脫斷裂，跟著轟隆一腳將門踹開。

門外狂風大作，四周混沌的效力並未完全消退，仍有一部分空間與陰間重疊，透天建築外依舊聳立著陰間施工鷹架，院子裡飄著焚灰死寂的風，但隱約能夠瞧見陽世晴朗天空。

「傻瓜，小廟埋在地下室牆裡，就在前院土裡！快快快，快出去——」陳阿車急著將田啓法推出門，轉頭喊著殺紅了眼的將軍。「將軍，別打了，快出來，讓濟公師父下來主持公道呀！」

將軍四處扒鬼、不時甩頭，想要甩去剛剛被田啓法含著腦袋時沾到的口水，他一時找不出左爺和謊姬，聽陳阿車在門邊大聲喊他，這才怒嘯幾聲，恨恨奔向陳阿車、奔出大門。

「哼，看我……」陳阿車吁了口氣，正要出門，身子卻陡然一震，雙腳像是被釘在門內般動彈不得。

「師兄？」田啓法見陳阿車呆滯在門後，也不知道發生了什麼事，上前伸手在陳阿車面前晃了晃。「你……怎麼了？」

陳阿車一把握住田啓法的手。

田啓法瞪大眼睛，被陳阿車身上透出的那股前所未見的魔力震懾得全身發軟。「你、你、你……」

「我什麼我？」陳阿車歪著頭瞅著田啓法，雙眼瞬間殷紅一片，嘴裡生出利齒。「你來我地盤惹事，還不知道我是誰？」

「魔王啖罪！」田啓法嚇得魂飛魄散。「你上我師兄的身？你不怕天上看見？」

「沒辦法，你們養了那麼多老鼠麻雀，反正露餡了，一不做、二不休……」啖罪笑著說：「你們這道弒親大菜香得我口水流滿地，我捨不得放。」

「弒親大菜？你說什麼？」田啓法含了口酒，往陳阿車臉上噴，在陳阿車臉上燒出一陣金煙，啖罪的魔力卻絲毫未減。

「聽不懂沒關係，進來，我們一邊吃一邊聊。」啖罪附在陳阿車身上，猙獰笑著，舉起陳阿車那破爛胳臂，咬下一塊肉在口中嚼。「你剛剛吃得很開心吶，別忘記那種感覺。」

「什麼？」田啓法聽得一陣毛骨悚然。「你說我剛剛……吃我師兄？」

「別怕別怕。」啖罪笑著說：「我陪你一起吃。」

「老阿車——」後頭一聲暴喝，一個身覆東洋鎧甲的紙雕武士躍過大門，衝進庭院，拔刀斬倒幾隻攔路鬼，朝天拋出一疊符，符在空中耀出白光。

「你愛喝酒，對吧？跟我下去，我請你喝好東西。」啖罪笑嘻嘻地將田啓法往屋子裡拉，但他只將田啓法的手拉入幾吋，便拉不動了。

啖罪愣了愣，只見站在門外的田啓法滿面金光，似笑非笑地望著他。

「要請我喝好東西啊？那我就不客氣啦！」一個陌生而蒼老的聲音，自田啓法喉間發出。

「濟公師父降駕啦——」那紙武士奔到田啓法身後，被田啓法身上炸射出的耀眼金光嚇退幾步，恭恭敬敬地單膝蹲跪下地。

「啊！」「師父？」小院外，又奔入兩人，是小姜和梅子。他倆遠遠見到濟公降駕在田啓法身上，與陳阿車互握著手腕，都驚愕不已。

小姜奔到紙武士身後，用膝蓋頂了頂紙武士的背，惱火說：「喂喂喂！你跪著幹嘛？你膝蓋沾著土了！」

「沾著土又怎樣？」紙武士回頭瞪了小姜一眼。「濟公師父向你借道具來幫老阿車，你捨不得是吧？」

這紙武士便是小姜在老家的地下工作室裡，向陳阿車和田啓法炫耀過的那尊「萬人敵」——紙武士身中裝著紙心臟，附在紙心臟裡的魂，便是黎幼白——

三人儘管彼此看不順眼，但清晨接到濟公請求，仍然備齊傢伙趕來幫忙，只不過陳阿車和田啓法誤將躺在地下室裡的謊姬當成受害活人，搶先進屋，錯過與三人會合的機會。

「我不是捨不得，只是……」小姜見濟公在場，也不好向黎幼白發脾氣，只低聲說：「濟公師父沒要你跪，你偏偏要跪。你可以站著……」

「濟公師父救過我家族性命，跪這麼一下，算得了什麼？」黎幼白附在紙武士身上這麼說，還放下另一膝，兩膝著地，跟著整個身子往地上一趴：「我對他老人家是五體投地！」

「你……」小姜見自己寶愛的紙武士鋪在土上，氣得咬牙切齒，但也不好發作。

「道濟……」陳阿車握著田啓法手腕，雙眼紅光四射，咧開嘴像是想笑，卻又沒笑出聲，彷彿有些緊張，他喃喃說：「我都不知道自己這麼大面子，請得動你老人家親自下來。」

濟公降駕在田啓法身上，右手與陳阿車互握著，扭扭鼻子搔搔臉，瞅著陳阿車身子裡的啖罪說：「這麼多年不見，你地底事業越搞越大，搞上陽世開連鎖鬼屋，把我兩個徒弟搞成這副模樣……」濟公說到這裡，用田啓法的手，翻翻陳阿車手腕，檢視眼前陳阿車那雙枯瘦胳臂上一處又一處啃咬缺口，再望回陳阿車臉上，冷笑說：「我要是再不下來敬你兩杯，你大概要把鬼門開上天、開進我房間廁所啦！」

「道濟啊……這裡不是陽世，是混沌，這混沌怎麼出現的，我也不清楚。」啖罪微笑說：「我只是閒來無事，在陰間閒晃，路過這地方，撞上個陽世活人，你老人家不會不知道，陽世活人在陰間，力大無窮吶，我怕他闖禍，所以上他身，想帶他上城隍府，交給城隍爺發落，盡一份好市民的義務。」

「我是他師父，專程下來找他喝酒，你要把他交給城隍？那不如交給我吧。」濟公堆起笑臉，嘴巴朝身後黎幼白等吆了吆，對啖罪說：「我一堆徒子徒孫們看著呀，給我一個面子嘛。」

「給你面子……」啖罪冷笑兩聲，壓低聲音說：「我更多手下在底下等我帶下酒菜回去，你要面子，我難道不要？」他說到這裡，又拉高分貝，大聲說：「道濟啊，你來陽世找徒弟喝酒是你的事，但是我說過了——這地方不算陽世，我在這裡幹什麼，天規也管不著，你要是有意見，回天上申冤，或是向地府告狀，都行——或是你想像中壇元帥太子爺那樣，下陰間拔閻王鬍子、賞城隍耳光，也行吶！」

「好，天規不下陰間，這兒也不是陰間，我也沒拿天規壓你，我也是剛好路過，找我徒弟喝兩杯，應該沒違規吧。」濟公伸出左手，在空中一晃，晃出一只黃金葫蘆，托在手上輕搖。「還是你也想跟我喝一杯？」

「不想。」啖罪望著濟公手中那金葫蘆腰上繫著的華美墜飾搖曳擺動，冷笑說：「我喝自己的東西。」

「你剛剛自己說有好東西要請我徒弟，怎麼不順便請我？」濟公托起金葫蘆，仰頭咕嚕嚕喝起酒，一面喝，一面瞇著眼睛睨視啖罪，嘟嘟囔囔說：「原來鼎鼎大名的業魔啖罪是小氣鬼。」

「我說的那好東西，正釀著呢……」陳阿車兩隻眼睛邪氣逼人，啖罪張開陳阿車的嘴，挑出那條變得烏黑的舌頭，笑嘻嘻地呵出一股酒氣。「我不是不請你，我怕你喝不下。」

濟公嗅得陳阿車呼出的那奇異酒氣裡的魔味，陡然鼓嘴朝陳阿車——啖罪臉上猛噴一大口酒。

啖罪像是早料到濟公要往他臉上噴酒，也不驚訝，只是略微側了側頭，任那黃金酒水噴濕陳阿車大半張臉。

陳阿車頭臉上立時蒸騰出滾滾紫煙。

濟公不再出力與啖罪拔河，而是握著陳阿車手腕將他往屋裡推，附著田啓法一起踏入那透天厝中，瞪著啖罪說：「你用魔力釀我徒弟血肉魂魄？」

「凡人被我附上、沾著我魔氣，自然而然就被釀成美酒、燉成佳餚——」啖罪呵呵笑說：「你現在放手，讓我帶這老傢伙回去交給城隍，說不定能保他一條魂，再拖下去，他的魂被釀成魔酒，你可別怨……」

啖罪還沒說完，鼻子重重挨了濟公一拳。

「一壺高粱喲——」濟公左手一揚，接下他出拳之際拋上天的黃金葫蘆，又喝一大口，笑咪咪地說：「這樣也不錯，阿車最愛喝酒，前半生喝人酒，後半生喝仙酒，死了還變成一杯魔酒，這叫死得其所。」

「幹嘛？」啖罪伸出舌頭，舔舔挨了拳頭的鼻子——本來陳阿車舌頭可舔不著鼻子，但被啖罪魔力燉了一會兒，身子有些異變，一條舌頭變得又黑又長。「你想來硬的？你不是說不拿天規壓我？你現在用什麼身分、用什麼理由動武？」

「我沒動武，誰動武了？」濟公又喝一口酒，鬆手放開陳阿車手腕，揚手往後一揙，捲起金風帶上透天厝正門，笑嘻嘻地對啖罪說：「我和我徒弟喝酒划酒拳，你怕痛不想玩，可以滾回老家。」

「啊……划酒拳？」啖罪呆了呆。「划酒拳是這樣划的嗎？」

「每種拳不同玩法嘛——五杯竹葉青喲！」濟公攤攤手，陡然一巴掌往陳阿車臉上揙去，啪地好大一聲，伴隨著如雷聲響，結結實實賞了啖罪一記耳光。

濟公吹吹巴掌，瞪著啖罪說：「你怎麼不出拳？你到底會不會玩？」

「……」陳阿車額上黑筋浮凸，眼耳口鼻溢出濃烈魔氣，身上那啖罪怒笑說：「能和名震天下的降龍羅漢划拳，是我的榮幸呀。」

「兩罐啤酒！」濟公附著田啓法身子，陡然往前一竄，伸出二指插進陳阿車鼻孔，將陳阿車腦袋插得後仰，另一手倒轉黃金葫蘆，將葫蘆堵進陳阿車嘴裡，嚷嚷叫：「輸了喝一壺！」

啖罪吼地一腳踹開濟公，彎腰嘔出幾口黃金酒水，一身魔氣濃烈炸出，惱火瞪著濟公。

「划酒拳你怎麼出腳？」濟公抹抹葫蘆嘴，自顧自喝了一口酒。「多罰一壺。」

「你划的拳我不會，我划我自己的拳……」啖罪連連呸著口水，呸在地上的口水蒸出的煙霧有金、有黑，同時帶著神力和魔力。

「你想划什麼拳啊？」濟公說：「天底下沒有我不會的酒拳，你儘管划呀。」

「那你看看，我划的是什麼拳？」啖罪冷冷一笑，舉起陳阿車左手，握成拳——往自己臉上打去。

磅——

這拳將陳阿車下巴打得脫了臼。

啖罪不等濟公答話，第二拳第三拳接連搥在自己——陳阿車臉上。

他第四記拳沒觸著陳阿車臉頰——便被竄來的濟公再次抓住手腕。

濟公望著眼前顴骨碎裂、下巴脫臼、整張臉腫脹得像顆球的陳阿車，惱火瞪著啖罪，說：「你這什麼狗屁酒拳？哪有人酒拳打自己的？」

「我也從沒聽過酒拳是往人身上打啊。」啖罪笑著說：「怎麼，你心疼啊？」

他剛說完，又抬腳踹退濟公，舉起陳阿車一雙被啃得破破爛爛的胳臂，魔氣爆發，十指長出尖銳黑甲，往自己身上亂扒起來，尖笑吼叫：「這傢伙以前是我徒弟，結果背叛師門，跑去跟了你；我釀他、吃他，有什麼不對？你想划拳？就來划呀——」

陳阿車全身漫溢出黑氣，黑氣裡帶著濃濃的藥酒氣味，啖罪卯足了全力「釀」著陳阿車血肉魂魄。

「阿車！」濟公吆喝一聲，腳踏彩雲、拳披金風，舉著葫蘆撲向啖罪，吆喝著隨興編造的酒拳歌，一拳一拳往啖罪身上招呼。「三碗茅台二鍋頭喲，兩口大麴五糧液——」

濟公將陳阿車揍倒在地，騎坐上陳阿車腰際，掄著金光閃耀的拳頭，一拳拳往陳阿車身上打，雖打滅了陳阿車血肉裡的黑氣，卻也打裂陳阿車一根根骨頭。

啖罪附著陳阿車躺在地上，對濟公一輪重拳不避不擋，只不停伸手往陳阿車頭臉胸腹抓扒，抓過之處，皮開肉綻，被濟公打滅的黑氣又死灰復燃。啖罪尖聲大笑：「蠢蛋！你看看！兩個師父聯手打你，你有沒有後悔當初背叛我，去跟這道濟呀……」

「……」濟公左手掐著陳阿車頸子，右手抓著葫蘆高高舉起，葫蘆閃耀起陣陣電光。他望著不成人形的陳阿車，說：「阿車……師父光划酒拳，可能救不了你……你有沒有話交代？」

「蠢蛋，你師父問你話吶！」啖罪用陳阿車的手，賞了陳阿車兩巴掌。「回答他，也回答我，你後不後悔啊？」

陳阿車雙眼銳光消褪，恢復成正常眼睛，喃喃地說：「師父……所有事情……我都交代給啓法了……以後……還請您……多多照顧啓法，他不是聰明人……但本性不壞……」

「蠢蛋生的兒子還是蠢蛋！」陳阿車聲音陡然又變得尖銳嚇人，一雙眼睛再次爆射出啖罪魔力，雙手十指併攏，像是利鏟般硬生生往騎坐他腰上的田啓法兩側腰中插去。「蠢蛋父子的師父也好不到哪裡去呀哈哈哈——」

陳阿車雙手在田啓法腹腔裡扒抓起來。「父子酒，釀成一瓶吧——」

「……」濟公高舉過頭的葫蘆，彷如隕石墜地，往陳阿車臉上砸下。

刺眼電光在陳阿車臉上炸開。

小姜、梅子和那附著紙武士的黎幼白，本來守在透天厝前，和群鬼對峙，不時轉頭望窗，關切屋內戰況，卻見窗裡青雷炸開，被透窗掃出的青雷嚇得抱頭退遠，隱約只見屋內光芒中，田啓法的身影正和一股巨大人形黑氣，爭搶著一具破破爛爛的身子。

庭院外腐鏽鷹架被透射出窗的青雷掃過，登時崩塌消散；天上的黑烏鴉一隻隻落下，碎成黑灰；透天厝牆上一塊塊腐壞焦跡、地板上血水、門窗符籙鎖鍊，四周群鬼、左爺、謊姬，都不見影蹤。

好半晌過去，小姜大著膽子推開門，只見客廳亂成一片，田啓法歪歪斜斜地盤腿坐地、腦袋低垂，在他面前，是四分五裂的陳阿車。

貳貳

「這是什麼東西？」

「這是魚。」

「魚？魚是長這樣子的？」

「是魚啊，魚在天空游泳。」

小手捏著小魚，舉在空中搖晃。

天上大團的雲扮演海草，小團的雲扮演水母，讓小魚穿梭，和小魚共舞。

小手捏著小魚，放上男人掌心。

「吶，送給你。」

「送我？」

「你請我吃糖，我送魚給你。」

「謝謝啊。」

「不可以丟掉喔。」

「好。」

田啓法睜開眼睛，發現自己盤腿坐在三輪車後座小棚裡。

他覺得頭頂有些搔癢，抬起頭，是那串晴天娃娃墜飾微微晃盪，底下吊著的玉蘭花觸著他頭頂。

玉蘭花有些枯萎。

他抬起手，摘下玉蘭花，想找時間換朵新的。

他望著幾枚晴天娃娃，伸手撥了撥，隱隱覺得有些眼熟。

他取下整串墜飾，捧在手中細看，這是他第一次這麼仔細端詳這醜墜飾，先前他曾問過陳阿車這串東西究竟是啥玩意兒，陳阿車只說是他的幸運符。

他捏著拇指大小的「晴天娃娃」湊在眼前，發現這晴天娃娃外皮幾乎褪了色，但隱約可見淡淡的圖樣紋路。

像是糖果紙。

他望著手中的「晴天娃娃」，剛剛夢裡捏石子做小魚的畫面，不停浮現眼前。

「爲什麼……」他抓著頭，一下子摸不著頭緒。

他捏著墜飾，鑽出三輪車小棚，站在深夜裡半山腰處，四處喊著：「師兄、師兄……」

他沒有得到任何回應。

他呆愣愣地站在三輪車旁，和窩在小棚頂上的將軍大眼瞪小眼半晌。

他轉頭，望向三輪車旁擺在地上當桌的行李箱上那堆塑膠杯、空酒瓶和滷味袋子，啊呀一聲，喃喃說：「對喔，師兄退休了……」

「我怎麼忘記了……」他來到那行李箱前坐下，翻翻食物袋，舔舔嘴唇，東張西望找他的葫蘆，發現葫蘆就掛在他胸前。

他舉起葫蘆往嘴裡倒了口高粱，嫌太烈，改倒一口清酒潤潤口。

支離破碎的畫面終於在他腦袋裡浮現出來，他想起濟公降駕，舉著葫蘆，放下落雷，將死賴在陳阿車身子裡不走的啖罪打回陰間。

濟公附在他身上，將陳阿車屍體用長袍裹起，令小姜和梅子張羅酒菜，帶著他們來到先前監看透天厝的半山腰上，替陳阿車那臭皮囊，舉辦了一場小小的退休餐敘。

濟公附著田啓法向眾人敬酒，有一句沒一句地講陳阿車的過往趣事。

黎幼白三人儘管都好酒，但望著裹有陳阿車臭皮囊的長袍包袱，聽濟公說陳阿車魂魄被啖罪魔力釀得亂七八糟，可能要魂飛魄散了，都開心不起來。加上彼此不合，三人也不多話，只一杯接著一杯，不時獨自舉杯向包袱敬酒，偶爾轉頭偷偷拭淚。

田啓法坐在行李箱前，吃著剩菜配葫蘆酒，努力回想整日過程，只覺得記憶支離破碎。

直到他吃光了殘餘滷味，喝下不知道幾口酒後，他想起了紙鼠偵察過程、想起那渾身寫滿符字的女人、想起她是魔王手下假扮、想起了客廳裡的左爺、想起他臉上刺痛——他摸摸臉，雙頰上僅留著極淡傷疤，是濟公降駕時施法治好他身上的傷。

他覺得腹部有些微微發疼，掀起衣服，隱約見到側腹上兩處瘀傷痕跡。

然後他想起將軍發威的模樣，來到三輪車旁舉葫蘆向將軍敬酒。

將軍才不理他。

他又想起陳阿車被魔王附身時雙眼發紅的樣子。

想起了濟公降駕，自己金光閃耀、托著黃金葫蘆找啖罪划酒拳的模樣。

「三碗茅台二鍋頭……兩口大麴五糧液……」他想不起整段划酒拳的細節過程、想不起這套酒拳究竟打中陳阿車身上哪些地方，但對拳歌內容，倒是記得清清楚楚。「一壺高粱、兩罐啤酒、五杯竹葉青……」

他記憶比較清楚之處，大多是陳阿車變成一只大包袱之後的事。

退休餐敘上，濟公說陳阿車功德圓滿，要大家向陳阿車敬酒。

一口接著一口。

一杯接著一杯。

濟公還說，從今以後，整套戰袍就交給田啓法了，不但要大家向田啓法敬酒，也帶頭敬田啓法，用田啓法的手舉葫蘆喝酒，然後將手還他，讓他舉著同樣的葫蘆回敬。

田啓法回想至此，站起身，跳了跳，身子隱約發了陣光，補丁長袍、破帽、草扇、金木屐，都還在他身上，他可以控制這套戰袍何時顯現、何時隱匿——

餐敘上，濟公說這陣子算是非常時期，他允許田啓法日夜穿著戰袍，繼續監視這透天厝。

當時眾人忍不住問魔王不是逃回陰間了，爲什麼要繼續監視這棟房子。

濟公說啖罪那王八羔子狡詐混蛋，即便一時逃跑，之後當然還能再回來，要田啓法暫停其他工作，日夜盯著這間透天厝，一有動靜，立時回報上天；濟公說自己在天上也會時時刻刻盯著這頭動靜，倘若啖罪又有動作，他會第一時間下來再陪那傢伙划酒拳，這次會划大力點。

當時田啓法問，這樣監視，要監視到什麼時候。

濟公說就這兩三天，畢竟這地方確定和地底魔王有關，已非田啓法責任範圍；他已經將案件轉給專人處理，沒意外的話，兩三天後，田啓法便不需再爲這地方操心了。

濟公要田啓法盯梢之餘，等待案件交接郵件通知，到時候，會有人來接替他。

田啓法回想到這裡，來到三輪車小棚前，探身往裡頭翻了翻，果然見到小棚裡堆著三天份的乾糧。他望著小棚發呆，舉起葫蘆連喝好幾口酒，覺得有些寂寞。

陳阿車「退休」了，以後沒人陪他喝酒了。

他在三輪車旁繞了繞，沒找著裝陳阿車的包袱，他啊了一聲，想起包袱變回了補丁長袍，就穿在他身上。

至於陳阿車那身臭皮囊，在濟公退駕時，被濟公親手帶上了天。

「師兄……辛苦了……你可以休息了……」田啓法在夜空下，高舉葫蘆朝天一敬，哽咽說：「以後交給我了。」

貳參

數日之後正午。

韓杰蓬頭垢面，提著兩袋牛肉麵和幾樣小菜，踏入關帝廟，走過前庭、經過正殿、繞去後方長廊，不時和往來香客擦身而過。

他來到與王書語暫居的客房前，旋開房門，輕聲說：「我回來了……呃？」

房裡無人。

這日是王書語休假日，他本以爲王書語和往常一樣，窩在房裡閱讀案件資料。

他取出手機，正想撥給王書語，卻見到阿恭伯在廊道另一端招手喊他。「太子爺乩身，你回來啦？來一下，有你包裹呀。」

「啊？」韓杰呆了呆，提著食物走向辦公室。

阿恭伯帶著韓杰，進入關帝廟辦公室旁一間小房。

王書語坐在房裡一張小桌前，捧著工作案件資料，腿上窩著前些天收養的柴吉。

小桌上擺著一只木盒，小文像是等待拆禮物的孩子般，在那木盒周圍繞來走去，不時啄兩下盒子，一見韓杰進房，立時飛撲到他臉上。

「幹嘛！」韓杰揮手撥開小文，望著王書語腿上的柴吉，說：「這就是妳說的那隻狗？」

「是啊。」王書語放下工作資料，摸摸柴吉的頭。

「他叫什麼名字？」韓杰問。

「柴吉。」

「柴犬混吉娃娃，柴吉，什麼鳥蛋……」韓杰皺眉走到王書語身旁，將牛肉麵往小桌一擱，卻被小文撲上臉一陣亂啄，愣然揮手撥打小文。「操！蠢鳥發什麼瘋？」

「你壓到他的生日禮物了。」王書語立時將韓杰擱在小桌上的麵和小菜提到一只矮櫃上暫放，從口袋掏出一張籤令遞給韓杰。「今天一早收到的。」

「什麼……」韓杰瞪了在空中亂竄亂叫的小文幾眼，接過籤令細看——

木盒子裝著小文生日禮物，也算是送你們的喬遷禮物之一。

「生日禮物？」韓杰看得一頭霧水，轉頭對那飛在空中的小文說：「你還有生日禮物？我連你生日幾號都不知道……」

小文落在木盒上，朝著韓杰嘰嘰叫個不停，像在催促他快點拆禮物給自己。

「到底是什麼鳥蛋……」韓杰嘟嘟囔囔地揭開木盒，只見那字典大的木盒裡，大部分地方都填滿了緩衝墊材，緩衝墊材中央嵌著一枚指節大小的金色小蛋。「還眞是鳥蛋啊！」

「用這麼大盒子裝這麼小顆蛋？」韓杰困惑挖出那枚塞在緩衝墊材裡的小金蛋，端在手上正要細看，卻被撲下的小文搶去金蛋。

「呃！」韓杰愕然看去，卻見小文抓著金蛋在空中飛繞幾圈之後，將那小金蛋放在他頭頂，噗地一屁股坐在蛋上。

「蠢鳥，你到底要幹嘛？」韓杰惱火伸手要抓小文，卻感到頭頂發出一股溫熱氣息，還射出淡淡金光，一時也不知道小文究竟在做什麼。

「嗯？」王書語要韓杰矮下身子，她看著窩在韓杰頭頂的小文幾眼，說：「他在孵蛋。」

「孵蛋？」韓杰愕然吊起眼睛，對著頭頂說：「你在我頭上孵蛋？我在底下好幾天沒洗頭洗澡，你不嫌我頭臭？」

小文也不理睬韓杰，靜靜窩著。

韓杰在陰間調查陰差內鬼數日，一無所獲，好不容易返回陽世，本想好好休息，小文卻硬賴在他頭頂孵蛋。儘管有些不悅，但隱隱感到那小蛋透著神力，知道是太子爺旨意，也莫可奈何。

韓杰知道太子爺喜歡賣關子，看自己的吃驚模樣，便也不理會小文，當他空氣，自顧自地和王書語吃起帶回來的牛肉麵，聊著這些天在底下的調查經過。

「結果什麼也沒查出來？」王書語問。

韓杰點點頭，邊吃邊說：「那些城隍、陰差、獄卒應該早串好口供了，說法都一樣。」據城隍們說，攻堅飯店那日，本來受命上陽世接應韓杰的陰差隊伍，遭到不明人馬攔截，因此才讓假扮成陰差的逃犯們搶先一步將韓杰等人誘入飯店，在電梯中突施襲擊。

「在閻羅殿裡，三個攻堅指揮中心的幾個城隍笑咪咪地跟我說不好意思，要我不要放在心上。」韓杰吸哩嚕嚕吃著麵。「太子爺剛扯閻王鬍子的畫面被傳回天上，不方便再動手，要我代他動手，要我在三個城隍裡隨便挑一個揍。」

王書語吃驚停下筷子，問：「你揍了？」

「當然沒有。」韓杰乾笑兩聲，挾了塊豆干入口，說：「我跟太子爺說，如果我揍了，天上又要派穿白西裝的傢伙下來沒收我尪仔標了。」

「太子爺怎麼說？」

「他說他只是開開玩笑，神明使者怎麼能隨便動手動腳。」

「那就好……」王書語點點頭，鬆了口氣，她拿起紙巾擦擦嘴，說：「你之前說，他們想故意激怒太子爺，讓太子爺犯規，沒辦法降駕在你身上，嚴重的話，甚至連你的尪仔標都會被沒收。」

「對啊……」韓杰聳聳肩。「太子爺跟我說，他其實也猜到對方故意激怒他，他只是將計就計發發脾氣，想讓對方露出狐狸尾巴，順便修理一下閻王過過癮——他說他早想好了，會替我找些幫手，以備不時之需。」

韓杰說到這裡，瞅瞅窩在王書語身旁的柴吉，又望望自己頭頂。「他替我找的幫手，就是柴吉……跟這顆鳥蛋？」

他剛講完「鳥蛋」二字，腦袋突然刺痛，是小文啄他頭皮，他放下筷子，想抓小文，小文早一步飛離他腦袋，飛出小房。

「嗯？」韓杰見小文那飛勢跟叫聲，知道是要去叼籤，便繼續吃麵，耐心等小文回來。

兩分鐘後，小文果然抓著枚紙管回來，扔進韓杰牛肉麵裡，然後又飛回韓杰腦袋上繼續孵蛋。

韓杰強耐著怒氣從麵裡捏起籤管，抖抖湯汁，攤開來看——

吃完麵，帶你情人去銀行領三十萬，跑一趟鐵雄車行，叫老闆帶你上車庫逛逛，我在那兒替你準備了一份喬遷禮物。你去買下來。

「什麼？」韓杰有些傻眼，還沒來得及說什麼，突然感到頭頂騷動起來，小文興奮地蹦跳亂叫。

一個拇指大小的小肉球自韓杰頭頂滾落進他面前的小菜袋子裡，那是隻剛出生的小文鳥，連眼睛都睜不開，一只小喙張張合合，在小菜袋子裡東啄西咬地覓食。

小文也撲進袋子裡啄碎一片片豆干、海帶，往那雛鳥嘴巴裡塞。

小文餵得粗魯，雛鳥吃得狂野，不出兩分鐘，就將袋中小菜吃去一半，本來拇指大的雛鳥長成雞蛋大小，眼也睜開了、毛也長齊了，還拉了泡屎在袋子裡，這才心滿意足地和小文一齊飛出袋子，兩隻鳥在空中繞圈，嘰嘰喳喳地聊起天。

「……」王書語苦笑著問韓杰：「新來那隻要叫什麼名字？」

「隨便。」韓杰沒好氣地答：「叫什麼都行。」

「那……我替他取個名字囉。」

「行啊。」

□

午後，韓杰洗過澡後，按照太子爺籤令和王書語一同上銀行提了錢，來到市郊一處專營二手車買賣的鐵雄車行。

韓杰和王書語望著拉下鐵門的鐵雄車行，更加一頭霧水，他們之前確實考慮購車，甚至選定了車款，也備齊了預算，卻碰上群鬼攻屋，不得不暫居關帝廟，忙著搬家，此時卻收到太子爺籤令，要他們跑一趟車行，自掏腰包買下他們的「喬遷禮物」。

「請問……」一個年輕人搓著手，來到韓杰身後。「你們是韓先生和韓太太……嗎？」

韓杰和王書語轉頭，見年輕人一頭金髮、唇環耳環加起來超過十枚，裝扮新潮時髦，但神情卻十分憔悴，彷彿數日未眠般。

「是王小姐跟韓先生。」王書語搶在韓杰答話前便大聲說：「我們還沒結婚——就算結婚了，我還是王小姐，不會是韓太太。」

年輕人聽王書語這麼說，一下子還反應不過來，望望韓杰、望望王書語，喃喃問：「你們……你們……是受太子爺指示來拿車的？」

韓杰和王書語互望一眼，點點頭。

「等你們好久了！」年輕人像是等到救星般，激動地轉身拉開車行鐵門，領著韓杰和王書語進入車行。

除了停著十來輛中古車的鐵皮賣場，一旁還設有修車廠，和一處占地寬闊的報廢車回收場。

年輕人領著韓杰和王書語穿過賣場，從後門進入報廢車場，往修車廠走，一面自我介紹。「我姓李，朋友都叫我『西門』。」

「嗯，李西門。」韓杰點點頭。「你也是太子爺的信徒？」

「呃，我這幾天早晚都有上香，我也不知道這樣算不算是信徒……」西門回頭望了韓杰一眼。「還有，叫我西門就好了，前面不用加『李』……」

「燒了幾天的香？」韓杰困惑問：「太子爺是怎麼找上你的？」

「上禮拜，我逃進他的廟裡燒香磕頭求太子爺救救我。」西門說。

「你求太子爺救你？」韓杰隨口問：「你撞鬼啊？」

「沒錯。」西門來到修車廠前，按下鐵捲門開關，深深吸了口氣，說：「爲了這輛車，我哥跟我爸都進了醫院，我也差點沒命……太子爺託夢給我，要我準備好這款車所有備料零件，等你來買走這輛車。」

「啊？」韓杰望著緩緩上升的鐵捲門，見到停在平板頂車機上那台名牌進口車。

「我們……」王書語一見那名牌進口車，連忙說：「這台車要不少錢吧，我們只帶了三十萬過來……」

「夠夠夠！三十萬夠了！」西門站在兩人後方，視線甚至不太敢朝車廠裡頭望。「車子是免費的……三十萬……就當是終身保固好了。」

「什麼？終身保固？」韓杰和王書語有些吃驚。「這到底是什麼車？」

「四手事故車。」西門這麼說——即便韓杰已經踏入了修車廠，往那進口車走去，他卻依舊站在修車廠外，不敢踏近一步。

王書語本來已經踏進修車廠，但聽西門這麼說，停下腳步問他：「你說這是事故車？車子出過什麼事？」

「這台車，很誇張……」西門抬頭望望烏雲遍布的天空，害怕講述起這進口車由來——

這台約莫十年車齡的名牌進口車，首任主人是名女大學生。

年輕。貌美。

但出錢買車的人，是一位醫生，是女大學生的情人，更身兼女大學生那位長了二十屆的學姊的老公。

醫生娘學姊得知了這件事，與醫生老公攤牌，要他兩個只能選一個。

醫生老公選擇了學妹。

三個月後的一個深夜，醫生娘駕車尾隨女大學生，刻意擦撞之後下車敲窗，趁著女大學生降下車窗時，將一柄水果刀插在她咽喉上。

女大學生驚恐急踩油門，前衝後撞地想逃離醫生娘追殺，但只駛出一小段路，便斷氣在駕駛座上。

醫生娘則是在女大學生踩油門時還拉著窗，被拖行一陣之後摔倒在地，被後車輪輾裂了頭顱。

這輛進口車在結束相關法律程序之後，輾轉來到了鐵雄車行兼營的汽車報廢場裡。

那年西門十二歲。

經過西門父親一番巧手整修，這台進口車用一個還不錯的價錢，賣給一位從事直銷的年輕人。

第二任車主進入直銷這圈子，其實不到半年，他砸下全部存款，外加親友借貸，購入這輛二手名牌車，只盼靠著這輛車的牌子，讓自己載著學弟妹上直銷公司上課時，可以額外增加說服力。

一年之後，年輕人被直銷貨款壓得生不如死，一年前年夜飯局時向親友借貸買車的錢也一直沒有償清，在下一次年夜飯到來的寒冬深夜，在車上燒炭自殺。

這輛車又回到了鐵雄車行。

然後又賣出。

第三任車主是一名計程車司機，他用極低的價格買下了這名牌車，每日細心打理、小心駕駛，平平安安過了好幾年，直到有一晚，載到了當年出錢購車的那位偷腥醫生，出了起小車禍。

那真的是場極小的車禍。

駕駛只受了輕傷，車也沒有大礙，但偷腥醫生卻斃命在車上，死因是心臟痲痺。

這時候的西門，剛過二十歲生日不久，三天兩頭埋怨爸爸送他的國產二手車難看，想像哥哥一樣開好車，哥哥卻稱自己那好車，是從自家報廢場拼裝出來的，要他有本事就自己去拼一台出來。

西門說，拼就拼。

但他還沒開始動工，那台載著偷腥醫生的名牌車，又回到了報廢車廠。是計程車駕駛親自送回來的，他說這台車他不要了，他孩子都大了，可以退休享福了。

西門檢查了整台車，說就是它了，連拼都不用拼——那計程車司機過去多年保養得當，中間偶爾碰上什麼問題，也都是來鐵雄車行維修，後面幾次，甚至是西門親手處理，他對這台車的車況十分了解。

爸爸說這台車可以整理整理再放到鐵皮展示廳裡賣，但是別自己開。

西門不聽，說就是要這台。

哥哥翻出這台車的事故記錄。

西門說小孩子才害怕。

於是西門成爲這台車的第四任車主。

這是兩個月前的事，兩個月來，這台車一直停在修車廠裡，至今還未曾正式上路，甚至還沒開始整理——

從西門決定成爲第四任車主的那晚，他父子三人便再也沒睡過一晚好覺，他們每晚都會夢見歷任車主的離奇遭遇和恩怨糾葛。

有時是女大學生和醫生娘在車中撕咬扭打。

有時是年輕人在車上燒炭。

有時是偷腥醫生在車上被醫生娘和女大生輪流附體驚嚇。

更糟糕的是，這些車主，開始在他們入睡以外的時候出現。

偷腥醫生有時會在他們床邊出現，瘋瘋癲癲地替他們「看診」，有時看診到一半，聽到醫生娘聲音，會嚇得魂飛魄散、抱頭亂竄；女大生和醫生娘會在他們家中尋找彼此，找不到還好，要是找到了，可少不了一陣腥風血雨，打得他們家中碗盤碎散、刀叉亂飛；燒炭的年輕人會趁著他們身心俱疲的時候，偷偷地對他們耳語，述說這世界的現實和艱辛，說不如死了的好。

爸爸和哥哥因此病倒入院，只能拜託體力尚可的西門找人幫忙。西門四處求神拜佛、尋訪高人，被騙了幾次錢，最後求救無門，只好跑到南部奶奶家向奶奶哭訴，被奶奶拉到自家供桌前，對著太子爺神像燒了炷香。

當晚，他不再夢見女大生和醫生娘，也沒夢見偷腥醫生和年輕人，只夢見一個站在火中的金亮少年模糊身影。

太子爺冷冷責備他家車行不該三番兩次隱瞞客人出售凶車，最終害人害己，這台凶車十年累積下來的爛帳，其中一部分可得算在鐵雄車行頭上，寫在西門父子三人的人間記錄本上，可不只是當下驚嚇受苦，死後到了陰間，才是贖罪的開始——

西門在夢裡見到太子爺彈指顯現的地獄景觀，嚇得魂飛魄散，哭著辯解車是爸爸賣的，爸爸也只是為了多賺點錢養他兄弟倆，並非蓄意害人，他知道這樣不對，以後絕對不會再犯，求太子爺救救他們。

太子爺說看在他本性良善的份上，願意賜他一個將功折罪的機會，要他起床之後，將奶奶家太子爺像帶回車行，供在這輛車的車尾，鎮著那些傢伙，不久之後，會有人去幫他，並且買下那輛車。

翌日西門起床，奶奶已經將太子爺像用紅布裹著，放在客廳桌上，原來奶奶也在夢裡得到了太子爺指示。

韓杰繞到車尾，果然見到後行李箱蓋上攤著一張紅布，擺著一尊太子爺像。西門早晚上香的小香爐，則是擺在修車廠外鐵捲門旁，因為他太害怕了，當日放妥神像之後，便再也不敢踏進修車廠，只敢在鐵捲門外上香祈禱。

「那天之後，我眞的沒作惡夢了……」西門摸著鼻子，怯怯地說：「我爸爸、哥哥身體也開始好轉，晚上也不會……看到他們了……」

「嗯。」韓杰扠手繞著這輛車走，無奈喃喃說：「老大呀，你說的喬遷大禮，就是要我們花三十萬買下這台四手凶車？」

王書語也來到車旁，透過車窗打量車內，苦笑說：「車況好像眞的不錯，不過四手車……行情有三十萬嗎？」

「大哥——」西門在鐵捲門外，見兩人對這價錢有些意見，連忙說：「太子爺說，車子本身是免費的，三十萬……買的是改裝費，跟終身保固。」

「啊？」韓杰望著西門，不解問：「改裝費？要改裝什麼？」

「啊！差點忘了，你等等我……」西門啊呀一聲，轉身奔去車行辦公室，提著一只包裹回到修車廠前，深深呼吸、鼓起勇氣踏入修車廠，來到韓杰面前，將包裹交給他。「這是改裝零件，從桃園寄來的，太子爺在夢裡，要我把零件裝上車。」

「桃園？」韓杰呆了呆，見那包裹寄件地址是桃園劉媽家，有些驚訝，立時拆開包裹，只見包裹裡頭是一間拳頭大的木雕小廟、一對拇指大的木雕小石獅，以及幾排木雕兵器架和數面小旗幟。

「這啥玩意兒？」韓杰從包裹裡又翻出一張紙條，揭開來看，上頭幾行字是劉媽寫的——

阿杰，太子爺知道你想買車，打算把你新車當成他陽世行動據點，託我老公雕了座「飛火宮」和一些小東西寄去車行，你收到之後，可別問我怎麼用，因爲我也不知道。

劉媽

「飛火宮……」韓杰望著紙條，抬頭望天說：「老大啊，你想在我車上開行動宮廟？」

「坐在太子爺的廟裡上下班……」王書語伸手摸了摸木雕小石獅，苦笑說：「應該不用擔心老師偷襲了。」

「這倒是。」韓杰回頭對西門揚了揚那包「飛火宮」零件，問：「這些東西你要怎麼改裝在車上？在擋風玻璃後面黏一排？」

「我……」西門見那包「改裝零件」竟是一包木雕小廟、石獅子等東西，不禁也有些傻眼，喃喃說：「我也不知道，太子爺說，到時候，他會教我怎麼裝……他說他還沒設計好，他會四處找點靈感。」

「嗯。」韓杰攤攤手，莫可奈何。

王書語倒還有些疑問，對西門說：「你剛剛說的終身保固，是什麼意思？」

西門喔了一聲，說：「太子爺說，這台車以後不管是什麼地方壞了該換，甚至是撞爛了、被人砸了，我們車行都會負責修到好，零件什麼的也會用最好的——太子爺說，我們扛下這台車的終身保固，他就會替我們撤去車行賣凶車的罪，讓我爸爸不用爲了這件事下十八層地獄。」

王書語悄聲問韓杰：「賣凶車，有嚴重到要下十八層地獄？」

「我哪知道……」韓杰聳聳肩，將飛火宮零件交給西門，拍拍他的肩說：「別擔心，我會小心開，不會故意凹你修車。」

「是……」西門捧著那袋零件，愣愣問：「那現在……」

「現在你把後面神像拿走。」韓杰指指車尾，說：「我上車陪幾位車主聊聊。」

「呃——」西門見韓杰說完立時揭開車門，嚇得踉蹌退開，直到韓杰關上車門，朝他指著後方，他趕緊繞去車尾，將神像包妥，和王書語一同退開老遠。

韓杰坐在車中，挪挪屁股、拍拍方向盤、晃晃排檔桿，嘿嘿笑出聲。「名牌凶車啊，好像還不錯。」他挑挑眉，對副駕駛座那年輕人說。「是吧？」

年輕人點點頭，頭臉是淡淡櫻紅色，一臉漠然望著韓杰。

韓杰望向後視鏡裡後座三人，左右是女大學生和醫生娘，這相差二十屆學姊妹神情怨懟、臉色難看，樣貌比起電影裡的凶厲女鬼，有過之而無不及；那偷腥醫生則被學姊妹夾在中間，神情驚恐，滿臉抓痕。

韓杰嘆了口氣說：「你們鬧這麼久，也鬧夠了，我打電話叫人上來接你們；你們有什麼深仇大恨，到了底下，慢慢跟判官說吧。」

他說完，拿出手機撥電話。

女大生和醫生娘怒眼一瞪，同時探身舉手，要掐韓杰脖子。

但剛觸著韓杰脖子，立時縮回手，像是被火燙著一般。

韓杰腰際肩頸，隱隱燃起紅火，同時幾面車窗、前後擋風玻璃，也裹上一道道紅火——韓杰開車門時，順勢揉開一張尪仔標，令混天綾纏裹車身，同時捲著自己身子。

四隻鬼被混天綾紅火嚇得不停哆嗦。韓杰褪去身上的火，在通訊錄裡尋找馬面顏芯愛的電話，卻見背後閃現幾下青光。

他望了後照鏡一眼，回頭，見後方修車廠牆面上，無端駛出一截黑色車頭，然後是整輛黑車。

黑車往前駛到他座車右側並排，黑車車窗降下，駕駛頂著一顆牛頭，正是張曉武。

「哎喲。」張曉武哼哼地說：「買車喔？」

「是啊。」韓杰點點頭。「你不要來偷喔。」

「死人車……」張曉武說：「偷了賣給鬼喔？」

「好了啦，你們幹嘛一見面就吵架？」顏芯愛下車，抖開甩棍，敲敲韓杰車窗，矮下身對韓杰說：「你的混天綾很可怕耶。」

「你們消息也太快，我電話都沒打。」韓杰收去混天綾，揚揚手機。

「太子爺發的急令啊。」顏芯愛這麼說，還瞅了瞅西門，對韓杰說：「他還要我們現身給車行老闆瞧瞧，讓他放心。」

「唔、唔唔……」西門瞪大眼睛咧大嘴，緊抱著太子爺神像，不停哆嗦，被突然出現的張曉武和顏芯愛嚇得傻了。

「嘻嘻。」顏芯愛朝西門動了動馬耳朵，繞去後座，一手探進車身，將女大生揪了出來，押上黑車後座，跟著將醫生娘也揪出，往黑車塞。

醫生娘想要反抗，挨了兩記甩棍還被上了銬。

年輕人被旁邊的張曉武瞪著，又見後頭醫生娘挨了棍子，自動下車，乖乖讓顏芯愛塞進後座。

顏芯愛最後揪出那偷腥醫生，見後座沒位置了，便將他塞進後行李箱，回到黑車副駕駛座，向韓杰搖手再見。

韓杰點點頭，黑車向前呼嘯疾駛，轉眼消失無蹤。

貳肆

這天傍晚，西門駕著整理完畢、辦妥驗車與過戶等相關手續的飛火宮，來到關帝廟，將車交給韓杰，向韓杰簡單介紹飛火宮改裝，說是太子爺的主意，他也不明白實際功能。

他還說，爸爸和哥哥已經出院，正在火車站等他會合，父子三人準備回南部老家看看奶奶，順便將太子爺像送回奶奶家。

韓杰接過鑰匙，正式成爲這台揹著四條人命的十年進口車第五手車主。

他上車發動引擎，撥了通電話確認王書語下班時間，跟著駕車出發，開工執行太子爺今晨剛發下的籤令。

□

王書語上了車，左顧右盼，好奇西門將那飛火宮建在車內何處。

「之前說的改裝？」韓杰用嘴朝著副駕駛座手套箱呶了呶，說：「打開來看看。」

「這裡？」王書語揭開手套箱，只見那拳頭大小的木雕小廟，竟固定在手套箱內側壁板上，經她一拉開，箱內小廟扶正、LED燈飾亮起，廟前立著兩隻石獅、廟後豎著一排旗幟、左右擺開兵器架。

「哇！」王書語忍不住噗嗤一笑，細看半晌，西門還在手套箱內側貼上青天白雲山野的貼紙，廟底廂壁上則貼著模型專用的塑膠草皮。「好用心啊。」

「好玩喔……」韓杰乾笑兩聲。

「我覺得這做法挺貼心的。」王書語笑說：「坐這台『飛火宮』通勤上班，應該很安全；把廟蓋在手套箱裡，看起來也不會太突兀，各方面需求都顧到了。」

「是啊。」韓杰在一處紅燈時，從口袋掏出一疊尪仔標，放入那敞開的手套箱。「還可以藏尪仔標。」

□

韓杰與王書語走進一家房屋公司，對笑嘻嘻上前接待的房仲展示手機上的房屋出售案件。「我要看這間房子。」

「咦？」那房仲先是一呆，接過手機滑了滑，笑嘻嘻說：「你們是新婚夫妻？我們有許多物件，兩位想找透天房子？」

「不用找。」韓杰指著手機。「就是這間。」

「這間啊……」那房仲將手機還給韓杰，面有難色說：「這間房子很老了，我記得已經下架了……」

「這間房子，屋主是你們老闆朋友，也是公司股東，你們公司賣了很多年也賣不出去，案子一直擺著。」韓杰不耐說：「你不知道的話，去問其他前輩，讓其他人處理……」

王書語見韓杰語氣不佳，便堆起笑臉，插嘴對那房仲說：「我們是眞要買這間房子。」

「什麼……」房仲推推眼鏡，與其他同事互望幾眼，神祕兮兮地說：「我已經是這間店最資深的了……他們不知道這間房子，我知道，好幾年前，我還帶看過……」

「那就好啦。」韓杰說：「帶我們看這間。」

「那間房子……」房仲湊在韓杰耳邊說：「不乾淨……」

「……」韓杰抿嘴苦笑抓頭，說：「你怕的話，不用帶看，把鑰匙給我，我自己看，再不然，替我聯絡屋主，讓我直接跟他說。」

「放心。」王書語接著說：「該付的費用我們一樣會付。」

「這……」房仲莫可奈何，嘟嘟囔囔地往座位走，還沒拿起電話，電話已經響起了——

正是那屋主打來的電話。

房仲和那屋主講了幾句，驚愕得合不攏嘴，向韓杰招了招手，要韓杰接聽。

韓杰接過電話，簡單講了幾句，將電話還給房仲，房仲又應了幾句，連連稱是，最後掛了電話，稱要花點時間找一下那房子鑰匙，這才轉去後方儲藏室，老半晌終於提著一串鑰匙出來，交給韓杰。

「你們……已經見過屋主了？」那房仲狐疑地問。

「沒有。」韓杰聳聳肩。「但是我老闆可能找過他。」

「哦——」房仲聽韓杰稱上頭還有老闆，忍不住問：「是哪位老闆？」

「這個嘛。」韓杰哈哈一笑。「他你一定聽過，但是說出來你也不信。」

那房仲還想追問，韓杰已經拉著王書語往外走，一頭霧水的房仲，只好轉去和同事討論這怪事——

他倆要買的房子，是一間轉手數次的凶宅，首任屋主失蹤，房屋遭到法拍，十餘年下來，轉手數名屋主，有些屋主橫死屋中、有些屋主交屋之後在返家時斃命、有些屋主帶著裝修師傅進屋，最終屋主發瘋、裝修師傅自殘。

最後一任屋主得知這房屋由來，便宜購入，卻不去看，只隨意放在自己投資的房屋公司裡賣，一放就是好多年。

房仲在這些年裡，曾經帶客戶看過兩、三次，每次進屋都覺得心神不寧，最後一次晚上開車載著客戶過去，遠遠見到房屋二樓窗邊站著個古怪老人，他還沒會意過來，車子直直撞上山壁。

他在醫院躺了兩週，客戶躺了半年，事後也沒再找他談這間房子。

「所以他們眞要買那間房子？」同事問。

「屋主說確定要賣了。」房仲說：「屋主還說，錢有空再匯沒關係、什麼時候過戶看他方便，要我把鑰匙給他，說總之那間房子是他的了。」

「什麼？」幾個同事瞪大眼睛，不敢置信。「那……到底賣多少錢？」

「我還沒問……」房仲說。

「他說他老闆見過屋主。」有同事問：「到底是哪位老闆這麼大面子？」

「誰知道？」房仲苦笑。

貳伍

夜晚，飛火宮在左爺透天厝前停下，韓杰拎著鑰匙從副駕駛座下車，負責駕車的王書語手還按著方向盤，且未熄火，只望著那小跑過來向韓杰招手的中年男人——田啓法。

韓杰探頭朝田啓法身後望了望，不解問：「怎麼只有你一個？陳阿車呢？」

田啓法走到韓杰身前，神情有些疲憊，苦笑了笑說：「我師兄……被啖罪害死了……濟公師父把他身體帶回天上了……」

「……」韓杰有些驚訝，不知說些什麼，只拍拍田啓法肩頭。「以後看你的了。」

「濟公師父說，太子爺看上這間屋子，要當作他往後陽世據點？」田啓法好奇問。

「是啊。」韓杰旋開門鎖，推開大門，轉身向王書語招招手，跟著和田啓法一同進屋。

「也是我跟我老婆以後的家。」

「恭喜了。」田啓法望著那昏暗一片的左爺透天厝，吁了口氣，拍拍胸口扶扶腦袋，身上閃耀起淡淡金光——破帽、長袍、木屐紛紛現身，左手扶著葫蘆、右手從腰間抽出草扇。

韓杰掏出兩枚尪仔標捏在手裡，上下打量田啓法，點點頭。「不錯喔，有模有樣。」

「這幾天，我每天都在練功。」田啓法搖搖草扇說：「真怕丟了師兄的臉……」

「慢慢來吧，我一開始也吃了不少虧。」韓杰這麼說，身後亮起車頭燈光。

「呃？」田啓法轉頭見王書語駕著車，將車頭對準了大門，像是想駛進庭院，困惑問：「怎麼了？」

「太子爺的意思。」韓杰苦笑說：「想試試車。」

「試……車？」田啓法退開老遠，看王書語努力地調整位置，想將車開進庭院——但這庭院大門原始設計並非爲了容車通過，整扇門推到底，也僅比車身略寬些，且庭院並非水泥地，而是一片泥草，先前下了數日雨，還有些爛泥。

「該怎麼跟你說明呢？」韓杰趕去車邊，將兩側後照鏡盡量折合，避免擦著圍牆，跟著細瞧車身和門框距離，指揮王書語駕車進屋，邊對田啓法說：「這輛車也是太子爺要我們買的，經過特別改裝，不只是一輛車，還是一間行動宮廟。」

「行動宮廟？」田啓法瞪大眼睛。「什麼意思？」

「可以當車子用的太子爺廟。」韓杰見大半車身都駛進庭院，鬆了口氣，指指透天厝四周，說：「聽說這地方之前又是混沌、又是遮天術，對吧？」

「是啊，那時候眞是……」田啓法想起數天前那場惡戰、想起陳阿車，又長長嘆了口氣。

「最近一堆妖魔鬼怪用這混沌搭遮天上陽世搶地盤。」韓杰說：「太子爺說他特地在這飛火宮裡，配備了能破混沌和遮天兩種鬼法術的符法。」

「哦！原來你說的『試車』是這個意思！」田啓法欣喜說：「本來我還擔心，要是又碰上混沌和那魔王該怎麼辦……」

「放心。」韓杰在車窗旁和王書語交談幾句，提著鑰匙走去透天厝開門。「底下大隊陰差、黑白無常都出動了——」他說到這裡，抬手指指天。「這次天上看著，地府就算有內鬼，應該不敢再亂來。」

韓杰推開門，帶著田啓法進屋。

左爺就坐在客廳太師椅上，茫然望著韓杰，喃喃說：「來啦？」

「他就是啖罪嘍囉？」韓杰望向田啓法。

「他是最早的屋主。」田啓法說：「師兄說，他生前也是法師，頭號敵手叫作陳七殺，他爲了和陳七殺決鬥，在屋子裡召魔，向魔王借力，魔王就是啖罪。」

「陳七殺？」韓杰哦了一聲，轉頭對著左爺喊：「老傢伙，你向魔王借力，要跟陳七殺打架？然後呢？你跟他誰打贏了？」

「陳七殺……」左爺聽見陳七殺這名字，本來矇矓右眼閃閃發光，倏地挺直了身子，雙手往廳桌一按，桌上浮現各式各樣的法器，他伸長脖子打量著韓杰。「你……你不是陳七殺，你是誰？」

「我是在問你——」韓杰揉爛兩張尪仔標，緊握在手中，指縫間隱隱流溢出艷紅火光。「你向魔王借力跟陳七殺打架，最後誰打贏了？」

「陳七殺、陳七殺……」左爺抓著桃木劍搖搖晃晃站起，指著韓杰說：「我輸他三次……爲了贏他，我向啖罪大王借力，練了一身厲害功夫……第四次約他，他答應了，但是決戰那天，我等他一夜，等不到他……這個懦夫怕輸給我……不敢來，派了隻鬼，說自己退出江湖……哈哈、哈哈……」

「……」韓杰望著左爺閃亮眼睛，笑了笑，說：「他應該不是怕輸給你，他應該是眞退出江湖了。」

「你怎麼知道！」左爺狂吼一聲，雙肩、脅下都竄出手臂，自桌上拾起一樣樣法器，一口氣連畫數道陰符，往韓杰和田啓法扔來。「你們是誰？爲什麼來我家——」

韓杰揚手一撒，抛出捏在手中的混天綾和風火輪擋下撲面陰符，微笑說：「我當然知道。」

「這是我家，你們想做什麼？」左爺大吼，舉劍跺地，大門轟隆一聲關上，壁面爬出怪痕，淌下一道道鮮血，霎時牆面上鬼影幢幢。

「呃？混沌又來了？」田啓法望著這熟悉景象，連忙喝酒噴霧，伸指畫金符，往門窗上蓋去——他那金符當眞能夠驅散牆面上怪痕、血跡以及濃烈陰氣，但他道行終究不足，酒霧金符驅散邪術的速度遠不如邪術擴散的速度。

牆上的鬼影鑽出了牆，一隻隻撲向田啓法和韓杰，田啓法大力搧扇，用金風吹襲惡鬼；韓杰臂纏混天綾，擊倒幾隻鬼，踏上風火輪，在地板上摩擦兩下，倏地竄到左爺身前，對準了他那張老臉轟隆就是一拳。

「嘎！」左爺被韓杰這拳打得騰空飛起，貼在牆上，又抛下一陣陰符，全被韓杰揮混天綾打落。

「嗯。」韓杰冷笑說：「陳七殺應該不會怕你，他比你厲害多了。」

「什麼、你說什麼……」左爺暴怒，六隻手舉著桃木劍等各式法器，撲向韓杰亂打，韓杰狂甩混天綾格擋，一步步後退。

「你說陳七殺比我厲害？你見過他？」左爺猙獰怒吼。

「不但見過，還跟他打過。」韓杰點點頭，又後退幾步。

「你跟他打過？那你——」左爺怒吼追問，小腿肚陡然刺痛，低頭一看，竟是隻金光閃閃的小豹咬住了他左小腿肚——那是韓杰且戰且退時，悄悄扔在地上的豹皮囊尪仔標變化出的小豹。

咬著左爺小腿肚的小豹，身子倏地變化，陡然化為一口大皮袋子，呑裹住左爺整條左腿，且持續往上吞咬。

「什麼東西？」左爺驚恐咆哮，舉著金錢劍、桃木劍朝著豹皮囊戳刺，卻被韓杰衝來一腳結實踹中胸膛，再次騰飛撞牆。

這次左爺不再纏鬥，而是急急往牆裡鑽。

「小心他會鑽進牆裡。」田啓法一面提醒，一面搧扇，四面吹拂金風掩護韓杰，讓韓杰專心迎戰左爺。

左爺大半邊身子都鑽進了牆，下半身卻因為被豹皮囊咬著左腿而卡在外面，惱火用右腿踢蹬左腿上的皮囊袋子，隨即又被混天綾捲上了右腿。

「給我出來。」韓杰拉扯混天綾，大力一拽，將左爺從牆裡拉出，跟著衝近左爺身前，賞他幾拳，再拉著混天綾綑綁他六隻手，粗魯地將他身子往豹皮囊裡硬塞。

「你……你向誰借的法術這麼厲害?」左爺胸腹以下都給塞進了豹皮囊,幾條鬼手被混天綾綁得交錯扭曲,一條右腳卡在胸前。

「我向天借的。」韓杰指指頭頂。

「向天借的……」左爺神情茫然,那豹皮囊彷如蟒蛇吞獸般一寸一寸往上咬,他眼睛陡然一亮,嚷嚷叫喊:「我、我想起來了,陳七殺說自己金盆洗手,是因爲……敗給一個人……」

「就是我。」韓杰哼哼一笑,左手揪著豹皮囊袋口,右手按著左爺腦袋,往袋子裡一推。豹皮囊袋口立時束緊。

韓杰抽出混天綾,任由豹皮囊傾倒在地,橫躺著緩緩蠕動,像是在消化一般。

韓杰望著幾扇沾滿血霧、看不清外頭的窗,拿出手機打給王書語。「外面沒事吧?」

「有事。」王書語坐在駕駛座,胳臂彎裡托抱著自項鍊現身護衛的小石虎柳丁,微笑說:「但我很安全,你忙你的。」

透天厝庭院站滿惡鬼,將韓杰那五手名牌車飛火宮團團包圍。

後頭的惡鬼粗魯地往前擠,前頭的惡鬼被推近車身,紛紛驚恐哀號、全身燃燒起火,痛苦得轉身和後方推擠的惡鬼扭打起來。

副駕駛座手套箱裡的木雕小宮廟周圍飄起五彩流雲,一面面旗幟、兵器架、石獅子都閃閃發光。

王書語見到透天厝外閃了幾道響雷,忍不住降下窗,微微探頭往外看,只見透天厝上空盤旋起紅色的雲，雲中有個巨大的法陣若隱若現。

下一刻，飛火宮四周豎起一面面旗幟，旗幟上盤旋著火龍，群鬼被火龍張口一嚇，立時抱頭鼠竄。

車前站起兩尊大石獅，車後豎起幾面兵器架。

石獅子搖頭晃腦，無鬼可咬，兵器架上一柄柄兵器緩緩浮空，拖曳著一道道符籙光芒加速往天上竄，防空飛彈般地射入紅雲裡。

紅雲炸出一陣五彩金光，符陣四分五裂，紅雲漸漸消散。

整棟透天厝上的霉斑、血痕、鬼影漸漸消散，庭院裡外剩餘惡鬼四散敗逃。

「哇……」王書語在車裡看得目瞪口呆，這才知道太子爺要他們買下的這輛飛火宮，可不只是通勤自保那麼簡單，簡直是一組行動火砲陣地。

韓杰在客廳提著混天綾、腳踏風火輪，不時伸腳踩踩那逐漸縮小的豹皮囊加速消化，一面聽田啓法敘述先前在這屋中惡戰啖罪大軍時種種慘狀，等待這屋子進一步變化，卻感到陰氣轉眼消散，轉頭一看，窗上牆上的血痕都褪去了。他遠遠見到庭院裡王書語搖下車窗瞧他，本想提醒她關上車窗，但走近窗邊，見到車前伏著石獅、車後槍戟如林，周圍豎著一支支中壇元帥大旗，旗上火龍飛繞，車子亮著金光飄著彩雲，比電子花車還搶眼，知道是太子爺刻意炫耀這座飛火宮，便放心轉往地下室，去瞧那古怪小廟。

「嗯？」韓杰揭開地下室門，隱隱聽見底下有動靜，和田啓法相視一眼，小心翼翼下樓。地下室裡，聚滿大隊陰差。

「喝……」韓杰下樓，與陰差們打了個照面，見到這隊陰差除了牛頭馬面之外，還有黑白無常、城隍，甚至還有判官——層級之高，遠超乎他想像。

兩個判官身後，站著個身材瘦小、戴著眼鏡的年輕小伙子，穿著不合身的寬大西裝，兩隻手藏在袖子裡，見到韓杰，立時朝他咧嘴一笑。

「你就是太子爺乩身對吧，幸會幸會。」那模樣年輕的西裝小伙子大步走來，向韓杰伸出手。

韓杰望著這面貌如同少年般的小伙子雙手十分蒼老，仍伸手和他一握，問：「你誰啊？」

「咳。」一名判官跟在小伙子身後，推推眼鏡，對韓杰說：「這是我們閻羅殿五殿新上任的最高長官。」

「閻羅殿五殿……」韓杰瞪大眼睛，望著眼前笑咪咪的小伙子。「你是新任閻羅王？」

「對。」這外觀看來像是個十來歲少年的新任閻羅王，握著韓杰的手大力搖了搖，放下，又將雙手交握，讓西裝大袖蓋住手，說：「久仰大名，以後請多多指教。」

「五殿找到新宮接任了，一殿三殿四殿六殿七殿呢？」韓杰望著這新任閻羅王眼睛，面無表情地問：「也有人選了嗎？」

兩年前那場閻羅殿大戰，太子爺降駕陰間，踏著關帝爺出借的青龍，斬死四名閻王、廢去兩名閻王，十殿閻王一口氣少了六個，時至今日，韓杰才知道五殿的閻羅王原來已經有新任遞補上位。

「三殿宋帝王、四殿五官王已經上任一段時間，我剛上任不到一個月。」閻羅王說：「一殿秦廣王、六殿卞城王、七殿泰山王位子還空著，還是，太子爺乩身有推薦人選嗎？」

「有啊。」韓杰冷笑說：「你們去查查底下有沒有一個叫張曉武的臭小子，他很適合。」

「張曉武？」閻羅王哦了一聲，對身旁判官說：「記下這個名字。」跟著，他問韓杰：「這張曉武是什麼人吶？」

「他生前是個偷車小王八蛋，死後也是個小王八蛋。」韓杰瞪著身高只到他胸口的閻羅王眼睛，說：「跟你們臭味相投。」

韓杰這話講得大聲，地下室本來四處蒐證的陰差登時全停下動作，一齊望向韓杰。氣氛霎時凍結。

田啓法一下子還不明白發生什麼事，只覺得陰差們的眼神隱隱流露敵意，嚥了口口水，湊近韓杰，低聲問：「他們不是陰差嗎？」

「是啊。」韓杰點點頭。

「那你剛剛……是對他們嗆聲嗎？」田啓法怯怯地問。

「是啊。」韓杰扠手抱胸，環顧所有陰差。

「爲……爲什麼？」田啓法問。

「因爲很爽。」韓杰轉頭問田啓法。「你要不要嗆看看？」

「不用了……」田啓法搖搖頭。

「韓大哥、韓大哥！」牆壁上那座小黑廟響起顏芯愛喊聲，只見廟門喀啦推開，顏芯愛蹦了出來。

「借過、借過，謝謝……」顏芯愛尷尬擠過一個個陰差，來到韓杰和閻羅王身旁，先向閻羅王、判官鞠了個躬，說：「我是俊毅城隍府裡的馬面，算是負責和太子爺乩身溝通的窗口……」她說完，轉頭對韓杰說：「你別一見陰差就這樣……我們是奉太子爺命令過來陪你看房耶，這地方是業魔啖罪的地盤，啖罪在這間房子底下周圍加蓋了好多東西，還派手下看守，我們剛攻進去抓人時，那些嘍囉正在打電話叫人運鬼煤油過來燒你房子啊！」

「……」韓杰沉默半晌，再次向閻羅王伸出手。「我對你們有點成見沒錯，講話難聽，不好意思。」

「我明白。」閻羅王微笑伸手，和韓杰二度握手。「前幾天有批逃犯假冒成我們的人襲擊你，這件事我聽說了，我也覺得問題很大，這兩天也在查這件事——」他說到這裡，頓了頓，望望判官、望望牛頭馬面、望望黑白無常，對韓杰說：「陰間有多黑暗，大家心照不宣，只是人有好人壞人、鬼有好鬼壞鬼、官有好官壞官，不管你相不相信，我會站在讓陰間變好的那一邊。」

「這種話，不需要多說，做給大家看。」韓杰點點頭。

「我們調查清楚了。」閻羅王指了指牆上那小廟，說：「這間小廟是厲害鬼門，甚至會招聚陰氣，封起來不是不行，但是太子爺特別吩咐，要我們別動這間廟，他說他自有安排。」

「嗯……」韓杰聽閻羅王這麼說，儘管驚訝，卻也沒說什麼。

「至於地下室其他地方，倒沒什麼特別的機關。」閻羅王說：「你需要我們替你搜搜樓上嗎？」

「不需要，我自己來就行了。」韓杰微笑搖頭。

「好。」閻羅王轉過身，對眾人說：「大家辛苦了，收隊吧。」

貳陸

十天後黃昏。

王書語駕著飛火宮，在車站接著了許保強和董芊芊。

董芊芊坐進副駕駛座，許保強窩進後座，兩人一上車好奇地東張西望。

董芊芊在王書語示意下，拉開手套箱，見到裡頭木雕小宮廟和小石獅，直呼可愛；許保強前幾天聽韓杰簡單敘述這飛火宮當晚擺開的陣仗，迫不及待想見識見識，問王書語能不能在路上豎起幾面中壇元帥大旗，或是喊出石獅子跟車。

王書語說當然不行，且也不知道怎麼做——她說當晚上左爺家看房時，飛火宮擺出的法陣、武裝，都是由太子爺在天上直接控制，並未開放給韓杰任意指揮。

隨後，王書語載著兩人來到大賣場購買食材，準備今晚的烤肉聚會，中途還打了通電話問候媽媽。

許保強問王書語這新家喬遷餐聚怎麼不找媽媽一起來，王書語微笑說，韓杰收到太子爺籤令提醒，有眼線收到風聲，敵人今晚或許會有動作，因此今晚烤肉，邀請的友人，都是能打的。

許保強和董芊芊互望一眼，這才明白王書語要他們穿著運動輕裝過來，並非要他們幫忙整理家當，而是預期今晚可能逢魔遇鬼。

王書語駕著飛火宮駛上山郊，許保強和董芊芊遠遠見到那韓王新家。「哇，是別墅耶！」「好大！」

「什麼別墅，就是普通的透天公寓。」王書語笑著駕車轉進透天庭院——這透天庭院本來四面圍牆，此時缺了其中一面，這是由於原本舊大門寬度不易停車，改裝新大門的費用也不便宜，兩人討論過後，索性決定打去正面圍牆，留下飛火宮出入空間後，用空心磚沿著舊牆範圍疊一條小花圃用來標示地界。

如此一來，飛火宮出入變得方便許多，一個轉彎便能轉入自家庭院。

「咦？」許保強好奇問：「你們家圍牆沒有大門？」

「本來有。」王書語簡單解釋緣由。「前兩天打掉了，想改成一條小花圃，弄個圍籬什麼的，有空再架個信箱。」

「可是這樣……會不會有陌生人闖進去？」董芊芊問。

「也許會。」王書語熄火下車，和兩人將大批食材往屋裡提。「但是我可能見過太多穿牆飛天的妖魔鬼怪，陌生人真的還好，而且……」王書語取出鑰匙開門。「前幾天太子爺籤令特別提到這件事，要我們別擔心宵小，他會吩咐小文替我們看著家。」

「小文。」許保強喃喃說：「是那隻叼籤給師父的文鳥？」

「是啊。」王書語推開門，客廳立時響起一串嘰嘰叫聲。

一道小灰影倏地飛來，落在王書語肩上，歪頭打量正在玄關脫鞋的許保強和董芊芊。

「嗨！小文，好久不見！」許保強朝王書語肩上那灰色文鳥做了個鬼臉。

董芊芊卻有些疑惑，問：「咦？小文怎麼變小隻了？」

「他不是小文。」王書語笑了笑，二樓梯間立時又響起一串嘰嘰叫聲。

小文倏地飛下，停在王書語另一側肩膀上。

兩隻文鳥，外觀毛色一模一樣，只體型一大一小。

「原來有兩隻文鳥？」許保強驚愕說：「我以為只有一隻？」

「之前都是一隻。」王書語解釋：「小的那隻前幾天太子爺送的，說是給小文的生日禮物，同時也是送我們的喬遷禮物——阿杰沒跟你說？」

「師父只說太子爺送你們一堆東西。」許保強這麼說，左顧右盼，只見客廳主要桌椅家具已經就定位，幾處角落則堆著一箱箱尚未整理完畢的雜物。

柴吉靜靜窩在客廳沙發上，只瞥了許保強和董芊芊幾眼，對他們的來訪一點也不感興趣，和尋常小型狗見到訪客時露出的瘋癲模樣大相逕庭。

「嗨，柴吉！」許保強走近沙發，彎下腰向柴吉打招呼。

柴吉只翻了個白眼，望向他方，尾巴也不搖一下。

「小隻的叫什麼名字？」董芊芊湊近王書語肩頭，細看那新文鳥。

「本來我們叫他『小小文』。」王書語笑說：「『小小文』叫久了，就變成『小小』了。」

「小小。」董芊芊和許保強同聲喊著小小。

著飛上樓。

「嘰——」小小應了一聲，自王書語肩頭飛起，小文立時跟上，兩隻文鳥在客廳飛繞，跟

王書語提著食材往廚房走——廚房幾乎全部清空，連流理台、抽油煙機，以及連接地下室的通風設備都拆得一乾二淨，只擺著一座全新大冰箱、一只盛水大水盆、折疊小桌和簡單刀具。

「雖然我不怕住凶宅，但是這間屋子前屋主——嗯，阿杰有和你說過這件事嗎？」王書語帶著兩人整理食材。

「有。」許保強點頭說：「輸給陳七殺好幾次的左爺對吧……師父跟我講過，我也跟芊芊講了。」

「是啊。」王書語無奈說：「也不知道那位左爺在這間屋子裡幹過什麼事、在這流理台切過什麼東西，只好全部換掉……」

王書語和韓杰相戀兩年，對鬼怪已經見怪不怪，對於往後得長住凶宅也不以為意，唯一介意之處，是有潔癖的她，聽說左爺在這間屋子裡修煉邪術，腦海裡便浮現起左爺或許在流理台或是浴廁裡宰殺牲畜，甚至以活人獻祭時，切切剁剁、血肉橫流滲入磁磚或是流理台縫隙裡的景象——身為工作狂的她，在請人清空左爺舊家具之後，特地請了兩天假，拉著韓杰買了各式清潔劑，從三樓到地下室，來來回回清掃好幾遍，每塊磁磚、每條縫隙都不放過，累得韓杰直呼自己寧可和魔王打架，也不想再刷地了。

由於廚房沒有流理台，整備食材的空間不足，王書語要許保強上二樓幫忙韓杰——韓杰剛將幾只拆解搬來的大書櫃拼裝組成，按照王書語的意思擺放定位，癱躺在紙箱堆上打盹，見許保強走上樓梯，立時命令他下樓拿瓶冷飲上來。

許保強背著手笑咪咪地走上樓，望著韓杰，陡然揚手，對準他腦袋甩去一瓶運動飲料。

韓杰隨手接下，揭開瓶蓋大喝一口。

他嘴還沒離開瓶口，又舉手接下迎面扔來的第二瓶飲料——就像是早料到許保強會連扔兩瓶飲料給他。

「哇！」許保強走向韓杰，揭開自己手中那瓶飲料，嚷嚷叫著：「師父你反應也太快，你是不是無時無刻都在提防我？」

他說到一半，陡然住口，轉一半的瓶蓋又反轉旋緊，整瓶飲料往韓杰拋去。

「糟糕……」他拋出冷飲瞬間，便見到韓杰也揚起手，同樣朝他拋來冷飲。

兩瓶飲料在空中交錯。

一瓶被韓杰接下，一瓶飛過許保強慌亂漏接的雙手，打在許保強小腹上。

「哇……」許保強捧腹蹲地哀號呻吟。

「站起來，別裝死。」韓杰瞇著眼睛躍下紙箱堆，一面喝著飲料，一面說：「下次要玩這把戲，挑別的東西，別拿飲料來玩，弄髒我家地板，想害我被書語罵啊。」

「哼。」許保強見沒騙著韓杰，彈蹦起身，拎起飲料揭開來喝。「你還沒回答我剛剛的問題。」

「你問了啥鳥蛋問題？」

「你是不是一直防備我？」許保強問：「不然怎麼每次都守住我的偷襲？」

「算是吧。」韓杰聳聳肩。「我一見你滿臉賊樣，怎麼會不防備？」

「賊樣？我哪裡賊了？」許保強呆了呆，取出手機開啓自拍模式，檢視自己的臉。

「這裡是我老婆書房，別在這裡玩。」韓杰指著樓梯旁一間房。「那間是我辦公室。」

「哇！」許保強走近那間房探頭往裡面瞧，只見這「辦公室」僅約莫四坪大小，角落小櫃上擺放著一只籤筒、幾疊尪仔標、幾瓶金磚粉，櫃旁豎著兩支鋁棒，還有張小茶几和躺椅。扇外鐵窗造景布置，倒是和過去小文那鐵窗皇宮幾乎一樣，甚至紗窗上，都裝設著相同的小推門，方便小文自由進出。

「師父。」許保強笑著說：「你辦公室跟書語姊書房，大小差那麼多啊！」

「我又不愛讀書，給我大書房我也待不下去。」韓杰抓抓頭，帶著許保強逛逛三樓和頂樓——三樓兩房一間主臥房、一間更衣室，走廊、房間裡堆著尚未整理完畢的衣服雜物，頂樓梯間堆著一罐罐防水漆，韓杰拍拍許保強肩膀，說現在距離晚餐還有段時間，不如幫忙上第四層防水漆。

許保強說他想逛逛那神奇地下室，韓杰故作神祕說，地下室可厲害了，他幫忙漆完，就帶他下去開開眼界。

兩人漆完第四層防水漆時，天色已經暗了。

「阿杰。」王書語的喊聲自樓下傳來。「有客人上門了。」

韓杰放下漆刷，帶著許保強下樓迎接。

來人是俊毅，俊毅身後還跟著顏芯愛和張曉武，顏芯愛提著甜梅糕、雪心糖等陰間甜點，對韓杰和王書語說：「陰間沒什麼好東西，只有這個，恭喜你們搬新家。」

張曉武爽朗走向韓杰，也捧上一盒禮物，大聲說：「韓吉，你上次送我麻糬，我全部吃完了，一顆也不剩，芯愛可以作證，這是我回送你的——是不是男子漢，就看你自己了。」

「一個木下面四點火，那個字唸『杰』，韓杰。」韓杰接過那盒鯛魚燒，只見包裝精美，品名標籤下還有行「地獄特辣」四個字。他沒好氣地說：「陰間還賣這種鬼東西？」

「幹嘛？韓吉你怕辣啊？」張曉武賊嘻嘻地笑，對顏芯愛說：「妳告訴他，我是不是把他送我的麻糬跟芥末醬都吃完了。」

「你有夠無聊耶。」顏芯愛白了張曉武一眼，對韓杰說：「不過他眞的吃完了。」

「是嗎？」韓杰哼哼地揚了揚那盒鯛魚燒，對張曉武說：「謝謝啦。」

「記得要吃完吶，浪費食物會遭天譴喔。」張曉武扠腰吹著口哨，打量韓杰新家，走近韓杰，問：「前幾天有個雞巴人當著閻羅王的面，推舉我接任閻王，是不是你？」

「是啊。」韓杰點頭。「那位子最適合王八蛋當，我絕對挺你到底。」

「幹你老師咧……你害我祖宗八代都被翻出來調查，這幾天都要加班交一堆報告上去，還被同事笑我是不是自己偷偷投履歷去閻羅殿……」張曉武皮笑肉不笑，額上青筋暴露，大力捏住韓杰肩頭，說：「你這麼夠意思，我一定要好好謝謝你……」

行徑。

「不客氣。」韓杰拍拍張曉武胳臂。「你行的。」

「夠了。阿武。」俊毅將張曉武推開，拉著韓杰到一旁討論起業魔啖罪這段時間的種種行徑。

俊毅說他得到消息，啖罪近來確實意圖將影響力擴及上陽世，也結交了一些陽世勢力，而「那支陽世勢力」，和過去那些旁門左道法師勾結陰間邪派謀奪私利的情況也大有不同，更加有組織、大規模地滲透陰間各種勢力，交換資源、修煉各種稀奇古怪的法術科技——煉屍、混沌、遮天術等。

「如果要我簡單形容。」俊毅說：「過去陽世那些旁門左道勾結陰間勢力，只是爲了發大財或是當個地方小頭目；但是現在這個傢伙，似乎打算稱霸整個陰間。」

「怎麼看都像是那個把第六天魔王當成偶像的傢伙。」韓杰將拳頭捏得咖啦作響。「別說我，就連太子爺也想找出他。」

「韓大哥，我們來了！」

庭院外傳來陳亞衣的叫喚聲，王書語開門迎接，見陳亞衣和林君育提著大包食材上門，笑說：「我不是要你們不用自己準備食物嗎？我準備很多了，吃不完呀！」

「一定吃得完。」陳亞衣指指林君育。「我們這隻大老虎，說他能吃光一座養殖場。」

「十座俺都吃得完。」林君育體內黑爺出聲說。

「大老虎！」許保強見林君育進門，聽見黑爺聲音，嚷嚷問：「你是在阿育哥身體裡定居了嗎？怎麼每次你都在。」

「是啊。」黑爺答：「俺眞怕不盯著這師弟，他就要被他師姊拐跑啦。」

「黑爺……」林君育面露無奈。

苗姑的聲音自陳亞衣奏板裡發出：「不然你也生個孫女來拐我們家阿育呀！」

陳亞衣笑著幫腔：「黑爺你再不回天上，你虎園裡的小虎都要造反啦。」

王書語見黑爺苗姑等針鋒相對，韓杰和張曉武扠著手大眼瞪小眼，便大聲說：「時間差不多了，來烤肉吧。」

大夥兒出了庭院，圍著兩只烤肉架生火，韓杰見人多，和許保強額外搬來一堆磚，堆起兩個小磚窯，擺上備用烤肉網一起烤。

肉還沒熟，圍牆外一堆小東西探頭探腦，是老龜公和老獼猴領著一堆山魅扛來幾箱啤酒。

「哇，這麼多人啊！」老龜公嘻嘻哈哈地擠來韓杰身邊，開了酒向眾人敬酒，他見到王書語皺著眉頭向庭院外探頭探腦，大笑說：「大律師妳放心，我搭計程車來的。」

「那就好。」王書語點點頭，對陳亞衣和林君育說：「醜話先說，你們如果喝了酒，可以在我家打地鋪過夜，我不會讓你們騎車回去。」

「我不喝酒。」林君育這麼說。

陳亞衣也說：「我也不喝。」

奏板裡苗姑倒是嚷嚷起來：「我想喝啊。」

「俺也喝。」黑爺這麼說，操縱林君育的手拿起一罐啤酒揭開來就喝。「所以師弟只好喝了。」

「咳咳……」林君育被自己的手灌了滿嘴酒，嗆咳幾聲說：「我有酒精不耐，不能喝酒……咦？啤酒是這個味道嗎？」

「是俺喝又不是你喝。」黑爺這麼說。

「唔……咕嚕咕嚕……」林君育被黑爺灌完整罐啤酒，竟覺得像是喝水一般清淡無味，這才知道這啤酒入口之後，酒精和酒味竟全被黑爺攔截。

「乾杯、乾杯！」老獼猴左手啤酒、右手高粱，樂不可支，聽韓杰問他田啓法岳父母家有無動靜，只說沒事，他派了山魅手下們日夜看守，要韓杰別擔心。

「那位老兄還沒來？」韓杰取出手機想打給田啓法，只見手機上有則田啓法傳來的訊息——

不好意思，我帶將軍去桃園還給劉媽，剛剛才回台北，女兒突然有事找我商量，我先去找她，時間太晚的話，就下次拜訪了。

韓杰傳出個圖案表示自己收到了，聽王書語嚷嚷又有客人到，回頭往屋裡一望，見小歸也來了。

小歸身後還跟著一堆人，是東風市場老朋友們，王小明、曹大力，連四位乾奶奶都到了。

「哇！怎麼師父你家客人都是從房子裡走出來？」許保強愕然問韓杰：「你家地下室有

鬼門？」

「是啊。」韓杰點點頭。「厲害吧。」

「韓大哥——」王小明笑著蹦出門，踩著庭院爛泥，滑了一跤，沾了滿屁股泥巴。

「怎麼樣。」小歸得意說：「阿武說這裡辦烤肉喝啤酒，要我帶擬人針上來讓大家過過癮，我這擬人針不錯吧，摔跤都疼得跟眞的一樣。」

「好痛啊！」王小明掙扎起身，撫著屁股說：「好久沒這麼痛了……」

「喂喂喂……」張曉武朝著小歸大喊：「你亂說什麼，我哪有叫你帶擬人針，是你自己要帶的！」

「什麼，明明是你……啊！俊毅城隍也在啊！」小歸瞥見城隍俊毅面無表情盯著張曉武，連忙改口說：「啊……我記錯了，是我自己要帶的……俊毅城隍，你別誤會，這批老朋友都是太子爺乩身好友，特地上來祝賀他搬新家，打擬人針只是爲了、爲了……和他握握手，敘敘舊……」他一面說，一面推了推王小明屁股，說：「去呀，去和太子爺乩身握手。」

「啊？喔喔……」王小明連忙上前和韓杰握手。「你好啊韓大哥，好久不見……嗯？要敘什麼舊？」一票包括乾奶奶在內的老鄰居，聽說城隍也在，都有些慌張，一個接著一個上前和韓杰握手。

韓杰被王小明握了一手爛泥，臭著臉說：「別握手了，敘舊吃烤肉吧，肉要烤焦了……」

「俊毅大哥哥……」小歸見俊毅仍擺出一張撲克臉，也不知道他是不是在生氣，只好笑嘻嘻走去說：「我保證我這些擬人針沒有摻任何不該摻的東西，我已經送驗了，等著許可證發下來呢……另外這些老鄰居還沒申請陽世許可證，你不開心的話……我帶他們回去……」

「咳咳……」俊毅摳摳耳朵，對小歸說：「這些老市場朋友是太子爺特許成立的部門，負責支援太子爺乩身在陽世辦事，我想管也管不著；我上來，只是跟太子爺乩身交換點情報，我還有事，先走了。」他這麼說，拍拍小歸肩頭，彎下腰低聲說：「你生意越做越大，有點得意忘形了，新產品越做越誇張，你收斂點，別讓我難做……」

「是……」小歸點點頭。

俊毅瞪了張曉武一眼，走向韓杰。「老弟，我先走一步，不是不給你面子，只是這些傢伙太麻煩了，我眼不見為淨，有消息再聯絡。」

「我知道。」韓杰微笑點頭。

「老大。」顏芯愛見俊毅往韓杰家裡走，連忙喊他。「我想留下來烤肉……」

「你們負責維持秩序。」俊毅這麼說。

「可不可以向小歸借點擬人針……」顏芯愛撒嬌說：「不然吃不了……」

「要做什麼自己看著辦，我沒聽見妳說什麼！」俊毅大聲說完，快步走進韓杰家。

「哦——」張曉武見俊毅離去，歡呼一聲，撲向小歸賞了他一個擁抱，搶來兩管擬人針，拋給顏芯愛一管，再自己打了一針，拿起一罐啤酒揭開來就喝，還和老龜公乾杯。

「這位怎麼稱呼啊？」老龜公熱情招呼張曉武。「啊！你是上次和阿杰打架的那小子！」

「是打哭他的那位哥哥。」張曉武糾正老龜公，大口狂飲啤酒，嚷嚷說：「幹他老師怎麼這麼好喝！」

韓杰又令許保強帶著王小明和曹大力去搬磚堆窯，讓這批東風市場老鄰居們也一齊烤肉喝酒。

苗姑從陳亞衣奏板裡鑽出，向小歸討了一管擬人針，也想喝幾罐啤酒。

王書語上樓將錡爺也喊了出來，要他帶著紅孩兒出來一齊吃烤肉；紅孩兒剛下樓，就被韓杰指派去支援王小明生火。

紅孩兒那妖火能燒山熔鐵，但要他燒紅幾枚小小的木炭，像是要他拿關刀切蘿蔔絲般，一個拿捏不慎，將整座窯都燒紅了，嚇得王小明怪叫連連說燙死人了，所幸錡爺不停提點，協助紅孩兒控制火勢。

紅孩兒玩火玩得興起，在掌心生起小火，讓大夥兒直接將肉片放在他手上烤，反倒成了紅人，惹得乾奶奶和東風市場老鄰居們將他團團包圍，稱讚他生得可愛、火也厲害。

紅孩兒見面前走來一個叉著肉片的小女孩排隊等待烤肉，便將王小明剛放上他手心的肉片扔了，還呼風澋跑王小明，向小女孩攤開掌心，還將火變化成一隻小兔子的模樣，來烤她的肉片。

那小女孩便是先前曾受韓杰委託，上陽世保護王書語的小琪琪，她叉著肉串在紅孩兒掌心的火焰小兔上轉動，看得嘖嘖稱奇。

王小明知道紅孩兒厲害，也不敢囉唆，撿起地上的肉，東張西望，見老龜公和苗姑、老獼猴、張曉武拚酒拚得哈哈大笑，便悄悄湊去，用那被紅孩兒扔在地上的肉片，掉包老龜公擱在一旁紙盤上的肉片，邊吃邊竊笑。

貳柒

夜裡風冷雲稀，大夥兒配著月光和酒，吃得興高采烈，突然一聲剽悍狗吠自韓杰家客廳裡吼出。

所有人被這聲暴烈犬吠嚇得停下動作。

王書語急急忙忙要進屋察看，卻見到本來一直安安靜靜的柴吉蹦下沙發，搖搖晃晃走出門，站在台階上，望著庭院外山道，雙眼金光閃爍。

眾人向外望去，只見庭院外道路對面山坡，走下一個小女孩。

小女孩揹著背包，捧著一只禮盒，走過道路，來到韓杰家外，停下腳步，將禮盒放在庭院外，還擺上一張卡片。

大夥兒你看看我、我看看你，最後望向韓杰。

韓杰示意眾人退遠點，從口袋掏出一張尪仔標，往前一抛，蹦出一隻小豹，落地奔近道路，將那卡片叼了回來。

韓杰從小豹嘴裡接過卡片，只見卡片上寫著短短幾行字——

> 恭喜賢伉儷喬遷新居，送你們一份見面禮，算是一場遊戲，測試一下你新家防禦能耐，我猜太子爺應該會喜歡這遊戲。

小女孩放下禮盒和卡片，轉身回到道路中央，揭開背包，從中取出香燭符紙、祭品法器，一一整齊擺放在地上；跟著點燃香燭、燒起符紙，抓在手上跳舞，像是在馬路上起壇作法般。

「幹……那小妹妹是人還是鬼？」張曉武瞪大眼睛仔細瞧，顏芯愛往前幾步，湊近細看，只見前方山坡頂上飄起奇異雲煙。

五色雲煙快速飄下，吹拂到透天厝庭院外，卻彷彿碰著無形牆壁般向兩側散開；眾人東張西望，只見雲煙轉眼便包圍了前後庭院，但始終跨不進這透天厝地界範圍。

小女孩嘻嘻笑地抓著香燭和符跳舞，不時轉圈，每一次轉圈，樣貌都大不相同。

這一圈是稚嫩童顏、下一圈是蒼老朽面、再一圈是腐屍爛臉。

這一圈陰笑、下一圈盛怒、再一圈哀戚。

然後又是陰笑。

小文抓著籤紙飛出屋，在韓杰面前抛下。

小女孩舉起一把香，往庭院鼓嘴一吹，吹出一陣猛烈鬼火，轟隆隆地仍然被那無形牆壁擋下。

停在庭院裡的飛火宮，車身旋起五彩光風，車裡耀出七色光芒，兩隻大石獅在兩側車門前現身，一隻抬腿搔頭、一隻甩耳舔爪。

柴吉威風凜凜走過眾人腿邊，直直撞倒兩座還燃著火的烤肉架，咬起一塊肉大口嚼。

新文鳥小小在頂樓高空盤旋，全身白光閃耀，小小的翅膀外隱隱浮現出一雙大翼。

「各位……」韓杰抓抓頭，轉身對著庭院裡嚇傻了的老鄰居們，或是擺開了架勢準備迎戰的陳亞衣、林君育、許保強等人，揚起手中籤令，笑說：「太子爺要大家通通滾進屋、關上門，不准插手。」

「什麼？」陳亞衣等瞪大眼睛，不敢置信。

許保強大聲抗議。「我們這裡這麼多人，為什麼不能插手？」

「對。」韓杰對著許保強晃了晃籤令，不等他看完，來到王書語面前，苦笑對她耳語，將籤令遞給她。

王書語望著籤令，有些驚訝，但點點頭，說：「好。」

她說完，在一只爐邊坐下，繼續烤肉、繼續吃。

她胸前衣服動了動，小石虎柳丁蹦了出來——柳丁此時正是附身在那幼虎藕身上，這幼虎藕體型比柳丁大上一圈，比柴吉略小些，背上虎爺袍子隨風揚開，一身戰甲金光閃耀，兩隻鋼鐵爪子踏在地上叮噹作響，站在王書語那只烤肉架前，虎爺袍子上亮著一排小字——

下壇將軍柳丁出陣伏魔

「快快快，動作快，快滾進屋啊——」韓杰一面催促，一面揪著王小明往屋裡推，眾人仍反應不過來，但見飛火宮旁兩隻大石獅不耐煩地起身，轉身朝著眾人咧嘴嗚吼、緩緩逼來，大夥兒這才相信真是太子爺下令，連忙往屋裡退。

「唉喲！」「唉喲喂呀——」四位乾奶奶與東風市場老鄰居們尚不習慣擬人針的效力，

奔得跌跌撞撞。「當鬼當太久，都忘了怎麼跑步啦！」「烤肉都沒吃上幾口……」

大夥兒進屋，卻見王書語還留在庭院外，急急喊她。

「別擔心我。」王書語苦笑說：「太子爺要我留在院子裡，模擬一下日常鬼怪突襲的狀況。」

「什麼？」大夥兒你看看我、我看看你，陳亞衣忍不住拉了拉苗姑衣袖。「外婆，我們眞的不幫忙？」

「幫什麼幫。」黑爺在林君育身中發聲。「狗跟鷹都下來了，太子爺擺開這陣仗，咱們還湊什麼熱鬧？乖乖看戲就好啦。」

韓杰將所有人趕進屋裡，自個兒捏著尪仔標，站在透天厝門外，望著獨自一人坐在爐旁烤肉的王書語。

「嘰！」小文從王書語手中搶過籤令，直直飛向韓杰，在他臉前撲拍亂叫。

「喂！」韓杰惱火撥打小文，只覺得小文爪上那籤令滾燙如火，只好也退回屋裡。

「韓大哥，連你也進來？」陳亞衣等愕然大叫，紛紛指著門外窗外。「山上好多鬼下來了——」

韓杰回頭，只見對面山坡竄起一隻隻鬼影，隨著雲煙飄飛下山，更有一輛輛古怪公車緩緩駛來，在透天厝外停成一排，車門車窗同時開啓，鑽出一隻隻手持刀械的惡鬼。

「那些車哪來的？」大夥兒見那隊公車來得突然，愕然嚷嚷起來。

顏芯愛說：「這間房子點了燈，受天庭看照，遮天術蓋不住，另外有太子爺行動宮廟鎮著，鬼門開不進來，所以敵人把鬼門開在馬路上？」

大夥兒聽顏芯愛這麼說，湊去別的窗子望，王小明還溜進廚房，透過窗看了幾眼後院，嚇得奔出來嚷嚷：「後院外面也有怪雲！」「這鬼門竟然是一整圈圓形，圍著整間屋子！」

門旁眾人又一陣驚呼，只見庭院地界閃耀起一面彩光，跟著豎著破開一道口——

像是百貨公司自動門般向兩側開了門。

「……」站在自家門內的韓杰緊捏尪仔標，忍不住往前踏出兩步。

小文凶悍回頭朝他嘰嘰鬼叫。

韓杰只好又退回屋裡。

庭院裡王書語咬了口烤肉，對韓杰比了個ＯＫ手勢，也不知是表示味道不錯，還是表示自己並不害怕。

小女孩呀的一聲，雙手線香符紙全高高拋上天，身型迅速變化，轉眼變成一層樓高、長手長腳、白髮披肩的年邁巨鬼，大步踏進韓王家庭院。

群鬼跟在白髮巨鬼身後，蜂擁攻入庭院草皮。

「嘖！」韓杰連忙揉開兩張尪仔標往腳下一砸，一張尪仔標化成風火輪附上他雙腿，另一張化成火尖槍豎在他面前。

韓杰握住火尖槍，見到小文回頭瞪他，便按兵不動，只連連低呼，下令先前那小豹配合柳丁守護王書語。

一隻隻惡鬼或鑽或飛地趕過白髮巨鬼身子，往前進逼。

柴吉站在庭院中央，直直瞪著白髮巨鬼，任憑野鬼群衝過身邊，一動也不動。

野鬼群衝過柴吉防線，直撲王書語。

「哇！笨狗完全沒有反應！」眾人尖叫。

王書語捏著烤肉，咬著下唇，眼見鬼群朝她撲來。

柳丁和小豹伏低身子高高躍起，迎向撲來惡鬼。

韓杰終於按捺不住，踏著風火輪衝出房。

「蠢蛋……」黑爺打了個哈欠。

十餘隻撲向王書語的鬼群，同時被一陣風壓按下地，身子噗嗤嗤地生出一枚枚血洞。

柳丁和小豹因此撲了個空，摔滾落地，不甘心地追咬被風壓按在地上的惡鬼手腳。

就連衝到王書語身前撞翻了烤肉架的韓杰，挺出的那槍也刺了個空，驚愕地望著被風壓搶先一步按在泥草地上的惡鬼。

一聲鷹嘯在韓杰頭頂響起。

所有人向上一望，新文鳥小小像枚流星般自上掠下，再高高飛起。

小小鳥身上方，重疊著一雙巨大鷹翼幻影，那壓倒惡鬼的風便來自於這雙大翼。

小小爪子兩側也隱隱閃現一雙大鷹爪，張張合合，抓倒白髮巨鬼身前身後一隻隻小鬼。

白髮巨鬼哀號一聲，單膝跪倒在柴吉三公尺前——他跪倒的左腿膝蓋缺了一大塊。

巨鬼揚起大手，揮向柴吉。

柴吉扭頭張口一咬。

巨鬼整隻手掌瞬間缺少一大半。

柴吉一張倔強醜臉咀嚼起來。

巨鬼單手撐地，像頭巨獸，仰長了脖子吸飽氣，朝著柴吉狂吼黑風。

「汪吼——」柴吉爆出巨吼，彷如炸彈爆炸，不僅炸散巨鬼吼出的黑風，甚至炸焦了巨鬼的臉。

巨鬼被柴吉這聲炸彈吼吼得七孔噴血，什麼也瞧不清楚，還沒來得及還擊，下巴又給柴吉一口咬去。

「哇——」透天厝內所有人擠在門邊窗邊，全被柴吉那巨吼和凌空大咬給嚇傻了眼。

「消息是眞的。」黑爺說：「太子爺向二郎神借了犬跟鷹，把守他這陽世據點。」

「二郎神？」「犬跟鷹？那是什麼？」許保強、陳亞衣等都望向林君育。

「犬是哮天犬。」黑爺舉起林君育的手，指向庭院中央的柴吉。

柴吉望著沒了下巴的白髮巨鬼，抬起後腳搔搔癢，見巨鬼又朝他撲來，立時咧嘴橫咬一口，將那巨鬼頸子一口咬斷。腦袋離身飛天，緊接著再汪汪幾聲爆炸吼，吼得那巨鬼飛天腦袋和無頭身子接連炸出金光，碎爛身子炸退老遠，在空中化成焦灰。

「鷹是撲天鷹。」林君育的手轉而指向空中。

小小那雞蛋大的身子，在空中閃耀銀光，彷如一顆會轉彎的流星，四竄盤旋，所到之處，衝入庭院的野鬼群們，一會兒被搧壓貼在地上動彈不得，一會兒被捲上半空。小小蹬蹬小爪、張張小喙，不管是空中的鬼還是地上的鬼，身上都破出一枚枚大洞。

庭院外，一輛載鬼公車被柴吉遠遠動動口，車頭登時缺了一大塊，柴吉又一吼，整輛公車炸飛上山。

小小振振翅，又兩輛公車被拎上天扔遠，然後柴吉汪汪兩聲，再兩輛公車炸飛上天。

飛火宮外彩光耀起，豎起一面面兵器架，架上刀槍劍戟像是沖天炮般條條拖著彩光符籙飛梭升空，炸翻了整條山道上的載鬼公車。

「嘎……嘎嘎！」

附身虎偶、身披華麗戰甲的柳丁，只一開始咬了幾隻被小小按倒的野鬼幾口，之後便再無一隻鬼能夠近身，小嘴小爪癢得不得了，見整條山道的鬼都給炸飛了，急得要往庭院外衝，卻被庭院地界那道無形牆擋下，向後彈滾好幾圈。

這透天厝的「門」又關上了。

柴吉站在地界外，像是看門守衛般望著對面山坡；小小在空中盤旋，不時朝山坡蹬蹬爪、搧搧風。

飛火宮旁幾面兵器架上的兵器射出一柄，很快又會補上新的，炸光山道上十餘輛載鬼車之後，轉向開始炸山。

韓杰站在王書語身前，腳還踩著散落在地上的香腸和烤肉，望著對面山坡上彩光此起彼落，也看傻了眼。他雖知道柴吉和小小是太子爺因應先前公寓夜襲，新賜給他的看門守衛，但卻沒料到這一鳥一狗竟強大至此，加上那飛火宮坐鎮，即便是陰間魔王親身駕到，都難以攻下他這新家。

「阿杰……」王書語拍拍韓杰大腿。「是不是你電話？」

「嗯？」韓杰經王書語提醒，這才注意到自褲口袋透出的手機鈴響，他取出接聽。

「哈哈！很精彩，真的……」電話那頭笑呵呵地說：「我都有點羨慕了。」

「……」韓杰聽那說話聲有些陌生，皺起眉，困惑問：「你誰啊？」

「喔。」那聲音說：「我忘記有沒有用過這人和你說話了，我想可能沒有，所以你認不出來——你再猜一次，我覺得你應該猜得出來。」

「你是老師？」韓杰愕然問：「什麼叫『有沒有用過這人跟我說話』？你還能用不同聲音說話？」

「不是用不同聲音說話，是用不同人說話。」電話那頭，老師笑著說：「且不只說話，用不同人吃飯洗澡排泄做愛都行。」

「什麼……」韓杰愕然問：「你能生靈出竅？附在別人身上？」

「是有點像，但不太一樣。」老師這麼說：「其實我自己也不太清楚我這能力究竟是怎麼一回事，我覺得應該是一種天生資質；自古天地神魔，應該都有那麼一點與生俱來的厲害能力，對吧。」

「少講廢話，你他媽到底想怎樣？」韓杰不耐問：「你三天兩頭找我麻煩很好玩嗎？怎麼不乾脆約出來打一架？」

「你問了三個問題。」老師說：「一，我想成魔；二，找你麻煩確實很好玩；三，我現在還沒成功成魔，你有太子爺罩著，我打不過你。」他說到這裡，又問：「你還有想問的嗎？」

「操……」韓杰捏緊拳頭。「所以你搞一堆花樣，就只是覺得好玩？」

「對啊，好玩啊。」老師說：「如果打贏你，弄到你的蓮藕身或是幾樣法寶，那是大賺；打輸就算了，下次再來，就像是打電玩一樣，你喜歡電玩嗎？你是我的大魔王呀！」

「我操——」韓杰對著手機爆了句粗話，氣憤地東張西望。「你現在正躲哪個地方偷窺對吧，你最好躲遠點，不要一不小心就被我揪出來……」

「好，換我說話了！」老師大聲打岔。「今天這地方就到此爲止，我只是來探探你新家情況，也謝謝太子爺大方對我火力展示——我明白他的意思，他是在警告我別打你老巢主意、別碰你家人，我完全明白。」

「到此爲止……哼哼？」韓杰見四周怪雲散去，野鬼們消失，連剛剛白髮巨鬼變身之前擺在馬路上的那些香燭符籙都不見了，卻仍不敢大意，只想這老師肯定又在講反話，接下來說不定還有數波攻勢。「你以爲我會信你？」

「我好意提醒你呀。」老師說：「你忘了今晚少了個客人嗎？他麻煩大啦！」

「嗯……」韓杰聽老師這麼說，一時難以會意，他回頭一一望過擠在自家門窗後的人，猛地一驚。「你說陳阿車接班人？」

數日之前，韓杰確實傳了訊息邀請田啓法今日一聚。

當時田啓法僅回覆今日倘若沒工作的話，會來一趟；但此時此刻，仍不見田啓法身影。

「就是他。」老師嘻嘻一笑。

「他怎麼了？」韓杰急問：「你的目標是他？」

「不是我的目標。」老師說：「是業魔啖罪的目標。」

「啖罪？那傢伙不是被濟公灌了一肚子驅魔酒，怎麼還敢找人家徒弟麻煩？」

「那魔王就是那樣，死心眼。」老師笑說：「好了，你再不過去，就來不及啦。」

「過去？去哪裡啊？你……」韓杰還想追問，老師已經掛斷了電話。

同時，陳亞衣和黑爺先後叫嚷起來。

「韓大哥，出事啦！比前幾天飯店更大條啦！」「各位！俺收到急令，魔王在陽世市區開出混沌，吞了整排民宅樓房——」

小文也突然尖叫一聲，撲飛下地，從一只烤肉架旁抓起一塊生肉，在空中盤旋兩圈，直到爪上生肉冒煙轉熟，隨即往韓杰臉上一拋。

韓杰聽陳亞衣和黑爺嚷嚷，知道情況緊急，也不顧小文扔下的那片肉還燃火冒著煙，一把抓住，攤開來仔細看——

魔王在陽世開混沌，我揪了閻王鬍子，現在還不能下去，你把能帶去的東西全帶上，速速過去！

「啊！在什麼地方？」韓杰翻看肉片，沒找著地址，見到小文拋來第二片滾燙肉片，接下一看，只見那地方正是先前跑過的田啓法岳父母家一帶。「我操，又是魔王啖罪！」

「外婆，順風耳將軍要我們用最快的速度趕去救援，說那魔王開了超大混沌，把一整個街區都吞進去了——」陳亞衣急喊，一旁苗姑有些醉意，正拉著小歸討要擬人針解藥。

「別急、別急！」小歸慌亂從包包中取出一盒針劑，胡亂分發給苗姑、張曉武和顏芯愛。

顏芯愛一面捲著袖子施打擬人針解藥，一面接聽電話，見韓杰進屋取車鑰匙和尪仔標菸盒，連忙喊他：「要不要走陰間比較快？俊毅也收到消息了，他正調公務車過來。」

「好……」韓杰點點頭。隨即聽見小歸大聲喊他：「坐我直升機更快，就停在你家樓頂——」

「大家動作快！」韓杰高聲將所有人往廚房趕。「全部進地下室——」

□

地下室右側盡頭原本嵌在牆上的漆黑小廟彷彿經過整修，變得純白一片，白簷下懸著一排紅色小燈籠，原本破落敞著縫的小廟門，像是換上了新門般完整閉合，還裝上了小小的門鈸和門環，上頭貼著一張紅紙，寫著「飛火宮後殿施工中」。

韓杰走到小廟前，捏起門環叩擊門鈸兩下，發出噹噹聲響。

小廟前方浮現出一面緩緩開啓的大門幻影，韓杰指揮眾人進門。

「嘩——」許保強擠在眾人中，走進門，發現自己來到一間一模一樣的地下室裡，知道自己通過了鬼門，來到陰間，身處在對應的透天厝地下室中。

此時這陰間地下室堆著一堆堆建材、施工用具和待組裝家具，甚至還有幾箱陽世乾糧飲水和生活用品。

大夥兒循著長梯魚貫走上一樓，客廳裡有些工人正在施工，數面牆上都裝設著雅緻小油燈，油燈下垂掛著一束小墜飾，墜飾小牌刻著「中壇元帥陰間辦事處」一行小字。

小歸領著韓杰步出這陰間透天厝，只見門外景觀和陽世大不相同。

屋外沒有庭院也沒有圍牆，四周是一片建地，房屋左右和後方都有施工中的建築，就連屋前那山郊產業道路都拓寬成了兩倍。

啖罪在這地方砸下鉅資，打造重要據點，那日被濟公打退之後，下令周遭暫時停工，想等風頭過後再重新開張，卻不料太子爺令韓杰購下這陽世透天厝，再以鎮邪驅陰的名義，將地下室小廟改作自家宮廟，再將那地下室登記成神明聚會所，如此一來，整棟透天厝對應的陰間建築，都變成了天庭轄區。

太子爺進一步發令陰間，稱這啖罪據點周遭建物通通有問題，一併強行徵收充公——本來地府未必一定要接受太子爺這控訴，但是一來啖罪伏擊陳阿車和田啓法的過程有明確事證，濟公氣呼呼地幫著太子爺一併施壓，說定要追究這一帶城隍和相關地府官員責任，嚇得那些本來與啖罪有私交的地府官員見風轉舵，和啖罪劃清界線，任由太子爺接收了鄰近土地建物。

太子爺將這些建物轉租給小歸，令小歸接手續建，作爲韓杰東風市場老鄰居那部門的辦公室。

在小歸規劃下，透天厝左側矮樓變成了東風市場老鄰居辦公室，右側矮樓則作爲他保全公司分隊據點，後方幾座倉儲用來囤放他雜貨店貨物。

那陰間透天厝一樓，則當成神明聚會所陰間接待處，二、三樓則作爲韓杰跟王書語平時的緊急避難所。

小歸指著透天厝後方倉儲區域停車場，他的代步直升機便停在那兒。

「我很快回來。」韓杰拍拍王書語肩頭，望了望老龜公和董芊芊。

「這裡就是陰間呀……」老龜公一副沒喝盡興的模樣，一旁老獮猴立時塞給他一罐啤酒，指指身旁山魅，原來剛剛老獮猴在韓杰吆喝大家退進屋裡時，還不忘下令要山魅扛著酒一起撤退。

「這裡是天庭轄區，我們在這裡很安全，你帶小小跟柴吉一起去。」王書語拉起韓杰的手，將小小從肩上抓下，擺上韓杰掌心。

「好，小醜八怪，跟我走。」韓杰向柴吉挑挑眉，帶著陳亞衣、林君育、許保強、苗姑等跟著小歸往透天厝後方倉儲區域走，回頭見柴吉一臉嚴肅地緊跟在後，呵呵笑說：「平常我叫他醜八怪他會發脾氣、拉屎拉尿，工作時倒是很穩重。」

「太子爺乩身吶——」黑爺的聲音自林君育喉中響起。「現在你家小狗身上那可是哮天犬，是二郎真君愛寵、是一級戰將，是真君看在太子爺面子上出借來守護你家戶平安的貴賓，你對他不能像對自家小狗一樣說話呀！」

「你說的對……」韓杰經黑爺這麼提點，隱隱察覺自己失禮，一上直升機，便將柴吉捧上大腿擺著，捏揉他雙肩後背，對他說：「我講話白目，您別介意。」

「老太婆還有點醉，到了叫我……」苗姑打了擬人針解藥，只覺得酒意還沒退，鑽入陳亞衣奏板裡暫歇。

韓杰四人，剛好坐滿小歸直升機艙四人客座。

小歸坐在副座，一聲令下，直升機緩緩升空。

透天厝外，俊毅臭著臉斥責那打了擬人針解藥剛變回鬼、還微微醺醉的張曉武跟顏芯愛幾句，吆喝兩人上車，急急趕往田啓法岳父母家公寓。

從山郊到市區，警笛聲此起彼落地響起，空中出現一隊隊閻羅殿武裝直升機，全往同一個方向趕去。

貳捌

華麗鑲鑽手機螢幕裡，田啓法在公寓樓梯間快步上樓。

田啓法經過梯間窗邊，似乎察覺到什麼，停下腳步，往窗外張望半晌，然後繼續上樓。

他來到岳父母家門前，按下電鈴——

此時門外那一張張奇異符籙已經沒了，這些天下來，岳父母和女兒田雅如已經恢復正常生活，他除了聽老獼猴回報田雅如和岳父母近況之外，偶爾也會騎著三輪車來到鄰近街道，偷瞧田雅如上學模樣。

今晚他本來已經準備好要去韓杰家烤肉，但收到田雅如傳來的訊息，稱夢見媽媽託夢，說有件重要事情想和他討論。

然後他就來了。

木門緩緩揭開，門縫後頭是一張陌生猥瑣的臉。

「呃……」田啓法愣然望著那陌生男人的臉，一下子還沒反應過來，喀嚓一聲，鐵門也開了。

那男人開了鐵門，立時退遠。

「你是……」田啓法拉開鐵門、推開木門，還聽見那男人吸哩呼嚕的噁心笑聲。

田啓法急急進房，只見房中昏暗一片。

男人退到沙發後方，笑嘻嘻地耍弄著手上一柄水果刀。

沙發上，田雅如、阿冬和老林三人坐成一排，互相倚靠，雙手都反綁在背後，眼睛緊閉著，嘴巴皆被貼著膠帶，沉沉昏睡。

他那過世妻子良蕙的牌位，則橫躺在祖孫三人面前廳桌上，牌位上貼著一張紫符，一點動靜也沒有。

「怎麼回事？」田啓法大聲驚呼，指著那男人喊叫。「你是誰？你想幹嘛？」

「噓——」男人對田啓法比了個小聲的手勢，將水果刀架上田雅如脖子。「小聲一點。」

「你、你別亂來……有事好商量……」田啓法揚起手，示意男人冷靜。

「我就是想找你商量。」男人咧嘴笑了笑，指著田啓法身後大門。「把門關上，別嚇到鄰居。」

田啓法關上鐵門和木門，望著那男人。「你要商量什麼？要錢的話，我只有幾萬塊……」

陳阿車離世後，他接手那輛三輪車，在等待韓杰會合看屋之前，將那三輪車裡裡外外都整理了一遍，清出一些雜物，還翻出了幾萬塊錢。

濟公在夢裡告訴他，陳阿車三輪車裡的一切東西，都算是讓他繼承了。

他在夢中問濟公說陳阿車身子後續怎麼處理，濟公說已經燒成灰了，之後會找時間帶回陽世讓他祭拜。

「幾萬塊……」男人瞪大眼睛，面目猙獰，舉刀指著田啓法。「你當我乞丐呀……我問你，你是誰？爲什麼壞我好事？」

「我壞你好事？」田啓法連忙喊冤。「我連你是誰都不知道，我壞你什麼好事了？」

「啊呀！」男人惱火說。「你還不承認？你爲什麼鬧我大王廟？你把我大王偷去哪啦？」

「你大王廟？什麼大王廟？你大王是誰啊？」田啓法感到莫名其妙。

「大王廟嵌在牆裡，在一棟房子的地下室！」男人恨恨地說：「我忙著替大王張羅轉生儀式，你趁我不在，帶人搶了我的廟！偷走我大王！」

「你……」田啓法聽男人這麼說，這才驚覺他便是之前在那透天厝庭院灑水掩飾陰氣的怪傢伙。

「你到底是誰？」男人喝問：「你把我大王藏在哪兒？」

「我不知道你說什麼……」田啓法一時也難以回答這問題，他見男人雙眼滿布血絲，印堂、眼圈、雙頰都烏黑一片，身上隱隱透著邪氣，只猜他仍受到邪術蠱惑，便悄悄伸手按住腰際葫蘆，想伺機喝酒噴他。

「葫蘆！」男人立時瞪向田啓法那葫蘆，大聲一喝。「別讓他喝酒——」

「什麼？」田啓法被男人這喝聲嚇了一跳，陡然感到身後陰氣襲來，急急回頭，只見無端端多出兩隻鬼，四手伸來揪他胳臂、搶他葫蘆。

田啓法雙手被鬼揪著，緊抱著葫蘆呢喃唸咒，葫蘆震動幾下，葫蘆口那短莖分岔長出數條莖藤，唰唰纏上身，還冒出一枚枚小葫蘆。

田啓法扭動身子唸咒，抖落兩三枚小葫蘆，砸在地上炸出團團金光。

惡鬼被金光一映，哎呀呀地退開。

田啓法立時舉葫蘆灌酒抬頭往上方噴吐，伸手在酒霧中比劃施咒，大喊：「師父，我有麻煩啦，借我戰袍——師父！師父？」

田啓法喊了一、兩分鐘，什麼反應也沒有。

「嘿嘿、嘿嘿嘿……」怪男人歪著頭嘻嘻笑著，咬著手指吹了幾聲口哨，對田啓法說：「別傻了，你借不到法的……」

隨著那聲口哨，屋中幾間房、廚房、浴廁，都走出惡鬼。

有些惡鬼還押著四隻被五花大綁的山魅——

這幾隻山魅，是老獼猴派駐在這兒的守衛。

這些天來，田雅如祖孫三人生活正常，老獼猴另外接下幾件巡邏任務，這兒的防備便漸漸漸鬆懈下來。

一鬆懈，怪男人就找上門了。

「什麼！這地方也有遮天術，難道……」田啓法聽男人這麼說，可嚇得呆了，跟著，他隱隱感到一股怪異氣息四面擴散，和先前混沌有些類似，卻十分微弱，一不留神便難以察覺。「啖罪又來了？」

怪男人口袋傳出手機鈴聲，取出接聽，恭恭敬敬地應了幾句話，對田啓法說：「大王的大王，要我跟你說『你答對了』……還有，他想跟你說話。」

「大王的……大王？」田啓法顫抖著，見男人緩緩走向他，朝他遞來手機，有些遲疑，但仍伸手去接。

那是通視訊電話，螢幕上是一張冷酷男人臉孔，雙頰、額上有些紫色紋路。

「你……你是……」田啓法怯怯地問，已經隱隱猜出男人身分。

「我們交手好幾次了，你還認不出我？」男人笑了笑。

「業魔……啖罪……」田啓法哆嗦著說。

啖罪點點頭。

「你……」田啓法問：「我哪裡得罪你了，你爲什麼一直找我麻煩？」

「你知道你讓我賠了多少錢嗎？」啖罪冷笑兩聲，說：「那塊地、那間屋、屋裡的小廟，你知道我養了多少年嗎？現在被人整碗捧去啦……」

「你……是你自己派個手下假扮活人躺在地下室騙我們進去。」田啓法這麼辯解。「怎能說是我害的……」

「喝！」啖罪眼睛紅光炸射，發怒道：「你們不踩我地盤，我又何必招惹天上濟公！」

「大王、大王不好了！」另一個說話聲音透過手機傳出。

「嗯？」啖罪視線轉開。「怎麼了？」

「有點麻煩……」那聲音急急說：「閻羅殿出動了空中武裝部隊，各地城隍府都派出了陰差，全往這邊趕來……」

□

「什麼……」坐在奢華黑頭轎車後座上的啖罪放下手機，望著副駕駛座那嘍囉。「什麼情況？我們這最新混沌不是經過改良、無色無味嗎？怎麼這麼快就被發現了？」

「我也不懂……」副駕駛座嘍囉托起手上那奇異儀器，說：「您看，陰氣指數都沒有超標……大王您剛剛自己也說，這混沌沒什麼味兒……」

「難道有人告密？還是這樓裡還有其他眼線？」啖罪皺眉思索幾秒，轉頭吩咐身邊謊姬。「這裡交給妳了，把那小子帶來給我。」

「是。」謊姬點點頭，開門下車，飛爬上牆，去逮田啓法。

「開車。」啖罪對駕駛下令，關閉手機視訊，撥了通電話，對著電話那端說：「老弟，我聽說你們連直升機都出動了，怎麼回事？該不會……要對付我吧？」

「我說老哥啊！」電話那端聲音緊張，急急說：「不是吧，在市區放混沌的眞是你啊？你想幹什麼？一堆陽世神明眼線往天庭急報，說有魔王公然開鬼門攻陽世呀，這怎麼可能壓得下來。你人在哪？該不會在現場吧？」

「……」啖罪嘖嘖幾聲，惱火說：「我只不過想逮個人罷了……我也不知道這混沌範圍這麼大，整套混沌符包是一個陽世小朋友替我準備的，他說這東西經過改良，沒有味道、沒有陰氣，開一整晚也不會被發現……」

「老大啊……」電話那頭埋怨說：「你那混沌把一整條街區都吞進去了，怎麼可能不被發現？」

「我已經吩咐手下行事低調了。」啖罪說：「就只是上一戶人家逮一個傢伙，沒嚇人也沒鬧事，其他住戶照理說完全沒發覺才對呀。」

「你手下再怎麼低調是一回事，事實上是這消息已經傳上天啦！」電話那頭說：「天庭電話響不停，要我們全力逮人吶，你是不是還在那附近？是的話趕快走呀！不是所有陰差都歸我管，你要是真被逮了，我可保不了你……」

「能不能幫我拖拖？」啖罪問。

「怎麼拖？」

「拖上五分鐘、十分鐘就好。」啖罪說：「我還有一招。」

「哪招啊？」

「我有一隊頂罪小弟就在附近，我讓他們招搖一點，你讓陰差去圍捕他們。」

「頂罪小弟？」電話那端問：「你不怕他們供出你？」

「他們是我手下臨時找來的，不知道我今晚計畫，也不知道上頭是我。」啖罪說：「控制混沌的法器，在他們後車箱裡。」

「眞有你的，連頂罪小弟都事先準備好了。」電話那端說：「好，我想辦法派隊陰差抓你那批頂罪小弟……不過既然你安排得這麼細心，連頂罪小弟都已經準備好了，怎麼還會出這紕漏？」

「我會查清楚，這次拜託老弟你啦……」啖罪掛上電話，令駕駛加速駛遠。

一隊隊陰差車輛，與啖罪座車擦身而過。

貳玖

「拿下他——」怪男人指向田啓法，周圍鬼怪一擁而上，架著田啓法雙手、緊抱他雙腳，還抖開幾只符籙布袋包裹葫蘆。

葫蘆莖藤從布袋縫隙鑽出，結出小葫蘆，一旁小鬼立時對著小葫蘆蓋上小布袋。

小葫蘆在小布袋裡炸開，溢出的金光嚇退小鬼，但後頭立時又撲來其他小鬼，掏出新的小布袋，急急包裹新的小葫蘆。

「快呀快呀！」怪男人大聲喝令惡鬼們加快動作。「快把他綁起來帶回去給大王處置。」

「葫蘆！這葫蘆好厲害！」惡鬼們將田啓法壓倒在地，提著麻繩要綁他手腳，但田啓法不住唸咒，令腰上那葫蘆激烈竄動、灑出酒水，濃烈酒香熏得田啓法身邊群鬼眼睛又刺又辣，幾隻小鬼找來抹布、衣服、被單、衛生紙，覆蓋擦拭酒水，手上沾著了酒，燙得哇哇大哭。

「他在唸咒！別讓他唸咒！」男人惱火上前，重重踹了田啓法肚子一腳。

田啓法痛得透不過氣，見惡鬼們就要搶走葫蘆，連忙又唸起咒。

葫蘆又開始亂竄、生莖藤、灑酒水，濺退一群鬼。

「混蛋——」怪男人又重重踹了田啓法一腳，惱火轉身來到沙發旁，將水果刀壓在田雅如左眼皮上。「你再吭一聲，我把你女兒眼睛挖出來塞你嘴巴。」

「……」田啓法只好閉口，不再唸咒。

「蠢材！」女人聲音透牆響起，謊姬穿牆走出，指著怪男人低斥。「咬罪大王要你們低調！」

「大王——」怪男人見到謊姬現身，驚喜交加，拋下水果刀衝向謊姬，張開雙臂要抱她。「妳平安沒事，太好了，我好想妳——」

「嘖！」謊姬露出嫌惡神情，揚手一巴掌將怪男人搧倒在地。

「大……大王……」怪男人摀著臉，哆嗦著不敢看謊姬一眼。「我錯了……是我不好……您平安……比什麼都重要……」

謊姬也沒理會怪男人，轉身走向田啓法，伸手在長髮上一撫，撫下一撮黑髮，一抖成了柄尖銳利刺，來到田啓法身旁蹲下，俐落一挑，挑斷了葫蘆莖藤，將葫蘆挑上半空。

兩隻小鬼拉著大布袋子將葫蘆接個正著，其中一個小鬼被葫蘆灑出的酒水濺著眼睛，低嗚一聲滾倒在地；另個小鬼勇敢些，頭臉身子雖也被濺著酒水，但強忍著疼痛，將布袋打了個死結，放在謊姬腳邊，一面抹著身上酒水，哽咽卻不敢哭出聲。

謊姬摸摸小鬼腦袋，朝小鬼咧嘴一笑，跟著朝四周惡鬼使了使眼色。

惡鬼擁上田啓法，將他架了起來，提著麻繩綑綁他全身。

「乾脆縫了你嘴巴……」謊姬拍拍田啓法臉頰，捏住他雙唇，抖抖右手那支漆黑銳刺，往田啓法嘴唇刺去——但隨即停下動作。

她覺得圍在田啓法身邊，架他手腳、提繩綁他的幾隻惡鬼當中，其中一隻，有些眼熟。

那隻鬼笑咪咪地捧起一只怪帽，往田啓法腦袋一蓋。

跟著對謊姬嘻嘻一笑。「騙人小妹妹，咱又見面啦。」

「呃！」田啓法感到腦袋發暖、耀起金光，還不明白發生了什麼事，便見到面前謊姬尖叫一聲，猛地飛退，像隻蜘蛛般攀貼在對面牆壁上，厲笑瞪他。

四周惡鬼登時散開一整圈。

唯獨那替他戴帽的傢伙還站在他身邊，在他肩膀披上補丁破袍、在破袍口袋裡插上一支草扇，最後將木屐扔在他面前，拍拍他的肩，對他說：「像是那麼一回事了。」

「呃……呃……」田啓法不敢置信地望著眼前的老鬼——

陳阿車。

「師兄！」田啓法瞪大眼睛，激動大叫。

「嚇死我了，幹嘛突然鬼叫。」陳阿車啊呀呀摳摳耳朵，撿起地上那符籙布袋，揭開袋口，取出葫蘆，先是大喝幾口，跟著將葫蘆塞回田啓法手中，對他說：「幹嘛？怎麼呆頭呆腦？」

陳阿車轉頭望向謊姬，微笑說：「上次我中了妳的道，這次討回來啦。」

「唔……」謊姬伏在牆上，臉上詭譎笑容有些僵凝，指著田啓法高聲咆哮起來。「抓住他們——」

惡鬼們硬著頭皮團團圍來，陳阿車撫著肚子打了個酒嗝，嗝出淡淡金霧，伸手在金霧裡畫咒，對著圍上來的惡鬼一指，指出耀眼金光，刺得惡鬼們睜不開眼睛。

「師兄、師兄！」田啓法大力抓著陳阿車胳臂，一時講不出話。「師兄——」

「叫魂啊！」陳阿車大力拍了田啓法腦袋一巴掌，指著沙發上田雅如三人，嚷嚷說：「還不開工！你到底救不救女兒！」

「女兒……」田啓法這才回魂，急急抓出草扇，四面搧風，逼退惡鬼，還托起葫蘆往嘴裡灌酒，朝天噴霧，讓陳阿車在金霧裡畫咒退鬼。

謊姬在牆上飛爬，好幾次想用髮刺突襲田啓法，都讓陳阿車搶先一步指了滿臉金光，痛得睜不開眼睛。

田啓法踏上金木屐，來到沙發旁，檢視田雅如和岳父母情況，知道他們中了迷術，但身體倒無大礙，不由得鬆了口氣，問陳阿車：「師兄！你變成鬼，怎沒下陰間？」

田啓法剛問完，覺得口乾舌燥，舉起葫蘆喝了口酒，見陳阿車望著他手上葫蘆，便將葫蘆遞向陳阿車。

「我自己有。」陳阿車哈哈大笑，反手從褲袋裡取出一只金光閃閃的方扁隨身酒壺，碰碰田啓法那葫蘆，揭開瓶口仰頭大喝幾口，抹抹嘴，說：「我奉師父命令，來替你送戰袍。」

「本來我以爲你要魂飛魄散了……」田啓法激動大笑，舉著草扇對著四面亂竄的謊姬搧風。

「師父花費大把黃金，聘了天庭醫官全力治我魂魄。」陳阿車嘿嘿笑說。「跟我簽了新約，召我上天，還聘我當你教官，繼續帶你。」他說到這裡，對田啓法舉了舉手上方扁酒壺。「酬勞是這個，嘻嘻。」

「師兄……」田啓法吸吸鼻子，舉起葫蘆，大聲說：「乾杯！」

「敬師父——」陳阿車舉壺碰碰田啓法葫蘆，大喝一口，往空中一吐，吐出一條金光閃閃的龍，令金龍追咬謊姬。

「嘩——這招怎麼沒教過我？」田啓法望著天上那酒水金龍，有些羨慕。

「你先學會開鎖吧。」陳阿車這麼說。

□

小歸直升機飛到田啓法岳父母家公寓高空。

底下擠滿了陰差座車，四周還有閻羅殿武裝直升機四處盤旋。

吞噬整排公寓的混沌已經消失，施放在地下室的遮天術也解除了。

幾隊陰差圍著一輛破車，將車上幾個混混鬼壓在地上拳打腳踢，陰差從那破車後車箱的違禁藥物中，搜出一只能夠施展混沌的符包裝置。

混混鬼們被打得奄奄一息，問來問去，只說他們是拿錢辦事，在這兒等待交易對象，壓根不知道這地方被人施放了混沌，且啓動混沌的裝置就在己方車上。

「怎麼回事？混沌開在哪裡？」韓杰幾人從空中望著底下數排樓房，不明白一路摩拳擦掌的他們，急急趕到目的地，怎麼卻不見混沌蹤影，更不見魔王啖罪。

韓杰手機再次響起。

又是老師打來。

「你又想玩調虎離山？」韓杰冷冷問。「想把我拐走，上我家裝陷阱？」

「當然不是。」老師說：「你新家成了太子爺宮廟、裡外都點著『燈』，無時無刻都有天差盯著，我又不是傻瓜上門找死——我是打給你通風報信的。」

「通風報信？」韓杰錯愕問：「我聽不懂你說什麼。你到底想幹嘛？」

「你們不是要抓啖罪？」老師笑了笑，報出了個位置。「他在那裡。」

「什麼？」韓杰呆了呆，冷冷對手機說：「我不知道你玩什麼把戲……」

「很好玩的把戲。」老師這麼說，掛上電話。

「……」韓杰思索幾秒，將老師電話內容告知眾人，問：「那地方肯定有問題，你們去不去？還是我自己……」

「韓大哥！」陳亞衣突然打岔，急急說：「順風耳將軍說魔王換地方放混沌，要我們立刻過去……」

陳亞衣接著說了個位置，與老師對韓杰說的，是同一個地方。

「所以不去也不行了。」韓杰攤攤手。

「怎麼還在磨咕？」許保強身子陡然一震，雙眼精光大盛，望望身邊眾人，說：「還沒找到那魔王？」

「喝！」韓杰等感受到許保強那身雄渾氣勢，驚愕問：「鬼王！你怎麼也來了？」

「一大堆天庭急報吵得我不能睡覺，說有個魔王瘋了，四處鬧事，說太子爺還在禁閉不能下凡，要我支援一下。」許保強打了個哈欠，抓抓頭。「那魔王到底在哪呀？」

「我們正趕過去呢。」小歸自副駕駛座轉身，遞了張名片給許保強。「鬼王大哥，幸會幸會！」他說完，立刻催促身旁駕駛。「用最快的速度飛過去。」

「是。」駕駛將直升機催至全速。

後方閻羅殿武裝直升機也收到了消息，與底下陰差車隊，全往同一個地方趕去。

參拾

「什麼!」啖罪站在車邊，持著手機與謊姬通話，聽謊姬說本來差點要逮著田啓法了，但那陳阿車魂魄無端冒出，還替田啓法帶來了濟公戰袍。

她苦戰半晌，還是不敵陳田合力，跟著大批陰差上樓、混沌和遮天術都退了，她只好帶著嘍囉撤退。

「大王……」一個嘍囉急急又報。「陰差又往我們這邊過來了。」

「什麼?」啖罪愕然。這時手機出現插撥，又是剛剛那位與他通話的地府官員，他連忙接聽。

「大哥啊!你到底在幹什麼?」電話那端氣急敗壞。

「我……」啖罪愕然說:「我什麼都沒幹啊，我跑得遠遠的……你們的人窮追不捨?」

「你一路上連開了四、五個混沌，你現在是不是在——」電話那端惱火說了個地方。

「你怎麼知道我在這裡?」啖罪瞪大眼睛，愕然問:「而且我哪裡開混沌了?我剛剛跟你通完話，直接來我新家預定地……」

啖罪豪華轎車停在一片建地中央，四周是興建到一半的透天別墅，連同庭院、建體，可比韓杰新家大上十數倍，儘管未完工，但仍看得出這寬闊別墅氣派非凡。

「算了算了，你好自爲之吧，我眞幫不上忙啦……」那聲音無奈說，跟著掛上電話。

「喂！喂喂喂——」啖罪惱火低斥，對身邊嘍囉說：「去別的地方！」

「是……」嘍囉們立時上車。

啖罪正要上車，陡然轉頭，盯著遠空那架疾駛而來的直升機。

一炷金紅火焰急急竄來。

是一條火龍。

啖罪縱身躍起，避開火龍。

火龍衝進車中，將整輛車纏捲上天，在空中飛轉十來圈，才落地砸毀。

數條火龍飛梭竄來，有的撞毀圍牆、有的掃過庭院、有的打進未完工的別墅中，炸出整片金紅大火。

「喝……」啖罪騰在空中，見到未完工的新家被火龍破壞，勃然大怒，狂喝一聲揚手揮出黑色龍捲風，直直捲向直升機。

直升機被這黑色龍捲捲入，激烈旋轉幾圈之後，機身陡然綻放出雪白光芒，旋翼掃出一陣陣銀白狂風，將黑色龍捲逐漸吹散。

「什麼？」啖罪愕然望著飛到了頭頂上的直升機，只見機上又竄下四條火龍。

四條火龍抓著四個人肩膀，往地上俯衝——

韓杰手挺火尖槍、腳踏風火輪，衝在最前頭，吆喝一喊，喝令先前幾隻開路火龍一齊圍攻啖罪。

「中壇元帥來了?」啖罪見到韓杰手中火尖槍,終於感到大事不妙,猛一搧手,又搧出一股狂暴黑龍捲直竄韓杰。

「阿育——」陳亞衣舉著奏板,一張臉左紅右黑,在空中急喊。

「來了!」林君育左手提著一只雪白工業風扇,往韓杰方向送出一柱白色光風;跟著右手舉起砲管大的水槍,對準了啖罪轟隆一砲打去。

「喝!」啖罪見到自己打向韓杰的黑色龍捲被那白風一吹,轉眼消散,不由得大驚,轉頭見到耀眼水砲打來,急急飛躍退開。

倏倏一支紅火短槍,扎入啖罪肩頭。

韓杰掛在頸上的金色尪仔標飄出領口,紅光閃耀,紅孩兒騎在韓杰肩背上,六手張開,持著六柄火紅短槍,對著啖罪飛快擲射。

啖罪又對著韓杰打去一道龍捲。

韓杰令幾條火龍捲上火尖槍,想要硬扛眼前那黑色龍捲,他槍上火龍,轉眼被黑色龍捲吞噬。

但下一刻,轉眼要捲上韓杰的黑色龍捲,又被一股巨大火焰風暴擋下。

那是紅孩兒鼓嘴大吼出來的火龍捲。

白風再次打來,同時滅去了火龍捲和黑龍捲。

「哼!」啖罪縱身閃過林君育打來的第二記水砲,只見韓杰轟隆落在正前方,肩上還騎著紅孩兒,氣勢雖強,卻又不像是太子爺親臨。

啖罪正狐疑著，陳亞衣和林君育、許保強也先後被火龍抓著落地，將啖罪團團包圍在中央。

陳亞衣背上飄浮著苗姑身影，手上奏板紅光閃耀。

林君育抓著風扇和水槍的兩隻手，隱隱附著一雙巨大黑色虎掌。

「各位……是哪位大神降駕啦？有話好說……」啖罪正想說些什麼緩和場面，突然感到背後一股粗暴氣息迫來，急急轉身。

只見許保強全身籠罩著一襲黑煙大袍，一拳朝他擊來。

啖罪立時抬手，卻不是去接許保強擊來的右拳，而是接下許保強右拳上方那枚水桶大小的黝黑拳頭——鬼王鍾馗的大鐵拳。

許保強雙眼精光大盛，猙獰笑著，照著啖罪全身上下快拳飛擊，每一拳都外掛上一顆黝黑大拳頭——自然，這黝黑拳頭才是主力。

啖罪一連擋下數十記大拳、打散林君育兩記水砲、捏碎韓杰三條火龍，急急對許保強喊：「鬼王鍾馗，我不記得和你結仇啊！」

「我也不記得我們有仇。」許保強喉間響起鍾馗那粗獷聲音。「我只是替天上打工，上頭交給我什麼工作，我接了就幹。」

「你一見面就打，這算什麼工作？」啖罪喝罵。

「一見面就揍你，就是我今日工作沒錯啊。」鬼王這麼說，附著許保強對著啖罪又是一陣拳打腳踢。

啖罪狂喝一聲，身下炸開一圈魔氣，將襲近身前的許保強震飛老遠，暴怒吼罵：「我給你面子，你眞當我好欺負？」

「鬼王大哥加油——」陳亞衣遠遠一喝，許保強全身紅光閃耀，穩住了本來被魔氣捲上半空的身子，轟隆又落地，再次衝向啖罪，一拳接著一拳打來。

許保強這第二波巨大黝黑拳頭連擊，還帶著紅亮光芒，比剛剛幾波拳更沉重數倍。

「唔……」啖罪接連擋下許保強兩三波重拳連擊，隱隱感到有些吃力，困惑問：「鬼王！你……你有這麼厲害嗎？」

「平常，沒有！」鬼王哈哈大笑。「但有媽祖婆加持的話，就是這麼厲害！」

「韓大哥也加油——」陳亞衣又喊。

挺著火尖槍、踩輪衝向啖罪身後的韓杰，全身也耀起紅光，數條火龍口鼻噴火、龍鬚豎挺，整個長大一圈。

啖罪側身迎戰，左手接擋鬼王亂拳，右手一把抓住韓杰刺來的火尖槍。

「哼！」韓杰全力挺槍，剩餘火龍們一齊捲著槍往啖罪臉上推。

「紅孩兒加油——」陳亞衣再喊。

「呀、呀呀！加油！」紅孩兒像是電腦超頻般，變得興奮毛躁起來，六隻手轉了轉，火紅小槍變成了巨大火焰重鎚，一記記照著啖罪腦袋砸。

啖罪被紅孩兒敲了腦袋好幾下，可氣炸了，全身魔氣爆發，正要全力還擊，卻又被自頭頂墜下的狂風暴雨吹散大半魔氣。

「阿育加油！黑爺也加油——」陳亞衣繼續喊。

「吃俺一爪！」黑爺附著林君育，直衝啖罪，身後一條黑色大尾巴捲去風扇和水槍，騰出雙手，舉著巨大虎掌往啖罪扒去。

啖罪雙臂捲風，咆哮怒戰韓杰、許保強和林君育的三面圍攻。

「大老虎，老太婆幫忙拿電扇。」苗姑竄到林君育身後，從大尾巴上拿下工業風扇，胡亂按著風扇開關。

「喂喂喂！」黑爺惱火唾罵：「這是俺師弟的法寶，妳怎能亂玩？」

「這是媽祖婆借來的神風吶，我是媽祖婆分靈，爲什麼不能用？」苗姑呀呀大叫，當眞按中了開關，吹出亮白光風。

啖罪數次鼓炸出魔氣，都被這光風吹散，心中氣急敗壞，卻也莫可奈何。

「大老虎，現在是非常時期，別計較有的沒的。」陳亞衣嚷嚷說：「外婆也加油——」

苗姑感到精力旺盛，一把連水槍都搶下，對著啖罪亂射。

「老太婆妳別太過分……」黑爺正要發怒，但見苗姑當眞射出巨大水砲，知道大道公在這緊急時刻，願意將神力授權予她，便也不再計較，專心追打啖罪。

啖罪雖爲陰間魔王，但眼前三對手，一個身上騎著陰間最強大枷鎖、一個附著天庭虎爺總教頭、一個鬼王鍾馗降駕，還外加媽祖婆神力加持，一陣亂戰，只覺得逐漸落了下風。

情急之間，啖罪又覺得小腿陡然刺痛，低頭一看，褲管被扯下一大片，腿上多出兩排齒痕。

柴吉在十數公尺外竄跑，也不吠，就只是跑。

像是冷靜的刺客。

「柴吉加油！哮天犬加油！二郎將軍也加油——」陳亞衣蹦蹦跳跳地喊。

「吼！」柴吉又一張口。

啖罪後背西裝撕裂炸碎，整塊後背都出現巨大齒痕。

「小小加油！撲天鷹加油！」

一道閃光掠過啖罪臉面。

小小竄到了啖罪身後，巨大鷹爪幻影上拖著黑色的血。

啖罪摀住眼睛，咆哮狂吼起來。

數枚赤火短槍扎在啖罪胸腹上。

鬼王黑拳掄來，像是榔頭釘釘子，將短槍打入更深。

「吼——」黑爺一聲虎吼，在啖罪臉上重重扒了一掌。

紅孩兒凶猛擲來一柄火槍，正中啖罪膝蓋。

啖罪單膝跪下，雙手托起黑風，立時又被襲來的白風吹散，還挨了一記水砲，本要爆發的魔氣再次被淋散。

韓杰一槍刺進啖罪咽喉。

火尖槍紅纓上，還捲著一片尪仔標，是九龍神火罩。

啖罪想要拔槍，卻被鬼王大手和黑爺虎爪架住了雙手。

韓杰急催風火輪，挺槍硬刺啖罪咽喉，紅孩兒彎腰探下，六手甩出火爪，一齊握著火尖槍柄，猛力一送。

火尖槍噗地刺穿了啖罪咽喉，將那九龍神火罩塞入啖罪喉中。

「吼——」啖罪狂吼，眼耳口鼻和咽喉破口都炸出金火，整個人燒成了巨大火球。

許保強、林君育、韓杰等遠遠躍開，望著跪倒在地的啖罪，魔氣漸漸消失。

啖罪在這工地並非沒有嘍囉，但那些嘍囉起初被從天而降的韓杰等人神力震懾，回過神來時，大批陰差已經殺到，連閻羅殿黑白無常也來了，登時潰不成軍，東竄西逃。

幾個帶頭城隍、地府官員，領著陰差朝啖罪這兒奔來，和韓杰等人站成一排，望著動也不動、持續燃燒金火的啖罪，一時也不知要講什麼。

「汪！」柴吉突然大叫一聲，朝一個方向奔出一陣，又回頭對著韓杰狂吠起來。「汪汪汪汪——」

「怎麼回事？」韓杰愕然趕去，只見柴吉又吠幾聲，焦躁東張西望半晌，怨懟望了望韓杰，靜靜伏下，不再吵鬧。

韓杰不明白柴吉意思，突然聽到黑爺叫嚷，回頭望去，只見林君育奔到啖罪燃火身前，一爪甩去，擊碎啖罪上半身。

啖罪燃火身子，此時像是銅皮雕像般，只薄薄一層。是空心的。

鬼王愕然也衝去補上兩拳，將啖罪下半身也打碎，只見啖罪身下土地，有一處小空洞。

「什麼！」韓杰奔到那空洞前，訝異嚷嚷。「魔王眞身鑽地逃了？」

「……」大夥兒你看看我、我看看你，只見這別墅周遭是一片山野，倘若啖罪當眞鑽地逃跑，那可難找了。

那些城隍、地府官員們，見啖罪眞身消失，有些大聲怒斥魔王陰險、有些差使手下發令通緝，有些官員一面忙，臉上卻隱隱流露出慶幸神情，像是擔憂要是啖罪落網，或許要牽連不少地府官員了。

參壹

距離啖罪未完工的別墅數公里外山腰上一處不起眼的石堆，溢出濃濃黑煙。

黑煙在石堆上方凝聚成人形。

啖罪踩上石堆，走出幾步，停下腳步，撫著胸口喘了幾口氣，顯得十分虛弱。

「混蛋……混蛋……到底怎麼回事……」他取出手機，踩著山野坡地，繼續往前方數十公尺外的鐵皮工寮走去——

他現身的那處石堆、連接別墅和石堆兩處之間的碎石暗道，以及眼前那鐵皮工寮，是他精心規劃的逃生措施之一——

他在別墅設計圖上指定了三處逃生路線，以備敵對魔王勢力入侵時，萬一不敵，能夠平安撤退。

過去他靠著這招，躲過第六天魔王追殺，低調躲藏許多年。

當他東山再起時，仍不忘在自家別墅規劃了同樣的逃生密道，三處逃生路徑僅完工一條，此時倒是真派上用場了。

眼前那鐵皮工寮地窖裡囤著軍火武器，以及一批能夠讓他快速修補元氣的血肉藥物。

他取出手機，撥給各地心腹，那些心腹不是不接他電話，就是已被陰差逮捕，甚至遭到其他魔王勢力包圍，反過來求老大救命。

啖罪最後一通電話，撥給謊姬，謊姬一聽說啖罪位置，要大王別擔心，說她立刻召集手下，趕來守護大王。

啖罪掛了電話，繼續往工寮走，隱隱又感到有些後悔告知謊姬自己當前位置——他開始懷疑是否是謊姬出賣了他。

他來到工寮前，推開破門踏入工寮，穿過層層廢棄貨架和雜物，推開一只大櫃，揭開大櫃底下鐵門，走下地窖。

地窖裡陰森黯淡，啖罪有些不悅，他明明吩咐過整理這工寮據點的嘍囉，地窖裡的油燈別熄了，照明必須維持著，這樣他情急撤入時，才不會因爲漆黑而亂成一團——

其實以啖罪道行，即便伸手不見五指，仍然能夠憑藉著魔氣，感應出周遭細微環境結構，但他考慮到自己撤入這兒時，或許身受重傷，又或許身邊還跟著大堆負傷手下，要是地下陰暗一片，肯定亂成一團。

此時他的傷勢雖然不輕，但倒還能大致察覺出整片地窖裡各處擺設，他手一揚，身下黑風旋繞，黑風捲向各處，燃起一盞盞油燈。

地窖亮了起來。

啖罪愣然望著坐在地窖一角那張奢華大椅，蹺著腳、端著酒杯的年輕男人。

男人面貌平凡，氣質卻從容優雅，見到啖罪望他，舉杯向啖罪一敬。

「是你……你怎麼在這裡？」啖罪茫然望著年輕男人，心中隱約有些不安預感。

「我知道你會來到這裡。」男人微笑說：「你規劃這地方時也問過我意見，不是嗎？」

「你……」啖罪愣了愣，漸漸惱火，喝問：「你知不知道自己搞砸啦！你替我安排的那混沌，範圍怎麼會那麼大？把整條街都吞了！幾乎整個陰間的陰差都來抓我，連閻羅殿武裝直升機都開來了，一大堆神明乩身圍著我打，你到底出了什麼錯？還有……」啖罪一口氣喝問一堆，急急又問：「你現在不是應該在陽世圍攻我那小黑廟、拖住太子爺乩身？你怎麼會在這裡？剛剛我差點讓那太子爺乩身一槍刺死啊！」

年輕男人，正是老師。

老師喝完杯中紅酒，哈哈笑了幾聲，說：「你一口氣問了一堆問題，我都快記不住了。第一──」

他放下酒杯，換了個姿勢，身子往前一傾，雙肘抵在膝上，對啖罪說：「我看他們烤肉烤得開心，忍不住提前一小時發動攻擊。」

「什麼？」啖罪勃然大怒，手一揚，招出大股黑風，捲住老師的頸子，將他騰空提離地面。「你這傢伙，攻打太子爺乩身家，讓他分身乏術，這計畫是你提議的，結果你提前行動？」

「對不起囉。」老師呵呵一笑，整張臉被啖罪黑風捲得發紫。「啖罪大王……」

「你這小子，我把你當貴賓，要什麼給什麼，你敢耍我？」啖罪雙眼紅光閃耀，緩緩施力，怒問：「你該不會蠢到以爲自己用陽世肉身下來，就能頂住我的力量了？」

「我當然……沒這麼蠢……啊呀，原來被魔王掐著脖子，是這種感覺啊？」老師苦笑了笑，說：「第二——我那混沌，是眞的改良得很好，除非靠得很近，或是就在裡頭，不然施展開來，不管是陰差還是神使，很難發覺的……天庭地府之所以第一時間就出兵抓你，是因爲我找人到處放消息……」

「什麼！」啖罪瞪大眼睛，抖抖黑風，捲上老師四肢，將老師手腳骨擰斷好幾截。

「哇，原來有這麼痛啊，不行，我受不了了……」老師面露痛苦，但隨即又恢復正常，說：「呼，這下好多了。」他見啖罪面露疑惑，便說：「我切斷了這身體的痛覺神經。」

「什麼？」啖罪呆了呆，又抖抖黑風，將老師雙手硬扯離身，鮮血噴泉般自老師雙肩斷處濺出。「你……你到底在玩什麼把戲？」

「我在回答你的問題啊。」老師笑著說：「就連你別墅位置，都是我打電話通知太子爺乩身的。」

「什麼……」啖罪喘著氣，望著被拔去雙手的老師，神情有些茫然。

即便此時啖罪負傷不輕、元氣大傷，但要捏死老師，像是捏死螞蟻一樣簡單，但眼前老師雙手沒了依舊嬉皮笑臉、不痛不癢，啖罪一時反倒不知該拿他怎麼辦。「你出賣我……爲什麼？」

「很簡單，你的能力，滿足不了我的野心。」老師嘻嘻一笑說：「你又弱又蠢，還愛吃手下，跟你合作，什麼時候才能出人頭地吶？笑死人……」

老師話還沒說完，腦袋便和身體分了家。

人頭還沒落地，又讓黑風捲去，啪嚓捏得爆碎。

「……」啖罪默不作聲，手指輕搖，控制著黑風將老師軀體也撕扯碎爛——他站在原地，仍覺得滿腹怒火幾欲爆發，卻沒有能夠出氣的目標。

答答、噠噠——

一陣腳步聲，伴隨著細語和笑聲，自長梯響下。

盛怒下的啖罪，緩緩回頭，見樓梯下來一個身披華麗黑色大衣的高瘦老人。

老人一張臉老得猜不出年歲，眼眶凹陷得幾乎看不著眼睛，密密麻麻的皺紋彷如老樹皮般；他一身華美西裝，西裝外還披上一件毛皮大衣，雙手戴著銀色皮手套，拄著一支漆黑發亮的手杖。

老人身後，跟著多名手下。

啖罪通紅雙眼，立時盯住了老人身後手下當中的一個年輕人。

「嗯？」老人回頭望了那年輕人一眼，又轉回頭笑著對啖罪說：「你一眼就瞧出他啦？挺敏銳的。」老人說到這裡，又回頭，對年輕人說：「他沒你說的那麼弱呀。」

「跟您比——」年輕人笑說。「弱多了。」

「這倒沒錯。」老人哈哈一笑。

「原來……」啖罪恨恨瞪著老人身後的年輕人。「你是死魔長壽派來我身邊的臥底。」

「不。」那老人——死魔長壽搖搖頭，說：「他不是我派去的，他前陣子才找上我。」

「相談甚歡，一拍即合。」年輕人——老師也笑著對啖罪說：「一頓飯，就看出業魔啖罪和死魔長壽力量和氣度上的高低；幾句話，就聽得出地方小角頭和江湖霸主之間的差別。」

他說到這裡，頓了頓，繼續說：「抱歉了，啖罪大王，良禽擇木而棲。」

「……」啖罪雙眼通紅一片，眼耳口鼻都流溢黑風，一步步走向死魔長壽，盯著老師，緩緩說：「嗯，現在的你，也不是眞身……你的眞身，到底在哪裡？」

「祕密。」老師微笑說──他此時面貌體態、說話聲音都和剛剛被啖罪撕碎的年輕人有些差異，年歲倒是相近，另一個相同之處，是「兩副身體」看上去都極不起眼。

「我今天如果能出去……」啖罪面目猙獰，嘴裡一口牙變得銳長嚇人。「我會找出你，用你那小腦袋瓜無法想像的方法……吃你，和你身邊所有人。」

「不用這麼麻煩，也不用找，我不會逃。」老師笑說：「長壽爺爺答應我，你一雙手，歸我。」

「你要我的手？」啖罪抬起雙手，望了望，跟著向老師一攤，大步走去。「好，你來拿。」

死魔長壽微微笑著，見啖罪伸長了手走來面前，立時伸手相迎，和啖罪一手扣著一手，阻止他繼續走近老師。

啖罪另一手黑風亂捲，揚起就往長壽臉上抓，長壽放開手杖，再扣住啖罪這手。

兩魔王雙手互抓，兩股魔氣激盪衝撞。

不出數秒，本來勢均力敵的魔氣立時分出了高下。

啖罪身子開始顫抖，身邊黑色旋風漸漸被長壽灰色魔氣壓制，雙手漸漸變得死寂灰白。

一片死寂的灰，快速從啖罪雙手爬上他全身，漫上他頭臉。

啖罪一雙通紅眼睛漸漸黯淡，一口利牙崩裂碎落，嘴裡快速發霉。他嘴角動了動，不甘心地呢喃著：「要不是我……剛被神明乩身圍攻……受了傷，我不會輸你……」

「不。」長壽搖搖頭。「你還是會輸我，因爲我一直強過你。」

啖罪似乎還有話要說，但他頭臉頸子都崩出了裂紋，身子僵凝，一動也不動了。

長壽鬆開啖罪雙手，撿起他那支豎在地上不倒的手杖，隨手一揮，斬下啖罪雙手，又挑著啖罪雙手往老師拋去。

老師接住了啖罪雙手，在鼻端嗅了嗅，掩飾不住心中歡喜，開心說：「太棒了，這是極品。」

「你眞的可以用這些傢伙的手手腳腳拼出自己的身體？」長壽見老師像是獲得新玩具的孩童般雀躍，不禁莞爾說：「我在地下千年，從來沒聽過這方法。」

「我還在實驗。」老師將啖罪雙手收入一只紅色布袋，打了結，貼上符，捧在手上。「還需要點時間，跟更多身體。」他這麼說時，貪婪地望著缺了雙手、彷如石雕般的啖罪軀體。

「底下太多不知好歹的傢伙。」長壽笑著說：「你繼續幫我，很快能夠集滿。」

「是。」老師向長壽鞠了個躬，說：「合作愉快。」

又一隊死魔手下走下長梯，還扛著一具奇異木棺，將啖罪僵凝魔身放入棺中、蓋上棺蓋、釘上棺釘，往樓上抬。

長壽踏過地上那灘碎碎爛爛的老師的「前一副身體」，來到那華美大椅坐下，對老師招招手。

「正事忙完了，來聊聊接下來的計畫吧。」長壽邊說，揚起手杖，從身後酒架上挑起一瓶高級名酒，捏在手上往嘴邊一湊，一口咬碎了瓶口，直接就著口喝。

「好啊。」老師捧著紅布袋子，走向長壽，順手也挑了瓶紅酒，在長壽身邊坐下，拿起桌上開瓶器具拔去軟木塞，斟了一杯，舉起向長壽一敬。

參貳

數日之後一早。

韓杰剛剛填完庭院那條空心磚花圃裡的培養土，喝著啤酒休息，準備等等將腳旁十餘盆植株埋入土。他摘下手套，取出手機滑看，見到一則陌生訊息，點開，有兩張照片。

一張照片是雙手。

一張照片是雙腳。

第三張照片，是一個不起眼的陌生男人，與那雙手雙腳的合照。

韓杰從未見過那男人，但從男人眼中那股特殊氣息，知道這人是老師——韓杰先前追擊啖罪那晚，接到老師視訊電話後，暗中截了幾張圖，將老師照片傳給王劍霆，拜託他查查這人身分。

幾日下來，也無消息。

韓杰對後續調查本便不抱太大期望——烤肉那晚，老師曾說自己「能用不同身體行動說話」，這話聽來誇張荒誕，但韓杰卻不怎麼懷疑。韓杰至今和老師交手過數次，聽過老師不同聲音、不同面貌，見識過他的大膽、嘗過他詭計的苦頭，知道老師若真擁有這誇張能耐，也不稀奇。

三張照片之外，還附著短短一行訊息——

手有了、腳有了，腿跟胳臂也鎖定好目標對象，我迫不及待和你見面聊聊了。

「……」韓杰沉默半晌，將訊息轉傳到太子爺專用信箱，喝完半罐啤酒，開始將植株入土。

數天下來，他這新家大致整理完畢，和先前規劃差不多，一樓是客廳，二樓一廳當王書語書房、一房作爲儲物空間和他「名義上」的小辦公室；三樓二房是主臥室和更衣室。

在太子爺指示下，韓杰在更衣室衣櫥、主臥室床下、書房書櫃小門，都另外設置了能夠通往陰間的鬼門，整棟陰間透天厝，設置了數處緊急避難所，讓王書語或其他友人，在緊急時刻能夠盡速遁入陰間躲藏。

地下室擺設了待客桌椅，變成和劉媽家一樣的神明聚會所，延伸至陰間透天厝地下室；且設有正式陰陽通道，包括陰差在內的任何人，在太子爺默許下，皆能隨意進出，爲此韓杰特別在地下室小門上裝設了特殊門鎖和對講機設備——他和王書語可不喜歡三更半夜有人從陰間直入他家。

小文和小小的鳥巢跟過去公寓一樣，遍及全家，從庭院到屋內三樓，到處都有他倆的小窩，柴吉倒是沒有專屬狗屋，甚至沒有便盆和床。柴吉喜歡睡沙發，大小便會進廁所跳上馬桶，攀著馬桶蓋自行解決，甚至懂得沖水——這是他正常的時候，一旦他和韓杰鬧起脾氣，會自行開冰箱，吃光韓杰點心，還會大便在韓杰藍白拖鞋上——他倒是懂得避開皮鞋、球鞋，只拉好清理的藍白拖鞋。

王書語爲此稱讚柴吉其實挺懂事、做事有分寸。韓杰雖不反對柴吉確實有分寸，但總覺得他耍脾氣的次數略多了些。

韓杰轉傳完老師簡訊，等了一整天，都沒有收到太子爺籤令回覆，只猜或許太子爺見了老師那封簡訊，惱火歸惱火，也不知如何回覆。

傍晚時分，田啓法騎著三輪車，停入韓杰家庭院，這是他在韓杰遷入這地方之後，第一次登門拜訪。

他提了一手啤酒當見面禮，韓杰也不客氣，捧過啤酒，取出一瓶，揭開就喝。

韓杰還沒帶田啓法參觀新家，田啓法倒先向韓杰介紹起他那裡外整理了一遍的三輪車——

他替這三輪腳踏車上了新漆、換了新的帆布小棚，小棚深處堆著幾只收納箱，囤放衣物用品，是他用瓦楞紙箱摺出來的。

先前陳阿車離世之後，他在透天厝附近繼續盯梢，閒來無事便摺紙箱、練習開鎖，多日下來，好歹練了個幾分熟。

他繞到小棚側邊，揭開側面帆布小窗，探手進棚裡，拿出那擱在瓦楞收納箱上一台老收錄音機，神祕兮兮地向韓杰展示。

這老收錄音機年代久遠，是陳阿車的遺物之一。

田啓法按下卡帶開關，令收錄音機卡帶蓋子彈出，從中取出一只錄音帶大小的小鐵盒，遞向韓杰，笑說：「你猜猜這是什麼？」

韓杰接過小鐵盒，瞧瞧那收錄音機卡帶槽，只見卡帶槽似乎經過改造，裡頭用來卡著錄音卡帶的兩只軸給拔去，變得平整，這才能夠放入小鐵盒。

韓杰搖搖鐵盒，聽見裡頭發出沙沙聲響，苦笑說：「你別跟我說這是陳阿車骨灰……」

「你答對了！」田啓法哈哈一笑，接回鐵盒，又搖了兩下，發出喀啦啦聲響，跟著放回卡帶槽中，說：「還有幾顆舍利子。」

「……」韓杰皺著眉頭，喃喃說。「你把你師兄骨灰放在收錄音機裡，這是什麼意思？」

「這不是我的意思，是師兄跟師父的意思。」田啓法說烤肉那晚，陳阿車奉命帶著戰袍和骨灰下來救他，兩人協力打退了謊姬和惡鬼們、揭下良蕙牌位封條符紙、救出受俘山魅、確認田雅如祖孫三人只是中了迷術，昏睡不醒，並無大礙之後，便悄悄離去。

當時田啓法載著陳阿車返回橋下，陳阿車鑽進小棚，翻出那收錄音機，盤腿坐在地上，拿著工具拆解改造，一面說著這收錄音機來歷——

田啓法說到這兒，又按了幾枚開關，對著收錄音機說：「師兄，你忙完了沒？我人已經到太子爺乩身家，正在介紹你這骨灰收錄音機，你要不要自己跟他講？」

「韓杰、韓杰！」陳阿車的聲音從那收錄音機喇叭響起，田啓法還特地轉大聲量，讓陳阿車聲音更大點。「你們已經開喝啦？怎不等我一下？」

「你這骨灰罈眞是酷呆了……」韓杰捏著啤酒，盯著田啓法手中那收錄音機，啞然失笑。

「那錄音機呀——」陳阿車哈哈笑著，在韓杰身後現身，手上抓著一支手機，他對手機說話，聲音便從錄音機喇叭發出。

陳阿車收起手機，見田啓法端著葫蘆、韓杰拿著啤酒，便也迫不及待掏出方扁隨身酒壺，揭開瓶口就喝一大口，抹抹嘴，指著田啓法說：「他告訴你沒有？我上了天，繼續替濟公師父做事，平常負責整理眼線回報上天的訊息，和師父討論篩選之後，再轉給我師弟，另外也繼續帶他一段時間。」

「所以你現在算是濟公和田兄之間的窗口兼教練就對了？」韓杰這麼問。

「算是啊。」陳阿車點點頭。

「你們平常這樣聯絡？」韓杰指指田啓法手中那收錄音機，笑問：「打電話不行嗎？」

「也是可以。」陳阿車哼哼說：「但那收錄音機有特別意義，那是我當年離家時帶在身上的東西，幾片卡帶錄的是我唱給老婆的歌、還有老婆唱給我的歌，我反反覆覆聽了好多年，聽到卡帶都壞了、錄音機也壞了，還是捨不得丟，我把骨灰放在裡頭，像是回到自己家一樣。」

「這跟你不用手機用錄音機和田兄說話有啥關係？」韓杰莞爾問。

「當然有關係啊……」陳阿車聳聳肩說：「我帶我師弟這麼些天，把他當我兒子看待，我平常用錄音機對他說話、放些老歌給他聽，像是在家裡對自己兒子說話一樣，多溫馨吶。」

「呵呵，是挺溫馨……」韓杰乾笑兩聲，無法理解陳阿車這古怪邏輯，倒也沒潑他冷水。

「好了好了，快帶我參觀參觀，開喝啦——」陳阿車嚷嚷要參觀韓杰新家，參觀這間他八度踏入，最終葬生在此的房子。「話說回來，我跟這間屋子也算有緣吶……」

韓杰帶著兩人進屋參觀，先向他們介紹柴吉和小小，說這兩傢伙外觀雖不起眼，卻也是神靈乩身，哮天犬、撲天鷹降駕時，威力十分驚人。

柴吉似乎不滿意韓杰介紹他時，講了「看起來蠢」之類的形容，臭臉轉身，咬來一只藍白拖鞋，當著三人的面，蹲下來就拉。

韓杰等柴吉拉完，熟練地用紙巾裹起狗糞，提著拖鞋上庭院沖洗，回來繼續介紹柴吉這頑劣習性。

陳阿車聽得樂不可支，稱柴吉有靈性，是條好狗。他捏著方扁酒壺，比手劃腳地說起當時和啖罪惡戰情形，田啓法對自己被謊姬控制、被啖罪附體的過程大都沒有記憶，聽陳阿車敘述那惡戰慘狀，像是在聽別人的故事般，聽得嘖嘖稱奇。

「怎只有酒，沒有菜？」陳阿車又喝了口酒，皺眉望著田啓法。「我不是特別要你帶酒菜過來，你只帶了啤酒，沒買滷味？」

「是我要他別帶的。」韓杰笑說：「我女友知道你們要來，說下班帶烤鴨回來，她現在大概在路上——我家還有點零食，先進來吃點零食吧。」

韓杰從客廳沙發旁小几下翻出一箱零食，擺上廳桌。「想吃什麼自己挑。」

「零食也行，讓你們見識見識。」陳阿車神祕兮兮豎起手指，在他那方扁酒壺瓶身上搓了搓，搓出一枚銀色小丸子，捏在手上，向兩人炫耀。「看。」

「這啥玩意？」韓杰隨口問。

「這是『擬人嘴藥』。」陳阿車這麼說，將小丸子咬入口中，嚼了嚼，嚥下，說：「這是師父賜我的工作福利——他知道我平常喜歡喝酒吃滷味，所以教我這招，讓我下班找師弟喝酒時，也能嚐點陽世滷味過過癮，厲害吧！」

陳阿車翻了翻零食小箱，見到裡頭有盒鯛魚燒，好奇取出翻看。「這啥東西？怎麼有點怪吶，有股味兒……」

「你鼻子很靈，這是陰間零食。」韓杰哈哈大笑。「是一個混蛋專程帶上來整我的東西，我勸你挑別的。」

「整你？」陳阿車望著包裝上那「地獄特辣」四個字。「你不吃辣？」

「要吃也行，只是平常不怎麼吃。」

「那我替你吃好了。」陳阿車這麼說：「我愛吃辣。」

「那太好了。」韓杰隨手比出個「請吃」的手勢。「請。」

陳阿車拆開包裝，拿出一塊鯛魚燒咬了一口，嚼了兩下，立時嘔出。

「一點也不辣……是苦的……」陳阿車瞧著那鯛魚燒，見到餡裡塞著枚紙管，捏出攤開，上頭有一行小字——

恭喜抽中三獎，黃蓮棗泥。

「……」韓杰瞧了瞧那紙條，將其他鯛魚燒也拿出撕開，只見每塊鯛魚燒內餡都不相同，共同點是都摻了大量黃蓮粉。

「黃蓮納豆、黃蓮豆沙、黃蓮芋泥、黃蓮奶油……無聊！」韓杰冷笑兩聲，將整袋鯛魚燒包一包拿去廚房扔了，對陳阿車和田啓法解釋起他與張曉武不合的由來。

陳阿車聽得津津有味，也講起他那幾位酒友彼此關係，還拉著田啓法向韓杰敬酒，直嚷著大家以後就是兄弟，要韓杰以後多多關照他這師弟。

韓杰只是笑笑帶過，聽見車聲，知道王書語回來，起身去開門。

陳阿車和田啓法也連忙站起，鞠躬迎接，大喊「嫂子好」。

王書語苦笑將烤鴨放上桌，要他們喊自己名字就好。

□

深夜，吃完了烤鴨的田啓法和陳阿車，心滿意足地向韓杰和王書語告別，返回他們先前常待的那座橋下，就著星光續攤再喝。

田啓法托著葫蘆，想起了什麼，對陳阿車說：「師兄，你還記得我之前向你提過的事嗎？」

「啥事啊？」陳阿車問。

「有沒有辦法替我找找我爸媽？」

「……」陳阿車喝了口酒。「我回去問問濟公師父，看他老人家有沒有管道，沒有的話，我也沒輒啊。」

「還有啊……」田啓法呵呵一笑。「如果真找著我媽媽，我想向她問問我那壞蛋親爹名字，看有沒有辦法找出他。」

「……」陳阿車沉默半晌，喝了口酒，問：「上次我問你如果找出他，想對他說些什麼，你說不知道，現在你想到要對他說什麼了嗎？」

「想到啦。」田啓法喝了口酒，苦笑說：「過去我只想替老媽罵他兩句，但仔細想想，我這一生幹的蠢事不比他少……可能我還得謝謝他，拐到我老媽，生下了我，如果他找個爛女人，說不定我會比現在更爛十倍……」

田啓法說到這裡，笑了起來，對陳阿車說：「這壞蛋什麼都壞，但是挑女人的眼光還是可以的。如果眞有機會見他，我會敬他眼光一杯酒。」

「哈哈哈，敬你那壞蛋親爹眼光。」陳阿車大笑，也舉起手中方扁酒壺，仰頭咕嚕嚕地喝。

《乩身：召魔之家》全書完

後記

在寫作《乩身》這類型的多角色故事時，有一個難處，是分配角色戲分。有些角色外放活潑，或是個性上有獨特之處，寫作著墨點好找、揮灑起來輕鬆；但也有些角色設定內斂，必須爲其特別量身打造專屬劇情，以凸顯他們的情感起伏和細碎的個人特質。

在上一篇故事〈紅孩兒〉中，我便注意到林君育應該就是這樣的角色。他個性樸實，在學校成績不算太好，卻也不太多話，在菜鳥乩身的見習期間，身體裡還時常窩著性情狂放的黑爺，如此一來，他的台詞、表現，確實受到了壓縮，我很想爲這個角色打造一些專屬情節和事件，讓大家在情感上更貼近他、理解他。

田啓法也一樣。

在寫作《乩身：紅孩兒》時，碰到了一個和過去不太一樣的情形，就是從《乩身》第二篇〈地獄符〉開始，每一部《乩身》在寫作當下，我都確定了《乩身》後續幾部要寫的題材，一面寫作當集，一面規劃醞釀下兩集。

但寫作本篇故事時，從開始直到結束，我都還沒確定下一本的題材——會出現這情形，倒不是庫存題材沒了，而是正好反過來，庫存題材太多了，以致於我一下子不知道該選哪個題材來寫。會出現這情況，主要是因爲老師這角色登場之後，《乩身》、《陰間》世界裡諸多設定規模，隨著老師的野心而擴大，我必須小心翼翼地篩選一個又一個點子和想像，深怕用錯了點子走岔了路，讓故事走入無法收拾的境地裡，或是把氣氛搞得太過古怪——其實我明白《陰間》和《乩身》世界觀中許多設定其實遊走在偏鋒上，例如陰間的科技、例如地府設定等等，這就像是某些特殊氣味的香料，有人酷愛、有人嫌惡，放得不夠吃不過癮，放得多了又難以下嚥，我只能盡力拿捏。

這是個有趣的挑戰，我十分享受這樣的挑戰。

我要開始認眞挑選下一部《乩身》題材了。

請大家拭目以待。

星子

2020.05.03 於中和南勢角自宅

國家圖書館出版品預行編目資料

乩身：召魔之家／星子 著.——初版.——
台北市：蓋亞文化，2020.07
冊；公分.——（星子故事書房；TS019）
ISBN 978-986-319-490-3（第8冊：平裝）

863.57　　109007353

星子故事書房 TS019

乩身〔召魔之家〕

作　　者　星子（teensy）
封面插畫　程威誌
封面裝幀　莊謹銘
主　　編　黃致雲
總 編 輯　沈育如
發 行 人　陳常智
出 版 社　蓋亞文化有限公司
地址：台北市103大同區承德路二段75巷35號
電話：02-2558-5438　傳真：02-2558-5439
電子信箱：gaea@gaeabooks.com.tw
投稿信箱：editor@gaeabooks.com.tw
郵撥帳號 19769541　戶名：蓋亞文化有限公司
法律顧問　宇達經貿法律事務所
總 經 銷　聯合發行股份有限公司
地址：新北市新店區寶橋路二三五巷六弄六號二樓
電話：02-2917-8022　傳真：02-2915-6275
港澳地區　一代匯集
地址：九龍旺角塘尾道64號龍駒企業大廈10樓B&D室
電話：+852-2783-8102　傳真：+852-2396-0050
初版四刷　2024年6月
定　　價　新台幣280元
Published and printed in Taiwan

ISBN／978-986-319-490-3

GAEA

GAEA